4
전생 왕녀와 천재 영애의
The Magical Revolution of
Reincarnation Princess and Genius Young Lady....
마법 혁명

"좋은 아침이에요, 아니스.
어젯밤에는 잘 먹었어요."
유필리아 페즈 팔레티아
마젠타 공작가의 영애.
아니스피아를 위해 자신이
왕이 되는 길을 모색하여
왕국의 2왕녀가 되었다.

“으으……,
연상의 위엄이……!”
아니스피아 윈 팔레티아
팔레티아 왕국 1왕녀.
유필리아 덕분에 연구의 길을 걷게 된다.

레이니 시안
남작 영애이며, 지금은 별궁의 시녀.
뱀파이어의 자손으로 「매료」의 힘을 가졌다.

"레이니.
—저로 하지 않을래요?"

일리아 코랄

아니스피아의 전속 시녀.
어릴 때부터 아니스를 지켜보았다.

"명예만으로는 전혀 부족해.
더 많은 것을 바쳐도 좋아.
전부, 유피와 함께하고 싶어."

"아니스— 저는
당신에게 명예를 받을 만한
사람인가요?"

CONTENTS

A
Piero Kar
Illustr
Yuri Kisar

The M
Revolut
Reincarnation Princes
Genius Young L

전생 왕녀와 천재 영애의 마법 혁명 4

The Magical Revolution of Reincarnation Princess and Genius Young Lady....

저자 카라스 피에로
일러스트 키사라기 유리

[이전 줄거리]

마법을 동경하지만 마법을 쓰지 못하는 왕녀 아니스피아.
그녀는 천재 영애 유필리아를 약혼 파기 소동에서
구하고 공동생활을 시작한다.
남동생 아르가르드의 음모가 발각되어 아니스의 왕위 계승권이
복권되었다.
유필리아는 연구를 계속하고 싶어 하는 그녀의 미소를 위해
정령 계약자가 되어 직접 왕위를 잇겠다고 선언했다.

[캐릭터]

티르티 클라렛
저주에 관해 연구하고 있는 후작 영애.

아르가르드 보나 팔레티아
아니스의 남동생. 현재는 변경에서 근신 중.

오르펀스 일 팔레티아
팔레티아 왕국의 국왕. 아니스의 아버지.

실피느 메이즈 팔레티아
나라의 외교를 담당하는 왕비. 아니스의 어머니.

그란츠 마젠타
왕국 공작. 유피의 아버지이자 오르펀스의 오른팔.

하르피스 네이블스
아니스의 연구 조수. 자작 영애.

가크 램프
아니스의 연구 조수. 근위 기사단의 수습 기사.

Author
Piero Karasu
Illustration
Yuri Kisaragi

The Magical Revolution of Reincarnation Princess and Genius Young Lady....

오프닝

나른함을 느끼며 나는 눈을 떴다.

멍한 가운데, 내 것이 아닌 온기를 느끼고 무의식적으로 손을 뻗었다.

무척 안락해서 다시 꿈속으로 돌아가 버릴 것 같은 온기였다.

"유피……."

"네, 잘 잤나요? 아니스."

유피의 목소리가 들린 순간, 의식이 단숨에 각성했다. 내가 손을 뻗어 잡은 것은 유피의 손이었다. 그걸 깨달은 나는 곧장 몸을 떼려고 했다.

하지만 유피가 나를 정면에서 껴안으며 저지했다. 유피의 체온과 향을 가득 느끼고 헐떡이듯 숨을 내뱉었다.

"이~거~ 놔~!"

"후후…… 아니스는 금세 삐지는군요."

뭐가 재미있는지 유피는 키득키득 웃으며 이마를 맞댔다.

그런 유피에게 가볍게 박치기를 먹이고서 몸을 벌떡 일으켰다.

너무 갑자기 움직였는지 어지러웠다. 침대 위에 주저앉은 나를 바라보며 유피도 몸을 일으켰다.

"좋은 아침이에요, 아니스. 어젯밤에는 잘 먹었어요."

기분 좋아 보이는 유피를 보고 나는 입술을 삐죽였다. 뺨에 열이 올라와, 아마 빨개졌을 것이라 생각한다.

유피가 정령 계약자가 되고 나서 함께 자는 일이 늘었다. 유피의 「식사」를 위해서였다. 식사라고 해도 유피가 먹는 것은 내 마력이었다.

정령 계약자는 사람의 그릇을 가졌지만 정령인 존재다. 그리고 정령은 마력을 양식으로 삼는다.

육체를 유지하기 위해 평범한 식사도 필요하지만, 그보다도 유피가 추구하는 것은 마력이다. 이건 정령의 본능에 가깝다.

마력을 섭취하려면 서로 밀착하는 것이 좋다. 그래서 같이 자는 일이 자연스럽게 늘어났다.

마력을 주는 건 상관없다. 문제는 마력을 주고 나면 다음 날 아침에 내 몸이 다소 나른하다는 것과, 마력을 섭취하려고 몸을 붙여 응석을 부리거나, 반대로 내 응석을 받아 주려고 하거나, 온갖 수단으로 나를 현혹하려 드는 소악마처럼 귀여운 유피의 태도다!

"으으……. 연상의 위엄이……!"

"아직도 그 소리인가요."

유피가 귀엽다는 듯 웃으면서도 어이없어하며 말하는 것이

괜히 더 못마땅했다. 분한 마음에 얼굴을 찌푸리고 있자, 그런 내가 재미있는지 유피는 손가락으로 내 볼을 찔렀다.

"하지 마."

"삐지지 마세요, 아니스."

"안 삐졌어!"

이것도 반해 버린 자의 설움일까. 최근 유피에게 농락당하는 것 같다.

나도 여유를 가지고서 유피의 응석을 받아 주고 싶은데, 유피에게 마력을 뺏기면 뇌가 물먹은 것처럼 멍해지고 그사이에 그녀에게 끌려가 버린다. 그게 딱히 싫은 건 아니지만, 부끄럽기도 하고 뭔가 좀 분했다.

"하아…… 뭐, 됐어. 좋은 아침이야, 유피."

"네."

마력을 섭취한 다음날 아침의 유피는 늘 기분이 좋다. 생글생글 웃으며 나를 바라봐준다. 그 눈빛에 담긴 마음이 느껴져서 가슴이 간질간질하고 들썩거렸다.

지금의 모습을 보니 처음 별궁에 왔을 때 어쩔 줄 모르던 유피가 조금 그리웠다. 이제는 완전히 뻔뻔한 소악마처럼 굴게 되었다.

유피가 왕가에 양자로 들어와 2왕녀가 되고 벌써 넉 달이 지났다. 이 새콤달콤하고 정신없을 만큼 행복한 나날은 완전히 일상이 되었다.

유피와 가볍게 장난치고 있으니 노크 소리가 들렸다. 문 너머에서 인사를 건넨 사람은 일리아였다.

"아니스피아 님, 유필리아 님, 안녕히 주무셨습니까."

"벌써 시간이 됐나요. 그럼 일어날까요, 아니스. 아침 먹어야죠."

유피가 가자며 손을 내밀었다. 나는 어깨를 으쓱이고서 유피의 손을 잡았다.

오늘도 하루가 시작된다.

* * *

"안녕히 주무셨어요? 아니스 님, 유필리아 님."

"안녕, 레이니."

옷을 갈아입고 아침을 먹기 위해 식당에 가니 레이니가 부지런히 준비 중이었다. 시녀로 일하는 모습이 아주 자연스러워져서 믿음직스럽기까지 했다.

맛있는 냄새를 맡으니 배에서 꼬르륵 소리가 났다. 마력을 양도한 다음날은 평소보다 배가 고팠다. 그래서 다른 사람들보다 먹는 양이 조금 많았다.

식사 중에는 아무도 떠들지 않아서 조용히 시간이 흘러갔다. 내가 제일 마지막으로 다 먹고 나면 그때부터 담소가 시작되는 것이 매일 아침의 습관이다.

“잘 먹었어. 오늘은 좀 느긋하게 있다가 나가야겠다.”

“밤새우지 마시고 시간을 지켜주시면 저도 레이니도 편할 텐데요. 아니면 앞으로는 유필리아 님에게 깨워달라고 하는 게 좋을까요?”

“저는 상관없는데…….”

“내가 상관있으니까 안 돼!”

언제 한 번 유피가 깨우러 왔을 때 늦장을 부렸다가 「맛보기」를 당한 적이 있다. 매번 그렇게 깨우면 내 몸과 마력이 못 버틴다.

“……이제 익숙해질 때도 되시지 않았습니까.”

“일리아, 왜 나를 유감스럽다는 눈으로 보는 거야?”

“아니요. 아니스피아 님은 참 허당이시라는 생각 같은 건 하지 않았습니다.”

“이미 입으로 말했거든?!”

나, 나는 허당이 아니야! 그래, 절도! 절도를 지킬 뿐이라고!

그런 내 생각을 꿰뚫어 본 듯, 일리아는 애매한 표정으로 미적지근한 시선을 보냈다. 유피와, 그, 연인 사이가 된 뒤로 일리아의 놀림은 거침이 없어져서 조금 울컥하고 말았다.

유피는 태연하게 받아넘기고 있지만 레이니는 딱하다는 듯 나를 보았다. 레이니의 반응에 눈물이 나려고 했다.

“레이니는 별궁의 치유제야…… 쭉 그대로 있어 줘…….”

“어, 음…….”

레이니가 뭐라 말하기 어려운 표정으로 침음을 흘렸다.
자, 장난은 이쯤 하고 오늘도 일할 준비를 해야겠다.

지금 내게 주어진 일은 마도구 보급을 위한 사전 준비였다.

내가 성과를 냄에 따라, 마도구의 가치를 확인하고자 내 말에 귀를 기울여 주는 사람이 늘었다. 이 변화는 순수하게 기뻤고, 그렇기에 확실하게 전해지도록 이것저것 생각해야 했다.

예전과 비교하면 정말로 마음가짐이 달랐다. 전에는 좀 더 필사적이었고, 받아들여주길 바라다가 어느 순간 포기했었다. 이해를 바라지 않는 편이 나았다. 그것이 기상천외 왕녀라고 불리는 행동으로 이어졌다.

자신을 위장하고, 내 마음을 지키기 위해 누구도 건드리지 못하게 했다. 지금 돌아보면 여유가 없었다. 나 자신을 돌아볼 수 있는 것도 모두가 있기 때문이었다.

그렇기에 진심으로 지금 이 순간이 사랑스러웠다. 그리고 행복하기에 이 행복이 계속되도록, 더 커지도록, 내가 할 수 있는 일을 하고 싶었다.

"그럼 슬슬 갔다 올까."

"네, 다녀오십시오. 아니스피아 님."

"다녀오세요, 아니스 님!"

일리아와 레이니에게 식사 정리를 부탁하고서 나는 유피와 함께 별궁을 나섰다.

그러자 유피가 내 손을 잡고 뭔가를 조르듯 빤히 바라보았다. 유피의 표정을 본 나는 조금 망설이면서도 뺨에 키스했다.

"……자, 잘 갔다 와."

"아직도 익숙하지 않으신가 보네요. 그럼……."

"안 돼!"

나는 얼른 손을 들어서 입술에 키스하려고 한 유피를 막았다. 유피가 지그시 바라보았지만 나는 고개를 가로저었다.

"최근 뺏어 먹는 일이 많으니까 안 돼."

"……무슨 일이 있어도 안 되나요?"

"무슨 일이 있어도!"

이 아이도 참, 틈만 나면 마력을 흡수하려 드는 곤란한 아이가 되었단 말이지!

맛을 들이기도 했을 테고, 정령 계약자로서의 삶에도 익숙해졌을 것이다. 하지만 계속 마력을 뺏기는 내 입장도 생각해 줬으면 한다. 심장이 항상 쿵쾅쿵쾅 뛰니까.

"……키스 정도는 괜찮잖아요. 밤에는 그렇게나 하는데……."

"밤은 밤이고! 아침은 아침이야! 유피는 분별이 있는 왕녀님이지?"

모범생 유피, 돌아와 줘, 얼른. 내 수치심이 펑 터져 버리기 전에.

"어쩔 수 없죠. 그럼 다음에 할게요."

유피가 간단히 물러나기에 나는 깊이 한숨을 쉬었다. 처음 만났을 때는 내가 유피를 휘둘렀을 텐데. 이 석연치 않은 기분은 뭐지.

그렇게 내가 생각에 빠진 틈을 타 유피가 다가왔다. 포박하듯 내게 팔짱을 끼고 귓가에 속삭였다.

"밤에 좀 더 배불리 먹게 해 주면 찔끔찔끔 빼어 먹는 건 줄일 수 있을지도 몰라요. 저는 언제든 기다리고 있답니다."

"유피!!"

나도 모르게 큰 소리를 내고 말았다. 새빨개졌다는 걸 알 수 있을 만큼 얼굴이 뜨거워졌다.

찔끔찔끔 빼어 먹는 건 결국 유피가 만족스럽게 마력을 섭취하지 못했기 때문이리라. 하지만 그건 즉 지금보다 더한 친밀함을 바란다는 것이었다. 싫지는 않지만, 여기서 할 이야기는 아니라고 할지, 다른 데서 해도 곤란한 이야기라고 할지……!

"농담이에요."

유피는 팔짱을 풀고 장난을 떠올린 아이처럼 웃었다. 자신의 입술에 검지를 대고서 즐겁게 등을 돌렸다.

당장에라도 음표가 튀어나올 것처럼 즐거워하며 걸어가는 그녀의 뒷모습을 보고 나는 고개를 푹 숙이고 말았다.

"……성실한 주제에 장난기가 심하다고……!"

농담 따위 안 할 고지식한 사람처럼 보여도, 친해진 상대에게는 성격이 나빴다.

참고로 유피의 기질은 그란츠 공과도 공통된 특징이었다. 같이 일하게 되면서 안 거지만.

유피의 엄마인 네르셸 부인도 웃는 얼굴로 무슨 생각을 하는지 알 수 없는 사람이고……. 뭔가 묘한 부분이 유전됐다고 할까, 아무튼 갭 때문에 곤란했다.

"……이 이상 좋아하게 만들어서 어쩌려는 거야."

무심코 중얼거리고서 떠오르려고 한 상상을 털어 냈다. 지금부터 일할 거니까 언제까지고 풀어져 있을 순 없다! 그렇게 생각하며 나는 뺨을 때려 의식을 전환했다.

1장 새로운 동료를 맞이하고

"좋은 아침이에요, 그란츠 공."

"안녕하십니까, 아니스피아 왕녀 전하."

나는 그란츠 공이 있는 왕성의 집무실을 찾았다. 최근에는 대부분 그란츠 공과 함께 일해서 이곳도 익숙해졌다.

그란츠 공은 재상. 확실히 말해서 업무량이 범상치 않았다. 같이 일하게 되면서 통감했는데, 아바마마와 그란츠 공은 미칠 듯이 일하고 있었다. 가정을 돌보지 않는다는 말을 듣더라도 어쩔 수 없었다.

어마마마가 외교관을 그만두고 아바마마를 보좌하면서 편해졌다곤 들었지만. 그래도 휴일 반납은 당연했다. 완전히 과로라서 건강이 걱정되었다.

새삼스럽지만 나는 정말 부모님 속을 많이 썩였다. 아바마마가 실제 나이보다 열 살은 더 늙어 보이는 건 거듭된 마음고생 때문이리라. 더더욱 죄송스럽다.

……반면 전혀 늙지 않고 피로 따위 느껴지지 않는 그란츠 공은 진짜 괴물이다. 유피도 그렇고, 마젠타 공작가는 초인 집안인건가.

"그란츠 공, 오늘 일정은 어떻게 되나요? 또 강의인가요?"

"아니요, 오늘은 강의 예정도 시찰 예정도 없습니다. 지난 번 강의로 대부분의 지방 기사단에 설명이 끝났으니까요."

"아, 그랬군요. 그럼 저는 뭘 하면 되죠?"

"급한 일은 끝났으니 보급할 마도구 선정과 시험 작동이 주된 일이 될 겁니다. 신개발 아이디어가 있다면 그쪽을 우선하셔도 됩니다."

"그래도 돼요?"

"현재 아니스피아 왕녀 전하께서 움직이셔야 할 안건은 없습니다. 주위에 알리는 일은 끝났지만, 실제로 마도구가 널리 퍼지려면 아직 멀었습니다. 마도구 검증은 근위 기사단 일부가 맡아서 하고 있으나 이쪽도 시간이 걸립니다. 아니스피아 왕녀 전하의 검사가 필요하겠지만, 아직 그럴 시기는 아닙니다."

"하아…… 그런가요."

"보급 후에는 할 일이 많아지겠지만 지금은 개발을 우선하셔도 됩니다. 정무는 유필리아 왕녀 전하의 담당이니까요."

유필리아 왕녀 전하라고 부르는 그란츠 공을 보고 나는 애매한 표정을 짓고 말았다.

유피가 양자가 되어 마젠타 공작가와 연을 끊은 뒤로, 그란츠 공은 유피를 왕녀 전하라고 불렀다.

부모 자식이 아니라 왕녀와 신하라는 입장을 철저히 고수하는 두 사람에게 나는 아무 말도 할 수 없었다. 감탄스럽지만 어이없기도 하고, 살짝 죄책감이 드는 그런 기분이었다.

다만 지금과 같은 관계가 된 뒤로 유피가 그란츠 공 때문에 혀를 차는 모습을 보이기도 하니까 오히려 건전해진 것 같기도 하다. 처음 별궁에 왔을 적의 유피는 그란츠 공의 가르침을 절대적으로 여기는 느낌이었고.

정면으로 부딪치며 서로 절차탁마하는 지금의 관계가 더 좋을지도 모른다. 하지만 그란츠 공이 유피에게 상당한 난제를 던지고 있는 모양이라, 한편으론 좀 봐줬으면 하는 생각도 든다. 왜냐고? 유피의 불만의 여파가 나한테 오니까!

"향후 일정은 방금 말씀드린 바와 같지만, 이 기회에 아니스피아 왕녀 전하 곁에 사람을 두고 싶습니다."

"네? 제 조수로 부하를 새로 두겠다는 건가요?"

"네. 앞으로 마도구를 보급할 걸 생각하면 아니스피아 왕녀 전하의 생각을 이해하는 자가 많은 편이 좋겠죠. 그 발판으로 추천하고 싶은 자가 두 명 있습니다. 호위도 겸하기에 기사단에서 뽑았습니다."

"기사단에서…… 아아, 조수와 호위 역할 외에 마도구 지도관 역할도 내다본 건가요?"

"지금은 근위 기사단이 아니스피아 왕녀 전하에게 가르침을 받아 그 역할을 맡고 있지만, 언젠가는 지도를 전문적으로 담당하는 인재가 필요하겠죠."

"저는 마도구 개발도 하고 싶고, 맨날 지도만 하고 있을 순 없으니까요.”

최근에는 기존 마도구의 보급 준비로 바빠서 마도구를 만들 시간이 없었고, 그런 인재는 앞으로 계속 필요해질 것이다. 그걸 고려한 요원이라면 나도 꼭 곁에 두고 싶다.

“미리 이쪽으로 오게 했습니다. 만나 보시겠습니까?”

“네, 부탁할게요.”

내가 승낙하자 그란츠 공이 종을 울려 신호를 보냈다. 잠시 후 두 사람이 방에 들어왔다.

한 명은 밝은 갈색 머리를 땋은 여자아이. 눈은 맑은 파란색이었고 어딘가 반장 같은 아이였다. 안경을 써서 더 그렇게 보이는 것 같았다.

다른 한 명은 체격이 좋은 청년이었다. 검은 머리를 짧게 쳤고, 가느다란 실눈은 뜬 건지 감은 건지 애매했다. 자세히 보니 눈은 짙은 갈색이었다. 어딘가 전생의 부처가 연상되는 얼굴이었다.

여자아이 쪽은 처음 보지만, 부처처럼 생긴 기사 청년은 낯이 익었다. 어디서 봤더라? 하고 고개를 갸웃하고 있으니 두 사람이 허리를 숙여 인사했다.

“처음 뵙겠습니다, 아니스피아 왕녀 전하. 저는 하르피스 네이블스라고 합니다. 네이블스 자작가의 딸입니다.”

“저는 가크 램프입니다! 근위 기사단의 수습 기사입니다!”

하르피스라고 이름을 밝힌 여자아이는 영애로서 정중하

게, 가크라고 이름을 밝힌 청년은 조금 긴장한 얼굴로 인사했다. 들은 적이 있는 이름이라서 나는 손바닥에 주먹을 올렸다.

"어디서 본 것 같다 했더니 갓군이잖아!"

내가 갓군이라고 부른 이 청년과 만난 것은 모험가로 활동할 때였다.

언젠가 램프 남작령에서 이루어진 기사단과 모험가의 합동 야외 연습에 참가했었는데, 그때 만났다. 그 당시 갓군은 램프 기사단의 수습 기사였지만.

"갓군…… 기, 기억해 주셔서 영광입니다……."

"몇 년 만이지? 어라? 근위 기사단 소속? 램프 기사단은 어쩌고?"

"지금은 근위 기사단에서 견문을 넓히고 있습니다. 이번에 아니스피아 왕녀님의 수행원으로 뽑혀서 대단히 영광입니다."

"그랬구나. 조금 놀랐어."

"옛정을 확인하는 것도 좋지만, 먼저 설명해 드리고 싶은데 괜찮겠습니까? 아니스피아 왕녀 전하."

"아, 미안해요, 그란츠 공. 부탁할게요."

아는 얼굴을 만나서 이야기가 딴 길로 새고 말았다. 다시금 앉은 자세를 바로 했다.

"그럼 말씀드리겠습니다. 앞으로는 하르피스 네이블스와

가크 램프를 곁에 두셨으면 합니다. 하르피스는 근위 기사단의 수습 문관이고 가크도 수습 기사지만 장래가 기대되는 자들입니다. 아니스피아 왕녀 전하와의 상성도 고려하여 선출했으니 불편하시진 않을 겁니다."

"열심히 하겠습니다. 잘 부탁드립니다."

그렇게 말하고 하르피스가 내게 열렬한 시선을 보냈다. 동경하던 사람을 보는 눈부신 시선이라서 몸을 살짝 뒤로 뺄뺐했다. 귀족 영애가 내게 이렇게 열렬한 호의를 보내는 건 처음이었다.

"정식으로 인사할게. 아니스피아 윈 팔레티아야. 앞으로 잘 부탁해."

내가 악수를 청하자 두 사람은 조금 긴장한 모습으로 손을 맞잡아 줬다. 자기소개가 끝난 것을 보고 그란츠 공이 말했다.

"그럼 아니스피아 왕녀 전하, 말씀드릴 내용은 이게 다입니다. 다음 예정이 결정되면 사람을 보낼 테니 그때까지 자유롭게 지내시면 됩니다."

"알겠어요. 그럼 오늘은 이 두 사람과 친목을 다져야겠네요. 무슨 일 생기면 바로 연락해 주세요."

그란츠 공이 고개를 끄덕인 것을 확인하고서 나는 두 사람을 데리고 집무실을 뒤로했다.

"그럼 조용한 곳에서 이야기 나눌까."

"네. 아니스피아 왕녀 전하께서 원하시는 대로."

하르피스가 아직 긴장이 완전히 풀리지 않은 모습으로 대답했다. 얼른 친해져서 편하게 대해 줬으면 좋겠다. 갓군도 긴장한 것 같지만, 하르피스만큼 딱딱하게 굳어 있지는 않았다.

대화 나누기 편한 곳이 어디 없을까 싶어서 왕성의 메이드에게 확인해 보니 안뜰을 추천해 줬다. 차도 준비해 달라고 부탁하고서 우리는 장소를 옮겼다.

왕성의 안뜰은 성에서 일하는 사람들의 휴식처이기도 했다. 그런 안뜰에서도 특히나 훌륭한 구역이 있는데, 이곳은 거의 왕족 전용 취급이었다.

어마마마가 외교관으로 일하셨을 때, 때때로 돌아오셔서 이곳으로 나를 불러내 설교하시곤 했던 게 생각나 먼 산을 보게 되었다. 평소에 이곳에 들어올 기회가 없었을 하르피스와 갓군은 황송해하는 것 같았다.

"……일단 앉을까."

"시, 실례합니다."

갓군이 우리를 신경 써서 의자를 빼 줬다. 마지막으로 갓군이 자리에 앉자 부탁했던 차가 도착했다. 같이 먹을 과자도 가져와 줘서 기뻤다.

"두 사람 모두 다시금 잘 부탁한다고 하면 되려나? 우선 뭐부터 이야기할까?"

"저는 초면이지만, 가크 씨와는 면식이 있으셨던 건가요?"

"모험가로 활동할 때 램프 기사단과 함께 행동한 적이 있거든. 하르피스랑 갓군은 기사단에 들어오고 나서 알게 된 사이야?"

"아뇨. 가크 씨와는 예전부터 조금 친분이 있었어요. 제 약혼자와 귀족 학원 동기라서요."

"그렇구나. 그럼 완전히 초면인 건 나랑 하르피스뿐인가. 편하게 대해 줘. 딱딱하게 구는 건 별로 안 좋아하고, 여러모로 사이좋게 지내고 싶으니까."

"네, 네에……."

"신경 쓴다고 해도 어차피 이런 사람이야, 하르피스."

"가, 가크 씨!"

갓군의 태도가 곧장 허물없어지자 하르피스는 살짝 당황했다.

나는 그런 갓군을 바라보며 씩 웃었다.

"처음 만났을 때 갓군이 보였던 태도와 비교하면 전혀 무례하지 않으니까 말이지."

"아, 과거를 너무 들추지 말아 주세요! 아니스피아 님!"

"뭐랬더라, 「왕녀님, 취미로 온 거라면 돌아가! 우리는 놀고 있는 게 아니야!」 였던가?"

내가 과거를 더듬어 갓군이 했던 말을 떠올리자 갓군은 수치심에 몸부림치듯 양손으로 얼굴을 가리고 경련했다.

"그 후 나한테 된통 깨졌지. 그거랑 비교하면 훨씬 나아."
"정말로! 그때 일은! 반성하고 있으니! 들추지 말아 주세요!"
갓군이 울 것 같은 모습으로 신음했다. 정말로 그리운 이야기다. 아직 내가 모험가로 유명해지지 않았을 때라서, 왕녀라는 걸 알고 시비를 걸었던 게 첫 만남이었다.
"평범한 합동 연습이었는데 마물이 습격해 난전 상태가 됐었지. 수습 기사 중에서 확실하게 마물과 싸웠던 사람은 갓군뿐이었기에 또렷이 기억해."
"……그 무렵에도 아니스피아 님은 정말 대단했죠. 이 사람은 언젠가 나라를 바꾸겠다고 생각했지만, 예상보다 더 대단해졌어요."
갓군이 머리를 벅벅 긁으며 그렇게 말했다. 그 모습에서 친애와 존경이 보여서 조금 낯간지러운 기분이 들었다.
"그러게요. 예전부터 아니스피아 왕녀 전하와 친해지고 싶었는데 마침내 염원이 이루어져서 기뻐요."
"하르피스까지? 우리 뭔가 접점이 있었나……?"
"직접적인 접점은 없어요. 굳이 찾자면 제가 유필리아 왕녀 전하와 레이니 양의 동기라는 것 정도일까요?"
"하르피스는 유피와 레이니의 동기였구나?"
"동기 이상의 접점은 없지만요. 유필리아 왕녀 전하와는 파벌이 달라서 말을 나눈 적도 없어요. 레이니 양은 당시 상황이 그랬기에……."

"아아, 응. 레이니는…… 어쩔 수 없지……."

귀족 학원에서는 아르 군이나 그 주위에 있던 성가신 사람들이 레이니를 에워싸고 있었으니 어쩔 수 없다.

"유피랑 파벌이 달랐다면 혹시 마법부파?"

"네, 그렇게 되죠."

"그럼 하르피스가 내 수행원이 되는 건 별로 안 좋지 않아? 괜찮아?"

"마법부파라고 해도 중립이거든요. 아니스피아 왕녀 전하 입장에서는 수수방관하던 귀족이라서……."

"아아, 그런 거구나."

내가 뭘 하든 자기랑은 상관없다는 태도를 관철했던 파벌인가.

나를 싫어했던 건 마법부 내에서도 과격파고, 그 파벌이 가장 컸다. 반대로 소수파였던 것이 내 마학을 일고할 가치가 있다고 평가해 준 사람들이다.

중립을 관철하며 수수방관하던 세력까지 더해서 마법부는 세 파벌로 나눠져있었다. 과격파, 중립파, 용인파의 비율이 6:3:1 정도였다.

"비행용 마도구 발표가 큰 계기였지만, 그 전부터 저는 아니스피아 왕녀 전하와 친해지고 싶었어요."

"발표 전부터? 왜?"

"부끄럽지만…… 저는 마법 실력이 그렇게 좋지 않거든요.

약혼자는 마법부에서 일하는데 제가 근위 기사단 소속 문관인 건 그래서예요."

"기본적으로 마법부와 기사단은 사이가 안 좋지……."

하르피스가 조금 어두운 표정으로 사정을 밝혔다. 이에 갓군이 맞장구를 치듯 중얼거렸다. 대화 내용을 듣고 나도 떨떠름한 표정이 되어 버렸다.

마법부는 엘리트의 모임이지만 현장에 나가는 일은 드물었다. 기사단이 보기에는 정치에 몰두해서 현장을 돌보지 않는 거였다.

반대로 마법부는 좁은 문을 통과하지 못한 패배자들이 험담한다며 깔보는 태도를 보이는 사람이 많았다. 그래서 기사단과 마법부는 이래저래 사이가 나빴다.

근위 기사단에는 그런 태도를 보이는 사람이 많지 않지만, 지방의 기사단은 왕도의 관료 귀족을 싫어하는 경향이 있었다.

아바마마 시대에 일어난 쿠데타의 영향으로 정치에서 멀어진 것도 원인이겠지만. 어쨌든 인연이 깊었다.

"마법이야 제게 재능이 없는 거니까 어쩔 수 없죠. 하지만 어떻게도 할 수 없는 상황에 정령을 불신할 뻔한 적도 있어요."

"……하르피스, 그건."

"알고 있어요. 그런 마음가짐은 팔레티아 왕국의 귀족으로서 실격이에요. 그래도 완전히 씻어 낼 수 없었어요."

그렇게 말하는 하르피스의 표정은 매우 씁쓸했고 괴로워 보였다.

“마법 교과서와 참고 문헌을 수없이 읽었어요. 생활 습관을 고쳐서 정령에게 빠짐없이 기도하며 이전보다 더 열심히 빌었어요. 그래도 아무것도 달라지지 않아서 괴롭고 힘들었어요. 도저히 견딜 수 없어서 부모님과 선생님에게 상담한 적도 있어요. 하지만 다들 제 기도에 진심이 담겨 있지 않아서 그렇다고 했어요. 불신감을 품고 있는 한, 마법 실력은 향상되지 않는다고…….”

하르피스의 고백에서 전해지는 심정에 나는 아프도록 공감하고 말았다. 그 아픔은 내가 오랜 세월 품었던 아픔과 똑같았다.

마법 실력이 곧 귀족의 가치인 팔레티아 왕국에서 마법 실력이 성장하지 않는 게 얼마나 큰 고통인지 나는 잘 알고 있었다.

아무리 기도하고 빌더라도. 그럼에도 전혀 바뀌지 않는 현실을 저주하고 싶어지는 마음도 이해했다.

“저는 달라지고 싶어요. 될 수 있다면 조금이라도 전하처럼 되고 싶어요. 그날, 하늘을 자유롭게 나는 아니스피아 왕녀 전하의 모습을 보고 저는 더더욱 그렇게 바라지 않을 수 없었어요. 그래서 이런 기회를 얻어 정말로 기뻐요.”

어두운 표정을 짓고 있던 하르피스가 결의에 찬 눈으로

나를 똑바로 바라보았다.

그 열량에 가슴이 떨렸다. 긴장을 늦추면 눈물이 날 것 같았다. 나와 비슷한 아픔을 겪은 아이가, 그래도 꿈을 향해 나아가려고 했다.

그렇기에 강하게 생각했다. 힘이 되고 싶다고. 이 열량을 소홀히 여겨서는 안 된다고.

"마학을 배운다고 해서 딱히 마법 실력이 향상되는 건 아니고, 너의 희망으로 이어질지는 알 수 없어. 하지만 그래도 나는 하르피스의 힘이 되어 주고 싶어. 그러니 나는 하르피스의 힘이 될 거고, 하르피스도 내 힘이 되어 줬으면 해."

"네. 아무쪼록 잘 부탁드립니다!"

하르피스가 힘차게 대답했다. 웃고 있는 그 모습은 참 믿음직스러웠다. 나도 자연스럽게 웃게 됐다.

"저도 마법 성적이 그렇게 좋지는 않았던지라. 하르피스만큼은 아니겠지만 진지하게 임할 생각이니 잘 부탁드립니다, 아니스피아 님."

"응응. 잘 부탁해, 갓군."

"……아까부터 말씀드리려고 했는데, 평범하게 이름으로 불러 주시면 안 될까요?!"

"응……? 하지만 갓군이 부르기 편한걸."

"제 취급이 미묘하게 하찮지 않나요? 기분 탓인가요? 네? 아니스피아 님!"

불만이라는 듯 갓군이 항의했다. 그런 우리를 보고 하르피스가 웃고, 안뜰에는 작은 웃음소리가 울렸다.

* * *

그날 밤, 저녁을 먹고 씻은 나는 방에서 유피와 이야기를 나눴다.

양자로 들어와 왕녀가 되고 나서 유피는 매우 바빴다. 같이 행동하는 시간이 줄어들었기에 최소한 그걸 메꾸고자 이렇게 밤에 대화 시간을 마련했지만…….

"그래서 말이지, 하르피스랑 갓군이라는 아이가 앞으로 내 옆에서 이것저것 배우고, 마학을 퍼뜨리기 위한 발판이 되어 줄 거야."

"……흐응~."

"……유피 씨?"

나도 모르게 공손해지고 말았다. 유피가 감정의 색이 보이지 않는 무표정한 눈으로 나를 바라보았기 때문이다. 뭐, 뭔가 기분 상할 만한 말을 했던가?!

"하르피스라는 아이를 굉장히 열심히 이야기하신다는 생각은 딱히 하지 않았어요."

"어? 아니, 저기, 유피 씨?"

"그런 생각 안 했어요."

"생각했으니까 말하는 거지?"

"안 했는데요?"

"……질투인가요?"

"아니스가 생각하기에는 어떤가요?"

악우 티르티가 했던 말이 문득 머릿속에 되살아났다.

『그 아이, 의젓해 보여도 꽤 질투심이 많으니까 조심해.』

그렇게 말한 티르티도 나와 거리가 가깝다며 노골적으로 거리를 두게 됐다는 게 생각났다.

등골이 오싹해졌다. 조심조심 유피에게 시선을 되돌리니 전혀 안 웃고 있다는 걸 알 수 있는 웃는 얼굴로 나를 바라보고 있었다.

"저기, 아니야. 아닙니다. 아니에요……."

"……농담이에요."

냉기가 사라지고 유피가 평소처럼 웃었다. 정말로 농담이었을까. 그런 의혹을 담아 유피를 보고 말았다.

"네이블스 자작가의 아가씨고 저와 귀족 학원 동기인 거죠? 그렇다면 그분의 약혼자는 저도 아는 사람이에요."

"그래?"

"마법부에서 이래저래 저를 챙겨 주시는 분이거든요. 앤티 백작가의 막내아들이에요."

"아아, 앤티 백작가인가. 납득했어."

앤티 백작가는 마법부 내에서도 중견직을 맡은 집안이다.

중립파의 유력 귀족 중 하나로, 가주와 장남이 마법부에서 일하고 있다는 건 나도 알았다.

그 두 사람과 말을 나눈 적도 있는데, 누가 뭐라고 하든 꿈쩍도 안 할 사람들이었다.

"과격파였던 사람들이 힘을 잃은지라 지금 마법부에서 가장 큰 세력은 중립파예요. 적도 아군도 아니기에 오히려 설득하기 어려워요."

"적도 아군도 아니다, 라."

그건 확실히 성가시다. 아군이라면 융통성을 발휘할 수 있고, 적이라면 무너뜨리면 된다. 하지만 중립파를 아군으로 끌어들이려면 파벌을 바꾸게 할 만한 이유가 필요해진다.

"소극주의도 과하면 무관심이에요. 자기 일이 아니기에 힘을 쏟지 않는다고 할지……. 마법부에 드나들면서 새삼 통감했어요. 그들은 전통을 좀 과하게 고집해요."

"전통을 고집하는 건 변화를 받아들일 토양이 없다는 거지……."

"바로 그거예요. 개혁하기에는 인재가 너무나도 부족해요."

유피가 무심코 푸념할 만큼 마법부 장악은 차질을 빚고 있는 모양이다.

정령 계약자가 되면서 지금까지 팔레티아 왕국이 계승해 온 전통의 기수에 걸맞은 인물이 되었지만, 유피는 새로운 바람으로 내가 제창한 마학과 마도구를 보급시키고 싶어 했다.

그러나 마법부는 우리가 가져오려고 하는 변화에 소극적인 태도를 보이고 있었다. 적대적이지 않다는 것이 오히려 성가신 부분이었다. 변화를 거부하고 종전의 방식을 바꾸지 않겠다며 껍데기 속에 틀어박혀 있는 꼴이었다.

이것이 유필리아가 바라는 개혁에 치명적인 영향을 주고 있었다.

"그저 굴복시키는 거라면 솔직히 얼마든지 가능해요."

"응……. 하지만 억지로 굴복시키고 싶지 않은 거지?"

"네. 저는 이 나라를 바꾸고 싶어서 이 길을 택했어요. 억지로 굴복시키는 길은 가고 싶지 않은데……."

하아, 하고 유피가 한숨을 쉬었다. 그 얼굴에서 피로가 조금 보였다.

"유피, 침대로 갈까."

"아니스?"

"잔뜩 가져가지 않는다면, 마력을 나눠 줄게."

연일 뺏기면 피로가 풀리지 않지만, 조금 응석을 받아 주는 정도라면 나눠 줘도 될 것이다. 내 수고와 비교하면 유피 쪽이 명백히 힘들다.

먼저 침대에 들어가자 유피도 뒤따라 들어왔다. 눕자마자 내게 다가와 가슴에 얼굴을 묻고 끌어안았다.

이마를 가슴에 문지르며 깊이 숨을 내쉬더니, 유피는 그대로 정지했다. 나는 유피의 머리를 쓰다듬으며 위로하듯 말했다.

"안달 내지 말고 천천히 해 나가자. 그리고 같이 생각하자. 마법부 사람들을 어떻게 설득할지."

"……아니스는 그 사람들에게 미움받고 있잖아요."

유피가 토라진 목소리로 말했다. 그게 굉장히 그 나이 또래 아이처럼 보여서 귀여웠다.

"미움받고 있기에 유피는 생각하지 못할 아이디어가 떠오를지도 몰라. 어쨌든 혼자 애쓰지 않아도 돼. 유피에게는 일리아도 있고 레이니도 있으니까."

"……네, 물론이죠. 알고 있어요."

유피가 가슴에 묻었던 얼굴을 들고 그대로 가볍게 키스했다. 몇 번 쪼듯이 키스한 후, 내 목 쪽으로 입술을 내렸다.

유피의 입술이 목에 닿자 거기서부터 열이 퍼졌다. 그 열을 빨아들이는 감각에 몸이 멋대로 움찔거렸다.

머릿속이 흐물흐물해지는 감각과 함께 마력이 빠져나갔다. 그러는 동안 나는 유피의 머리를 계속 쓰다듬었다. 매끄러운 감촉이 기분 좋았다.

"……실은 조금 거짓말을 했어요."

"응?"

입술을 뗀 유피가 별안간 작게 속삭였다.

"하르피스 양에게 질투했어요."

"……아니, 딱히 하르피스를 그런 눈으로 보진 않아."

"알고 있어요. 그런 의미가 아니라, 저도 아니스의 조수였잖아요?"

유피가 나를 껴안고서 시선만 들어 쳐다봤다. 떨리는 장밋빛 눈으로 쳐다보며 그 나이 때 소녀답게 토라진 표정을 짓는 유피는 솔직히 매우 귀여웠다.

"아르칸시엘과 다른 마도구를 몇 개 같이 만들었지만…… 앞으로는 그러기 어려울 테니까…… 저도 조금은 서운하다고요."

"유피……."

"저희가 바란 미래를 위해 필요한 일이라는 건 알아요."

하지만, 하고 중얼거리며 유피는 입술을 삐죽였다. 다시 내 가슴에 얼굴을 묻고 응석 부리듯 이마를 문지르며 투덜거렸다.

"하지만 사실은 저도 무엇에도 사로잡히지 않은 채 당신 곁에 있고 싶어요. 당신의 가장 소중한 사람이 되고 싶어요. ……그래서 하르피스 양에 관해 그렇게 열심히 말하니까 질투하고 말았어요."

"으으으윽……!"

이 아이는 어쩜 이렇게 귀여운 말을 할까? 소악마인가?

"나에게 가장 소중한 건 유피야. 떨어져 있더라도 쭉 네가 제일이야. 내 꿈을 가장 응원해 주는, 내가 사랑하는 사람."

유피의 뺨을 잡아 고개를 들게 하고 이마에 입을 맞췄다.

질투해 줬다고 생각하니 역시 기뻤다. 유피에게 내가 특별하다는 느낌이 들어서.

그렇기에 응석을 받아 주고 싶어졌다. 나도 유피를 제일 좋아하고, 유피처럼 함께 있을 수 있다면 얼마나 좋을까 생각했다.

"우리가 쭉 같이 있을 수 있도록, 그걸 모두에게 인정받을 수 있도록 이 길을 택한 거잖아. 괜찮아. 우리는 쭉 함께 걸어갈 거야."

유피의 등을 리듬감 있게 두드렸다. 아이를 달래듯 등을 두드리자 유피가 몸을 더 밀착시켰다.

"아니스, 정말 좋아해요."

"나도, 정말 좋아해."

유피가 얼굴을 가까이 붙여 키스했다. 이번에는 쪼는 것보다도 긴 키스였다. 눈을 감고 서로의 존재를 느꼈다. 이 순간이 참을 수 없이 사랑스러워서 행복했다.

나는 더 행복해지고 싶고, 유피도 행복하게 해 주고 싶다. 그리고 가능하다면 더 많은 사람이 그랬으면 좋겠다.

커다란 행복을 늘려서 다 같이 행복해지고 싶다. 진심으로 그렇게 바랐다.

"……하르피스는 약혼자가 있으니까 꼬시면 안 돼요."

"잠깐만. 나는 딱히 아무나 막 꼬시지 않아! 그렇게 절조 없는 사람이 아니야!"

"아니스는 그렇게 생각해도, 모르는 사이에 누군가의 마음을 빼앗을지도 모르잖아요. 그 점에서 당신은 신용이 안 가요……."

"뭐어……?"

역시 그건 과한 걱정이지 않을까. 그렇게 생각하고 있으니 유피의 눈이 무서워지기 시작했다.

아차, 싶었을 때는 이미 늦은 뒤였다. 유피는 나를 놓치지 않겠다는 것처럼 꽉 끌어안았다.

"안 그러겠다고 약속해요."

"그게 내 맘대로 되는 건 아닌데요……!"

"자각이 없으면 용서받을 수 있다고 생각하나요? 그렇다면 그게 틀렸다는 걸 가르쳐 드려야겠네요."

"유피? 오늘은 맛만 보기로 한 거 기억하지?!"

"네, 맛만 보면 되잖아요? 여러 번."

싱긋 웃은 유피가 내 반론을 막듯 키스했다. 그대로 손을 들어 뒤통수를 받쳤다.

조금 맛만 보는 것도 반복하면 평범하게 먹는 것과 똑같잖아! 유피에게 그렇게 말할 수 있었던 것은 결국 아침이 되고 나서였다.

2장 서로가 그은 경계선

"안녕하세요, 아니스피아 왕녀 전하."

"안녕하십니까~."

"어서 와, 하르피스, 갓군. 별궁에 온 걸 환영해."

하르피스와 갓군이 내 수행원이 된 다음 날, 나는 두 사람을 별궁에 초대했다.

향후를 생각하면 두 사람은 마학 지식을 더 많이 알아야 했다. 그란츠 공에게 부탁받은 일도 없으니 실제로 마도구를 보여 주려고 두 사람을 불렀다.

"소개할게. 별궁에서 나와 유피의 시녀로 일하고 있는 일리아와 레이니야. 하르피스는 레이니의 얼굴 정도는 알겠지만."

"방금 소개받은 일리아입니다. 앞으로 잘 부탁드립니다."

"레이니입니다. 용건이 있으시면 부담 없이 말씀해 주세요."

내 소개에 맞춰 일리아와 레이니가 정중히 인사했다. 일리아와 나란히 서 있어도 모자라 보이지 않게 된 레이니가 조금 자랑스러웠다.

"나는…… 아, 아니. 저는 근위 기사단 소속의 가크 램프라고 합니다."

"마찬가지로 근위 기사단 소속인 하르피스 네이블스입니다."

갓군은 일순 본모습이 나왔지만 기사답게 인사했다. 하르피스도 정중하게 인사한 후 레이니를 보았다.

"귀족 학원에서는 동기였지만 이야기할 기회가 없었네요, 레이니 양."

"……당시 제 행실을 생각하면 인연을 맺지 못한 것도 당연합니다. 죄송합니다."

"사과하지 않아도 돼요. 그저 동기이니 사이좋게 지냈으면 좋겠다고 생각했을 뿐이에요. 당시에는 레이니 양도 고생이 많았겠죠. 건강해 보여서 기뻐요."

"감사합니다, 하르피스 님."

레이니는 조금 곤란한 듯 하르피스에게 고개를 숙였다. 아직 어색한 사이지만 친해졌으면 좋겠다. 일리아와 레이니를 소개한 후, 나는 하르피스와 갓군을 연구소로 안내했다.

"이곳이 아니스피아 왕녀 전하의 연구실인가요……!"

하르피스가 흥분한 목소리로 말하며 별궁의 연구실을 둘러보았다. 가크도 옆에서 신기하다는 시선을 보내고 있었다.

"아니스피아 왕녀 전하는 여기서 마학을 연구하고 마도구를 개발하셨군요."

"마을에 있는 공방에 부탁한 것도 많지만, 여기서 할 수 있는 건 직접 조립했어. 지금은 근위 기사단에 제공해서 물건이 별로 없지만."

두 사람에게 앉으라 하고, 별궁에서 가장 잘 쓰인다고 해도 과언이 아닌 보온 포트로 차를 끓였다. 하르피스는 역시 내게 차를 준비시킬 순 없다며 허둥거렸지만 자잘한 건 신경 쓰지 말라고 했다.

"이거 좋네요. 원정이나 야외 활동 때 있으면 편리하겠어요."

"나도 모험가로 활동할 때 잘 써먹었어."

"밖에서 활동하면 불을 피우는 것도 일이죠. 우기에 원정 나가면 특히나 힘들어요."

갓군이 감탄하며 보온 포트를 바라보았다. 하르피스도 갓군의 이야기를 듣고 연신 고개를 끄덕였다.

보온 포트는 마도구 중에서도 이용하기 쉽고 용도도 다양하여 마도구를 소개할 때 가장 많이 쓰였다.

"포트의 세공 문양에 쓰인 것이 정령석을 원료로 만든 도료고, 그게 마법의 영창처럼 작동해."

"그렇군요. 이걸 가공하려면 장인의 기술이 필요하겠네요. 보온 포트를 양산하기만 해도 장인의 고용이 생기지 않을까요?"

"그러면 좋겠지만. 불 정령석을 쓰는지라, 난로나 발화제로 정령석을 쓰는 가정에 영향을 줄 것 같단 말이지. 만약 양산하게 된다면 정령석 수가 충분할지 걱정이야. 가격이 올라도 곤란하고."

"즉, 마도구가 보급되면 원래 일상생활에 쓰이던 정령석 소비에 영향을 끼칠 가능성도 있다는 거네요……."

"편리하니까 전혀 안 팔리진 않을 거야. 오히려 너무 많이 팔릴까 봐 무서워. 생활 방식이 크게 바뀌어 버릴 테니까. 지금까지는 내 입장도 그 모양이었고, 성공하든 실패하든 책임질 수 없었어. 마도구 보급을 미룬 데는 그런 이유도 있어."

마도구 발상의 밑바탕에는 전생의 지식이 있다. 마법이 없어도 번영했던 세계의 지식이다. 이번 생의 생활 수준과 비교하면 전생이 압도적으로 편리하다.

그런 다른 세상의 지식에서 유래된 마도구는 이 세상에 상당히 자극적인 영향을 끼친다. 그건 내가 개인적으로 마도구를 썼을 때부터 잘 알고 있었던 일이다.

불을 쓰지 않아도 따뜻한 물을 일정 온도로 유지할 수 있는 보온 포트. 휴대할 수 있고 호신용 무기로도 이용 가치가 높은 마나 블레이드. 종래의 교통수단을 통째로 뒤집을 가능성을 간직한 비행용 마도구들.

지금까지 개발한 마도구만 봐도 세상에 끼칠 영향이 너무 크다.

"아니스피아 님이 하시는 일은 그만큼 대단하다는 건가요!"

"아니, 꼭 그런 건, 아니지, 않을까…… 아마……."

갓군이 감탄하며 말했지만, 응, 좀 거창하다. 분명 그렇다. 내가 매번 소동을 일으킨다는 말로도 들리지 않아?

"그런가요? 하지만 마도구들은 전부 이제까지의 상식을 날려 버리는 물건이잖아요?"

"그래서 지금까지 보급을 자중했던 거고, 사전 준비로서 근위 기사단이 검증하고 있는 거야, 갓군."

"아니스피아 님은 대담한 건지 신중한 건지 모르겠네……."

"대담한 부분은 대담하고 신중한 부분은 신중해. 즉, 장점만을 취했지."

"그거 좋네요!"

유쾌하다는 듯 갓군이 호탕하게 웃기에 나도 그만 웃고 말았다.

신분 차이를 생각하면 당치도 않은 일이겠지만 나는 이쪽이 익숙했다. 하르피스는 뭔가 말하고 싶다는 얼굴로 한숨을 쉬고 있지만.

"진지하게 말하자면, 나는 지금까지 사교와 정무를 소홀히 했기에, 평민의 생활이나 사정에는 밝아도 귀족의 사정에는 어두워. 실제로 정치를 움직이는 건 귀족이잖아? 민중이 바라는 건 알아도 윗사람을 움직이는 법은 잘 몰라."

"아아…… 그건 그렇겠네요."

하르피스가 뭐라 말하기 어려운 표정으로 맞장구를 쳤다. 주로 정치를 움직이는 관료 귀족과 내 사이가 안 좋다는 것을 알기에 나온 표정이리라.

관료 귀족은 마법부에서 일하거나 마법부와 관련이 깊어서 작위가 높은 가문이 대부분이다.

작위가 높은 가문은 엘리트를 쉽게 배출했고, 정령 신앙에 심취하는 경향이 있었다. 높은 작위와 가문의 크기는 재력과 결부되는 일이 많아 교육에도 힘을 쏟기 때문이다.

교양이 깊어지면 자연스럽게 정령 신앙에 대한 이해도 깊어진다. 정령에 대한 신앙심이 돈독한 가문일수록 내 존재가 불쾌했을 것이다.

마법도 못 쓰고, 왕족의 책무도 다하지 않는 왕녀였으니까.

"이대로 있으면 안 된다고 생각은 하지만, 그렇다고 내가 뭘 할 수 있는 건 아니니까. 파벌은 그란츠 공이 뒷배가 되어 주고 있고."

"군벌 귀족…… 지방 귀족이나 작위가 낮은 귀족이 대부분이죠."

"그란츠 공이 사전 준비로 마도구 강의 자리를 마련한 건 내게 맞춰 준 걸 거야. 지방 귀족이면 반대로 나와 거리가 가깝다고 할까, 접점이 있으니까."

"모험가로 활동하셨으니까요. 저희도 신세 많이 졌습니다."

"아냐, 나야말로 신세 졌지. 아무튼 그래서 백성에게 찬동을 구하거나 사람들을 움직이게 할 수는 있을 것 같지만. 결국 윗선의 승인이 있어야 해."

나는 아바마마와 직접 담판할 수 있는 입장이었고, 내 주위에만 마도구를 퍼뜨렸다. 그렇기에 허락됐다고 할지, 어느 정도는 묵인되었다.

하지만 앞으로는 그럴 수 없다. 아바마마도, 그란츠 공도, 그리고 왕이 되려고 하는 유피도 마도구가 나라에 퍼지기를 바라고 있다.

나 혼자서는 마도구를 나라에 보급시킬 수 없다. 그러니 다른 사람의 힘을 빌린다. 하지만 그저 남의 힘을 빌리고 싶지는 않았다. 내 목표는 상부상조다.

"역시 좀 더 쉽게 보편화할 수 있는 물건이 필요할 것 같단 말이지."

"마도구를 말씀하시는 거죠?"

"응. 내가 만든 마도구는 편리하지만, 실제로 쓰지 않는 사람에게는 유용성이 와닿지 않을 거야."

"아~ 보온 포트는 그나마 낫지만, 마나 블레이드 같은 건 그럴지도 모르겠네요."

"나는 지식이 극단적으로 치우쳐 있으니까, 온전한 귀족 영애인 하르피스가 여러모로 조언해 줬으면 해."

"아니스피아 왕녀 전하에게 도움이 된다면 힘을 다하겠어요."

하르피스가 결의에 찬 표정을 지으며 가슴에 손을 얹고 대답했다. 참 믿음직스러운 모습이었다. 별궁에서 지내는 우리는 귀족적인 일반 상식에 어두운 부분이 있었다. 유피는 공작가 출신이고, 레이니는 원래 평민이었고, 일리아는 집을 나왔기 때문이다.

이렇게 말하면 좀 그렇지만, 중하층 귀족인 두 사람의 의견은 대단히 귀중했다. 마도구도 당연히 지금보다 좋게 만들어야겠지만, 말을 조금 바꾸자면 부족한 부분을 채우는 것도 마도구의 역할이었다.

"결국 부족한 건 윗선을 설득하기 위한 패란 말이지……."

"설득할 패……."

"내가 할 수 있는 건 결국 마도구 개발밖에 없으니까. 지금 있는 마도구는 백성들이야 원하겠지만 딱히 귀족이 갖고 싶어 할 만한 물건은 아니야."

"보온 포트와 마나 블레이드는 기사나 모험가가 갖고 싶어 하겠지만, 마법이 특기인 녀석에게는 필요 없겠죠."

"마도구를 의문시하는 사람은 아직 많을 거예요. 비행용 마도구 발표로 평가는 달라지고 있겠지만……."

하르피스는 거기까지 말하고서 입가에 손을 올리고 고민하듯 인상을 썼다. 이어서 나온 목소리도 딱딱했다.

"……아뇨, 그래도 설득할 패로 쓰는 건 어려울지도 몰라요. 비행용 마도구는 실로 자극적이어서 선전 효과는 있었지만 너무 새로운 개념이니까요."

"응? 이해가 잘 안 가는데…… 그럼 안 돼?"

갸운이 고개를 갸웃하며 물어보자 하르피스는 복잡한 얼굴로 고개를 가로저었다.

"「비행용 마도구」는 충분히 가치를 보였으니까 괜찮아요. 하지만, 예를 들어 보온 포트를 보급한다면 각 가정에서 쓰이는 불 정령석의 역할이 크게 바뀔 거예요. 아니스피아 왕녀 전하께선 아까 책임질 수 없으니까 보급을 미뤘다고 하셨는데, 만약 실제로 보급이 시작되어 문제가 생기면 대처하는 건 누구일 것 같나요?"

"그야…… 마도구를 만들었으니까 아니스피아 님인가?"

"물론 마도구를 개량하는 쪽으로는 아니스피아 왕녀 전하께서 책임을 지게 되겠죠. 지금 제가 말하는 문제는 알기 쉽게 말하자면 손해가 났을 때예요."

"손해?"

"마도구가 보급됐어요. 하지만 손해가 났어요. 그럼 원래 생활로 돌아가든 마도구를 개량해서 다시 보급하든 국가가 움직여야 해요. 국가가 움직이면 사람과 자금도 움직여요. 가크 씨, 여기까지는 이해하셨나요?"

"으, 응. 거기까지는 대충 알겠어."

"반드시 성공한다면야 누구나 투자하겠죠. 그리고 비행용 마도구는 성공을 보여 줬어요. 하지만 너무 새로운 개념이라서 아직 손해를 확실히 예상할 수 없는 거예요."

"어…… 응?"

"……괜찮으신가요?"

하르피스의 설명을 듣고 갓군의 머리에서 김이 나려고 했다. 나는 그 모습에 쓴웃음을 지으며 말을 보탰다.

"예를 들어 비행용 마도구를 보급했다고 하자. 하지만 사고가 다발했고 손해가 났어. 그럼 정말로 보급해도 괜찮은 건가 싶겠지?"

"……그렇죠. 보급하더라도 뭔가 대책을 세워야 해요."

"하지만 그러려면 돈이 들어요. 비행용 마도구는 실패하더라도 손해가 확실치 않으니까 일단 해 보자고 할 수 있어요. 최악의 경우 실패한다면 그대로 개발을 중지해도 돼요."

"비행용 마도구는 아직 전례가 없으니까. 실패하더라도 원래 없었던 물건이 그대로 없어질 뿐이니 해 보자고 할 수 있어. 하지만 보온 포트든 마나 블레이드든, 기존의 물건을 대체하거나 경합할 가능성이 있는 물건은 주저하게 돼. 실패했을 때의 손해가 확실히 보이니까."

"이 변화로 불이익을 당하는 사람도 있을 수 있으니까요. 예를 들어 마나 블레이드가 보급돼서 평범한 검이 안 팔리게 되면 대장장이가 곤란해지겠죠?"

"……그건 확실히 대장장이가 곤란하겠네."

"하지만 마나 블레이드에 문제가 생겨서 역시 평범한 검을 사고 싶어 하는 사람이 다시 늘었어요. 하지만 대장장이는 이미 대장간을 닫아서 수가 줄어든 상태였답니다. 그렇게 될 가능성도 있어요."

"……그건, 굉장히 곤란하겠네."

우리의 설명을 듣고서 갓군이 인상을 쓰고 고민스럽게 침음을 흘렸다. 그리고 고개를 갸웃하며 질문을 던졌다.

"……요컨대 뭐야? 손해 보고 싶지는 않으니까 바꾸기 싫다는 거야?"

"손해 보고 싶지 않고, 손해 볼지도 모르는 도박을 하고 싶지도 않다는 게 정확하려나? 그래서 마도구가 인정받았다기보다는 비행용 마도구만 인정받았다고 해야 해."

"자신의 진퇴가 걸려 있다면 당연한 일이겠죠. 책임지는 건 윗사람이라고 흔히 말하지만…… 그렇다고 해서 기꺼이 책임지고 싶어 하는 사람은 많지 않아요."

"하지만 그럼 아무것도 안 바뀌지 않아? 성공하는 물건만 보급하겠다는 거잖아? 하지만 실제로 이렇게 보온 포트가 만들어져서 쓰이고 있고, 편리하다는 걸 알면 평민은 갖고 싶어 하지 않을까?"

"……그렇죠. 하지만 바뀌지 않았기에 팔레티아 왕국은 여러 문제를 안고서 온 거예요."

"……그런가. 그런 건가. 그렇지……."

갓군이 납득한 듯 팔짱을 끼고 순순히 고개를 끄덕거렸다. 하르피스는 지친 얼굴로 한숨을 쉬었다.

실제로 이 나라는 바뀌지 않고서 오늘날까지 이어져 왔다. 하지만 앞으로도 그렇게 존속될 것인가 하면 그렇지도 않았다. 아바마마 대에 일어난 쿠데타와 아르 군이 일으킨 약혼 파기 소동이 그것을 증명했다.

"현 상황을 바꿀 거라면 길은 크게 둘로 나뉘어요. 끈기를 가지고 꾸준히 바꾸거나, 도박을 각오하고 변혁을 일으키거나."

"마도구 보급이 도박이란 거야?"
"지금 상태로는 그래."
만약 유피가 왕이 되겠다고 하지 않았다면 나는 그 도박에 나설 수밖에 없었다. 그러면 나라는 어지러워질 수밖에 없다. 심지어 그 가능성이 완전히 사라진 건 아니었다.
그러니 나는 끈기 있게 사람들을 설득해 나가야 했다. 다만 설득하기 위한 패가 없었다. 이게 문제였다.
"뭔가 좋은 아이디어가 없을지 생각은 하고 있는데……."
"……그렇다면 마법부의 서고를 열람하러 가보는 건 어떨까요?"
"마법부의 서고를?"
"네. 그곳에는 각 영지의 보고서 등도 보관되어 있어요. 과거의 기록을 열람하면 어떤 마도구가 보급에 적합한지 조사할 수 있을 거예요."
"으음……. 그건 확실히 그렇지만…… 마법부의 서고인가……."
어릴 때는 들어갔던 것 같지만, 사이가 틀어진 뒤로는 마법부에 들르지 않게 되었다. 적지나 마찬가지였고.
하지만 하르피스의 말은 타당했다. 지금 내게 부족한 건 지식과 아이디어다. 이걸 메꾸기 위한 정보를 추구해야 한다. 문제는 정보를 얻을 만한 곳이 나와 앙숙인 마법부의 관할이란 건데.

"……역시 내키지 않으신가요?"

"……지금까지 사이가 그랬으니까. 하지만 그런 말을 할 때가 아닌가."

예전과는 상황이 달라졌고, 언제까지고 과거에 매여 있을 수도 없다.

그리고 직접 쳐들어가서 깽판을 치려는 게 아니라 어디까지나 자료를 찾으러 가는 거였다. 나쁜 의도는 전혀 없다.

"그럼 보러 갈까. 뭘 조사해야 하려나…… 우선 정령석의 채집량부터 찾아야겠지. 그리고 이용 빈도와 용도, 영지별 분포와 비교 자료가 있으면 좋겠지만 한 번에 전부 조사하는 건 무리려나. 일단은 자료를 모아서 정보를 갖추고……."

"……저기, 아니스피아 님."

"응? 왜? 갓군. 안색이 되게 안 좋아졌는데."

"그거, 혹시 저도 도와야 하나요?"

"응?"

갓군은 식은땀을 흘리고 있었지만 나는 활짝 웃으며 말했다.

"자, 힘내자. 하르피스, 갓군!"

"으오오오오! 귀족 학원 시절의 악몽이 되살아난다! 산더미 같은 제출 과제가!"

"하, 하, 하! 나는 귀족 학원에 다닌 적이 없어서 전혀 모르겠네."

나는 싫어하는 갓군을 질질 끌고서 마법부로 가기 위해

걷기 시작했다. 뒤따라오는 하르피스의 한숨이 들린 것 같지만 기분 탓이라고 해 두자!

* * *

마법부 관할의 서고는 아무튼 거대하다. 지금까지 팔레티아 왕국이 쌓아 올린 역사가 고스란히 이곳에 담겨 있다고 해도 과언이 아니었다.

일부는 도서관처럼 개방되어 있지만 그것도 정말 일부였다. 직원만 들어갈 수 있는 구획에는 중요 문서나 금서로 지정된 책이 보관되어 있다고 들은 적이 있다.

개방된 서고를 방문하니 노골적인 시선이 쇄도했다. 웅성거림이 생기며 우리의 진로상에 있는 사람들이 겁먹은 듯 비켰다. 사람들이 거리를 두고서 수군거리고 있다는 걸 싫어도 알 수 있었다.

"……불쾌하네요."

"어쩔 수 없어."

갓군이 작은 목소리로 내게 말했다. 언짢아하는 목소리였다. 예상은 했지만 실제로 이렇게 대응받으니 역시 좋지는 않았다.

"일단 우리가 찾는 자료가 이 구획에 있는지 확인해야 하려나? 접수처에 물어볼까."

"제가 확인하고 올 테니 아니스피아 왕녀 전하께서는 기다려 주세요."
"그럼 부탁해. 우리는 여기서 기다릴게. 괜히 돌아다니면 민폐일 것 같고."
"네. 그럼 바로 돌아오겠습니다."
하르피스가 접수대를 향해 빠르게 걸어갔다. 그동안 나랑 갓군은 기다릴 수밖에 없었다. 살피는 시선은 전혀 줄어들 기미가 없었고, 멈춰 서 있으니 자연스럽게 사람들의 속삭임이 들렸다.
"응. 알기 쉽게 안 반기는 분위기네. 오히려 웃음이 나."
"……그러게요."
"갓군까지 험악해지지 마. 여기서 싸우는 건 금지야."
"그 정도는 저도 알아요. 다만……."
"……다만?"
"……취급이 안 좋다는 걸 새삼 통감했을 뿐입니다. 기분 더럽네요……."
갓군은 당장에라도 혀를 찰 것 같았다. 평소에는 실처럼 가느다란 진갈색 눈이 슬쩍 뜨여 주위를 흘겨보고 있었다.
나를 위해서 화내고 있다고 생각하니 뭔가 등이 간질간질했다. 얼버무리듯 갓군의 등을 퍽퍽 때렸다.
"신경 쓰지 마. 나도 반성할 부분이 있었으니까 피차일반이야."

"……아니, 아픈데요? 너무 세게 때리시는 거 아닌가요?"

"기분 탓이야, 기분 탓!"

나랑 말하면서 갓군도 기운이 꺾였는지 험악한 분위기가 수그러들었다.

갓군이 차분해진 것과 거의 동시에 익숙한 목소리가 들렸다.

"아니스? 여기 와 계셨어요?"

"유피."

이쪽으로 온 사람은 유피였다. 품에는 책을 안고 있었다. 그리고 짙은 갈색 머리 남성이 유피의 뒤를 따르고 있었다. 얌전하고 성실해 보이는 청년이었다.

"자료를 좀 찾을까 해서…… 아, 유피. 이 친구가 내 수행원이 됐다고 어제 얘기한 갓군이야."

"본명으로 소개해 주세요! 크흠, 가크 램프라고 합니다."

"얘기는 아니스에게 들었어요. 이래저래 휘둘리는 일이 많겠지만 아무쪼록 잘 부탁드려요."

유피가 갓군의 인사에 온화하게 미소 지으며 대답했다. 갓군은 긴장했는지 거동이 산만했다.

그런 갓군을 보고 유피 뒤에 있던 청년이 작게 웃었다. 그러자 갓군이 청년을 노려보았다.

"……웃지 마, 마리온."

"미안, 가크. 마침내 꿈을 이뤄서 너무 긴장하고 있지는 않을지 걱정했거든. 나쁘게 생각하지 마."

"쓸데없는 소리는 안 해도 돼!"

"……갓군, 아는 사이야?"

"자기소개가 늦었습니다, 아니스피아 왕녀 전하. 저는 마리온 앤티라고 합니다."

"마리온 앤티…… 앤티 백작가의? 그럼 하르피스의 약혼자?"

"네. 하르피스가 신세 지고 있습니다."

마리온은 책을 안고서 작게 인사했다. 이 사람이 하르피스의 약혼자인가. 하르피스랑 같이 있으면 반장 커플 같겠다.

"가크와는 귀족 학원 동기입니다."

"아아, 그런 친분이 있었구나. 하르피스도 같이 왔는데, 자료를 찾을 수 있을지 접수처에 확인하러 갔어."

"……그랬군요."

하아, 하고 유피가 울적하게 한숨을 쉬었다. 마리온도 쓴웃음 비슷한 애매한 미소를 짓고 있었다. 그런 두 사람을 보고 나는 눈썹을 찌푸리고 말았다.

"……혹시 나는 여기 안 오는 편이 좋았을까?"

내 물음에 유피가 뭐라고 설명하면 좋을지 모르겠다는 표정을 지었다. 잠시 간격을 두고서 유피가 입을 열려고 했지만 그보다 먼저 내게 말을 거는 사람이 있었다.

"실례합니다, 아니스피아 왕녀 전하. 잠시 시간을 내 주시겠습니까?"

"……랑그?"

뜻밖의 사람이 서 있었다. 랑그 볼테르, 마법부 소속의 엘리트 중 한 명으로 툭하면 내게 쓴소리를 하는 인텔리 안경잡이다.

오늘도 역시나 신경질적인 표정을 짓고 있었다. 아니, 평소보다 20% 정도 더 얼굴이 험악했다.

또 시비라도 걸려고 왔나 싶었는데, 옆에 곤혹스러워하는 하르피스가 있었다. 하르피스는 마리온을 알아차리고 눈을 살짝 크게 떴다가 가볍게 인사했다. 나는 그 모습을 곁눈질로 보면서 랑그 쪽으로 몸을 돌렸다.

"나한테 볼일 있어?"

"전하의 용건에 관해 몇 가지 드릴 말씀이 있어서 설명하러 왔습니다. 자세한 얘기는 다른 곳에서 해도 될까요? 이곳에는 보는 눈들이 있으니."

"……그렇지."

이런 노골적인 시선을 받으면서 이야기 따위 할 수 있을 턱이 없다. 랑그가 대체 무슨 얘기를 하려는 건지는 모르겠지만, 이야기를 안 들을 수도 없었다.

"그럼 이쪽으로 오시지요. 유필리아 왕녀 전하, 실례하겠습니다."

"……네, 수고 많아요. 랑그."

"과분한 말씀입니다. 마리온, 계속 잘 부탁해."

랑그에 말에 유피는 조금 미련이 남은 모습으로 마리온과 함께 떠났다. 떠나면서 마리온이 하르피스의 어깨를 다정하게 두드리는 것이 보였다.

하르피스도 마리온을 향해 웃으며 고개를 끄덕였다. 그 모습에 조금 치유받고 다시 랑그를 보았다.

랑그는 고개를 한 번 끄덕이고서 우리를 데리고 응접실로 이동했다. 도중에 메이드에게 말을 걸어 차를 준비하라고 지시하고 우리에게 자리에 앉기를 권했다.

"앉으시죠. 금방 차를 준비시키겠습니다."

"차 마시러 온 건 아니지만…… 오래 걸리는 얘기야?"

"아뇨, 그렇게 오래 걸리지는 않을 겁니다. 전하께 에둘러 말해 봤자 시간 낭비일 테니까요. 아직 차가 안 왔지만 본론으로 들어가도 될까요?"

"그래."

"감사합니다. ……왕성의 서고 일부가 개방되어 있다는 건 아실 겁니다. 귀족 학원에 다닐 나이가 되지 않은 자제들, 그리고 메이드나 시녀로 일하기 위해 성에 온 자들이 배울 기회를 얻을 수 있도록 개방되어 있습니다."

"나도 알 만한 일반 상식이네."

왕성에서 일하는 시녀나 메이드 중에는 집안 사정으로 일하는 자도 있었다.

이런 이들을 고용하는 것에는 귀족 학원에 다니고 싶어도 학비가 부족한 자를 구제하는 의미도 있었고, 그런 고학생

들이 자습할 수 있게 서고를 개방한 것이었다.

그렇게 이용하는 사람이 늘어나 지금의 도서관 같은 상태가 되었다. 그래서 나도 어릴 때는 이용한 적이 있었고, 책을 좋아하는 귀족이나 어린아이에게도 인기였다.

"네. 그러니 아니스피아 왕녀 전하께서 서고를 찾아와 책을 열람하는 데는 아무런 제한도 없습니다. 그걸 전제로 두고 말씀드리자면, 아니스피아 왕녀 전하께서 찾으시는 자료는 개방 구획에 없습니다."

"그렇구나. ……그 얘기를 하려고 여기 온 건 아니지?"

"네, 이것도 전제가 되는 이야기입니다."

"뜸 들이지 마, 랑그. 나한테 뭘 바라는 거야?"

"그럼 단적으로 말씀드리겠습니다. 한동안 서고에 직접 찾아오지 않으셨으면 합니다."

랑그는 나를 똑바로 바라보며 그렇게 말했다. 나는 무의식적으로 눈살을 찌푸리고 말았지만, 나보다 더 크게 반응한 사람은 하르피스와 갓군이었다.

"랑그 님! 대체 무슨 말씀을 하시는 거죠?!"

"왜 아니스피아 왕녀 전하께서 이용을 삼가야 해? 납득이 가게 설명해 줬으면 하는데. 대체 무슨 권한으로 그런 말을!"

"그래그래, 둘 다 진정해."

격분하는 두 사람을 달래며 나는 랑그에게 다시 시선을 보냈다.

"……뭔가 사정이 있는 거지? 뭐, 없는 게 더 이상하지. 나랑 마법부의 관계는 최악이니까. 그래서야?"

"먼저 오해를 풀고 싶은데, 제게는 아니스피아 왕녀 전하의 서고 이용을 막을 권한이 없습니다. 어디까지나 부탁드리고 있는 겁니다."

"강제력은 없다는 거구나. 하지만 랑그는 내가 지금은 서고를 이용하지 않기를 원해. 그 이유가 뭐야? 갓군도 말했지만 랑그의 이유를 듣고 싶어."

나는 랑그를 살피듯 바라보며 물었다. 랑그는 잠시 입을 다물고 있다가 무겁게 한숨을 쉬고 말하기 시작했다.

"샤르트뢰즈 백작의 죄가 폭로되면서 마법부에는 지금 장관이 없습니다. 전 장관이 대리를 맡고 있지만 여전히 통솔이 잡히지 않은 상황입니다."

"그 얘기는 얼핏 들었지만, 그거랑 내가 서고를 이용하면 안 되는 거랑 무슨 상관인데?"

"현재 마법부는 매우 혼란스럽습니다. 장관의 비리 발각, 전하께서 발표한 비행용 마도구의 충격, 왕가에 양자로 들어간 유필리아 왕녀 전하…… 그리고 무엇보다 놀라운 것은—정령 계약의 진실입니다."

랑그는 나를 똑바로 바라보며 복잡한 심정을 담아 말했다.

유피는 정령 계약의 진실을 귀족들에게 알렸다. 정령 계약이란 자신 안에 잠재된 정령과 일체화하여 자신을 정령으로 바꾸는 것임을.

육체는 불로불사가 되고 정신은 변질된다. 육체를 유지하고자 하는 집착이 옅어지다가 끝내는 육체를 버린다. 그렇게 육체를 버린 존재가 바로 우리가 대정령이라고 불렀던 존재다.

이 발표는 귀족들에게 큰 충격과 혼란을 줬다. 그야말로 정령 신앙의 근간이 흔들릴지도 모르는 대사건이었다. 그중에서도 특히 영향을 받은 것이 마법부와 깊은 관련이 있는 귀족들이리라.

정령을 절대적인 존재로 숭배한 그들이 우러러봤던 것은 결국 사람이 변한 존재였다. 그 진실은 수면에 돌을 던진 것과 같은 파문을 일으켰다.

예기된 혼란이었다. 그래서 공표하지 말자는 생각도 물론 했었다. 하지만 진실을 공표해야 한다고 고집한 사람은 다름 아닌 정령 계약자가 된 유피였다.

정령 계약은 간단히 이룰 수 없는 일이다. 진실이 알려지더라도 당장 정령 계약자가 나타나지는 않을 것이다. 오히려 실태를 모른 채 지금의 정령 신앙을 그대로 두는 것이 더 좋지 않다고 유피는 생각했다.

아무것도 모른 채 정령 계약이라는 위업을 이룩한 유피가 추앙받아도 곤란한 건 이해한다.

하지만 정령 계약의 진실은 극약이다. 그렇기에 가장 혼란이 크리라고 예상된 마법부에 유피가 직접 고삐를 잡기 위해 뛰어들었다.

그래서 마법부가 우왕좌왕하고 있다는 건 굳이 안 들어도 알고 있었지만, 아무래도 랑그의 모습을 보니 생각보다 더 상황이 좋지 않은 듯했다.

다들 입을 다물어 버리면서 무거운 침묵이 내려앉았다. 이 타이밍에 차를 가져온 메이드에게는 참 미안한 짓을 했다.

분위기를 환기하듯 차를 마시고서 나는 다시 랑그를 보았다.

"상황은 알겠지만, 왜 내가 서고를 이용하면 안 되는지는 아직 모르겠는데?"

"현재 마법부에서 일하는 자는 대부분 정신적으로 궁지에 몰려 있습니다. 내일에 대한 불안, 믿음이 흔들리면서 생긴 불신감, 그리고 자신의 입장…… 전부 잃을지도 모른다는 공포를 안고 있는 자가 많습니다. 다름 아닌 아니스피아 왕녀 전하와 유필리아 왕녀 전하의 발표로 인해."

"……궁지에 몰렸다고."

나는 랑그의 말에 뭐라 형용할 수 없는 표정을 지으며 뺨을 긁적였다.

그런 말을 들어도 내 마음에 떠오르는 것은 내 알 바 아니라는 매정한 감상이었다.

"내 입장이 좋아지니까 지금까지 나를 핍박한 자기들 입장을 걱정한다는 말로 들리는데."

"그렇게 해석하셔도 저희는 부정할 수 없겠죠. 그렇기에 아니스피아 왕녀 전하께서 마법부에 관여하지 않으셨으면 하는 겁니다. 다친 짐승을 괴롭히는 게 얼마나 위험한지 전하께서는 잘 아실 겁니다."

"……그렇게 심각해?"

"유필리아 왕녀 전하조차도 장악하시는 데 애먹을 정도라고 대답해 두겠습니다."

예상보다 더 상황이 나쁘다는 걸 이해하기에는 충분한 답변이었다. 나는 미간에 잡힌 주름을 손으로 펴면서 깊이 한숨을 쉬었다. 그러자 랑그가 말을 덧붙였다.

"저도 현재 상황에 생각하는 바는 있습니다. 더군다나 괜한 자극이 사태를 어떻게 악화시킬지 알 수 없습니다. 궁지에 몰려서 무슨 짓을 저지를지 알 수 없는 자도 있습니다. 저희가 폭주하기를 바라시는 게 아니라면 부디 이해해 주시기 바랍니다."

"……가만 듣자 하니까 이건 그냥 너희 입장만 내세우는 거잖아."

내가 뭐라고 말하기도 전에 뒤에 시립해 있던 갓군이 반응했다.

"아니스피아 님은 딱히 아무것도 안 했잖아? 그리고 정보를 열람하게 해 달라는 요청은 다른 부서에서도 들어올 거 아니야. 아니스피아 님만 안 된다는 게 말이 돼?"

"가, 가크 씨!"

참다못한 것처럼 갓군이 눈을 슬쩍 뜨고서 랑그를 노려보았다. 하르피스가 제지했지만 갓군은 당장 멱살이라도 잡을 기세였다.

랑그는 갓군을 힐끔 보고 천천히 자리에서 일어났다. 그리고 내 앞으로 와 무릎을 꿇고 깊이 머리를 숙였다. 역시 나도 깜짝 놀라서 눈을 크게 뜨고 말았다.

"말씀하신 대로 말이 안 되는 얘기라는 건 저도 알고 있습니다. 그러니 이건 강제가 아니라 어디까지나 부탁입니다. 지금은 부디 마법부에 관여하지 말아 주셨으면 합니다. 자료가 필요하시다면 제가 나중에 인편으로 별궁에 보내겠습니다. 필요하신 자료도 직접 오시지 마시고 다른 사람을 통해 의뢰해 주시기 바랍니다."

랑그가 무릎 꿇고 고개까지 숙이며 말하자 갓군도 할 말이 없는지 복잡한 얼굴로 입술을 삐뚜름하게 만들었다.

"……랑그. 네가 하고 싶은 말이 뭔지는 알았어. 나도 마법부의 혼란을 바라지는 않아. 그러니까 그 부탁을 받아들일까 해."

"……감사합니다."

"다만 납득하진 못했어. ……지금까지 나를 핍박한 건 너희잖아."

"……부정하진 않겠습니다."

"하지만 나도 너희가 인정할 만하게 굴진 않았어. 그러니까 지금은 서로 양보하자. 너희와의 관계를 이 이상 악화시키고 싶지는 않아. 그건 내가 바라는 게 아니야. 정보를 찾아 준다고 했으니까 이 얘기는 이걸로 끝내자. 고개 들어."

내가 그렇게 말하자 랑그는 천천히 일어났다. 감정을 억누른 듯한 무표정이었다. 그걸 보고 랑그의 내심을 추측할 수 있을 만큼 나는 그를 알지 못했다. 그리고 지금은 알려고 하면 안 될 것이다.

"조사해 줬으면 하는 항목은 하르피스한테 들었지? 해당하는 걸 전부 찾기는 힘들 테니까 사서가 추천하는 것부터 골라서 보내도 돼. 부족하면 추가로 부탁할 테니까."

"알겠습니다."

"그럼 냉큼 돌아갈게. 가자, 하르피스, 갓군."

내가 부르자 두 사람 다 복잡한 표정을 지은 채 고개를 끄덕였다.

퇴실하기 전, 우리를 바라보고 있는 랑그가 시야에 들어왔다. 분명 아무 말도 안 하는 게 좋을 테지만 말하지 않을 수 없었다.

"랑그."

"……말씀하십시오."

"만약 정령 계약자가 될 수 있다고 한다면 너는 되고 싶어? 인간이기를 그만두면서까지."

내 질문에 랑그는 아무런 대답도 하지 않았다. 그저 나를 마주 보며 침묵을 유지했다. 나는 랑그의 대답을 기다리지 않고 계속 말했다.

"즉답하지 않는구나. 하지만, 응. 그랬다면 나도 곤란했으려나."

"……아니스피아 왕녀 전하."

"괜찮아. 분명 그것도 옳아. 네가 지금까지 믿었던 것도 틀리지 않았어. 그 생각과 바람이 팔레티아 왕국을 지켜 온 건 사실이야. 하지만, 미안."

마음이 막막했다. 삐걱거리며 비명을 질렀다. ……줄곧 외면해 왔던 아픔. 깨닫게 된 아픔. 줄곧 말하고 싶었던 본심이었다.

"—나는 전통에 매달려도 마법을 쓸 수 없었어. 마법 재능 따위 손톱만큼도 없었어. 그러니 포기하라고 하는 세상에서 나는 살아갈 수 없어."

목소리가 떨리고 있진 않을까. 그런 걱정이 들었지만 말을 멈출 수 없었다.

"아무도 인정해 주지 않았어. 아무도 믿어 주지 않았어. 기대받지 못하고, 욕먹고, 가치조차 없어져서 살아가는 건 고문과 같아. 차라리 죽어야 했을까? 태어나지 않았다면 아무도 불행해지지 않았을까?"

움켜쥔 주먹이 떨렸다. 당장에라도 폭발할 것 같은 마음을 달래듯 숨을 내쉬었다. 욕하고 싶은 것도 아니고 상처 주고 싶은 것도 아니었다. 그래도 멈출 수 없었다. 그저 참을 수 없이 외치고 싶었다.

줄곧, 줄곧, 지금까지 줄곧 참아 왔던 것이 스며 나왔다. 나도 안다. 이건 그저 화풀이다. 그래도 그에게, 그들에게 줄곧 하고 싶었던 말이었다.

"새삼스레 뭐가 무섭다는 거야. 너희가 나를 부정했잖아. 그럼 끝까지 부정해 줘. 그럼 나도 이렇게 고민하지 않았을 텐데. 우리는 서로를 평생 이해할 수 없다며 내쳐 버린다면 편할 텐데. ……왜 지금이야? 왜 이제 와서 그렇게 말해?"

랑그는 아무런 대답도 하지 않았다. 시선을 돌리지 않고 나를 보고 있었다. 이렇게 똑바로 나를 본 것도 처음이지 않을까. 분명 이제껏 나는 그의 눈에 담을 가치도 없었을 테니까.

"이런 말을 해도 소용없는 건 알아. 이 응어리를 넘어서야겠지. 그래도 한계는 있어. ……랑그."

최대한 목소리가 떨리지 않게. 그렇게 생각했지만 떨림은 막을 수 없었다.

"—나는 언제까지 너희에게 부정당해야 해?"

가르쳐 줘. 부정할 거면 가르쳐 줘. 부정만 하지 말고 이해해 줘. 이해하지 못한다면 됐어. 이제 몰라. 아무것도 몰라. 보고 싶지 않아. 듣고 싶지 않아. 전부, 전부, 이제 짊어지고 싶지 않아.

유피에게 파헤쳐진 상처가 아팠다. 아팠지만, 그래도 얼굴을 들었다. 이 상처의 아픔을 짊어지고 있는 것은 이제 나 혼자가 아니다. 그래서 나는 앞을 볼 수 있었다.

"……다가서고 싶다고 생각은 해. 그게 무리라면 싸울 수밖에 없어. 가능하다면 서로 싸우지 않는 길을 가고 싶어. 화풀이해서 미안해."

"……아닙니다."

랑그는 그저 그 말만 하고서 침묵했다. 나도 랑그에게 등을 돌리고 응접실을 뒤로했다.

3장 새로운 마도구를 만들자!

서고에서 랑그에게 완곡히 부탁받아 퇴출당한 후, 우리는 그대로 별궁으로 돌아왔다. 오는 동안 갓군이 언짢은 마음을 숨기지 않아서 하르피스가 걱정스레 시선을 보냈다.

어쨌든 마음을 누그러뜨리고자 일리아에게 차를 부탁했다. 그리고 서고에서 있었던 일을 이야기하니 일리아는 눈썹을 살짝 찌푸렸다.

"서고에서 그런 일이 있었나요……."

"응. 뭐, 생각보다 마법부의 상황이 안 좋은가 봐."

"하지만 모두가 이용할 수 있는 서고를 아니스 님이 이용할 수 없는 건 이상해요!"

레이니가 분개하여 씩씩거리며 말했다. 이래저래 마법부를 꺼리는 레이니는 이번 일이 못마땅한 듯했다.

나보다도 다른 사람들이 더 화내 줘서 내가 화낼 겨를이 없었다.

"하지만 어쩔 수 없어. 이번에 마법부는 정말로 한계일 거야. 그만큼 커다란 정보를 알려 줬다는 자각은 있고, 나도 딱히 싸우고 싶은 건 아니니까 너그럽게 봐주자."

"……저는 아니스 님이 어쩔 수 없다고 말하지 않았으면

하는데요."

"갓군?"

갓군이 슬쩍 눈을 뜬 채 언짢은 얼굴로 중얼거렸다. 조금은 진정이 된 줄 알았는데 아직 불만과 분노가 가라앉지는 않은 모양이다.

"아니스 님이 하려는 일은 이 나라에 도움이 되는 일이에요. 비행용 마도구 발표로도 알 수 있듯이 성과는 냈잖아요? 그리고 마법부가 지방 귀족들에게 뭐 해 준 거라도 있나요? 전통과 지위만 고집하고, 지방에 사는 녀석들은 촌뜨기라며 무시했죠. 무슨 권리로 그딴 부탁을 할 수 있는 거지?"

"하고 싶은 말이 뭔지 모르는 건 아니지만, 그렇게 따지기 시작하면 끝이 없으니까……."

"어쩔 수 없는 일이 아니에요! 아니스 님은 해야 할 일을 했어요! 그 녀석들은 안 했고요! 그런데 아니스 님의 자유가 제한되다니 납득할 수 없어요."

나보다 더 분통을 터뜨리며 갓군이 주먹을 움켜쥐었다. 나는 어떻게 반응하면 좋을지 알 수 없어서 도움을 구하듯 모두를 보았다. 하지만 레이니는 갓군에게 동의하는 것 같았고, 일리아와 하르피스도 타이를 생각이 없어 보였다.

"……저는 아니스 님을 동경해서 근위 기사가 되려고 왕도에 왔어요."

"어?"

"아니스 님에게 진 후, 합동 연습 중에 마물과 조우했을 때 활약한 아니스 님을 보고 저는 자신이 한심하고 부끄러웠어요. 처음에는 우리를 무시하나 싶었지만, 아니스 님은 그저 진지했어요. 마법도 못 쓰면서 마도구를 만들고, 그걸 다루려고 노력해서 그곳에 서 있었죠. 그 모습을 보고 저는 참을 수 없었어요. 그래서 곁에서 아니스 님을 모시고 싶어서 근위 기사단에 들어온 거예요."

갓군의 고백에 나는 눈을 동그랗게 뜨고 말았다. 지방 기사단에서 차기 단장이 되어도 이상하지 않은 갓군이 왜 근위 기사단에 있나 싶었는데, 내가 이유일 줄은 생각도 못 했다.

"귀족이 아니어도 쓸 수 있는 마법검을 만든 것도 대단하지만, 그걸 잘 다루기 위해 노력도 하셨겠죠. 누구나 간단히 아니스 님처럼 되지는 못할 거예요. 하지만 아니스 님은 보여 주셨어요. 반짝반짝 빛나는 눈부신 가능성을. 그래서 저는 아니스 님을 응원하고 싶어요."

거기까지 말한 갓군은 기세를 잃은 듯 실눈으로 돌아와 어깨를 떨궜다.

"……하지만 아무런 도움도 못 드리고 있죠……."

"그렇지 않아. 그렇게 생각해 주는 것만으로도 굉장히 격려가 되니까."

갓군처럼 열의를 가지고서 응원해 주는 사람이 있다. 유피, 일리아, 레이니, 그리고 아바마마와 어마마마, 내 곁에 있는 사람 외에도 내 꿈을 동경하고 믿어 주는 사람이 있다.
하르피스도, 갓군도, 내게는 기쁜 만남이었다. 앞으로도 함께 걸어가고 싶은 사람들이었다. 똑같은 꿈을 향해 걸어가는 동지가 되고 싶다.
"확실히 마법부와는 사이가 나빠서 자유롭지 못할 때도 있어. 하지만 그건 내가 지금까지 홀대한 탓이기도 하니까 피차일반이야. 그렇기에 다시 시작하고 싶어. 이번에야말로 여러 사람에게 인정받을 수 있도록. 하루아침에 해결될 일은 아니니까 천천히 한 걸음씩 전진해 나가자."
랑그의 태도가 좋았다고는 입이 찢어져도 말할 수 없지만 예전보다는 훨씬 나았다.
변화는 이미 시작됐다. 그렇다면 내가 해야 할 일은 이 변화를 좋은 변화로 만드는 것이다.
내 말을 들은 모두가 저마다 뭔가를 생각해 주는 것 같았다. 그것만으로도 충분했다.
내 목소리는 확실히 누군가에게 전해지고 있다. 그 실감이 내게 전진하기 위한 힘을 줬다.
목표는 머니까 안달 내지 말고 확실하게 한 발자국씩 나아가자. 정신없이 달려서 기진맥진해지는 것도 좋지만, 그러다 넘어질지도 모르니까.
그러니 모두와 손을 잡고 가능한 속도로 나아가자. 손을 잡아끌며 내 맘대로 휘두를지도 모르지만, 그건 애교로 봐주길!

* * *

하르피스와 갓군이 돌아간 후, 유피가 별궁에 돌아왔다.

유피는 내 얼굴을 보자마자 미안해하며 피로가 묻어나는 목소리로 말했다.

"아니스, 오늘은 정말로 죄송했어요. 사전에 말해둬야 했다고 반성하고 있어요."

"서고에서 있었던 일을 말하는 거야? 괜찮아. 나도 마법부의 분위기가 그렇게 안 좋을 줄은 몰라서 좀 경솔했어. 먼저 유피에게 상담할 걸 그랬다고 나도 생각했으니까 피차일반이야."

서로 그렇게 말하며 식당에 들어갔다. 유피가 일하고 돌아올 즈음에 저녁 식사 준비를 끝내고 그대로 목욕한 뒤 쉬는 것이 근래의 생활 리듬이었다. 피치 못하게 늦어질 때는 유피가 미리 사람을 보냈다.

우선은 지쳤을 유피에게 밥을 먹였다. 오늘은 최대한 담백한 음식이 좋을 것 같다고 제안하길 잘했는지 유피는 깔끔하게 그릇을 비웠다.

식사도 끝내고 잡담 시간이 되었다. 역시 화제는 서고에서 있었던 일이 되었다.

"그 후 랑그에게 이야기를 들었어요. 서고 이용을 삼가 달라고 부탁했다던데……."

"응. 마법부의 상황을 생각하면 어쩔 수 없지. 그야말로 폭탄 취급이라고 해야 하나……."

"불안한 거겠죠. 그만큼 정령 신앙은 그들 안에 뿌리내려 있었던 거예요. 달라져야 할 텐데……."

"역시 어려울 것 같아?"

내가 묻자 유피는 고민스럽다는 듯 눈썹을 모았다. 잠시 간격을 두고서 유피가 담담히 말했다.

"……그렇죠. 일단 아군을 만들려 해도 사상을 확인하는 데 시간이 걸려서 좀처럼 계기를 잡지 못하고 있어요. 마리온과 랑그가 잘 챙겨 줘서 진척이 전혀 없지는 않지만……."

"마리온은 그렇다 쳐도 랑그가?"

내 편인 유피에게도 당연히 별로 좋지 않은 태도를 보일 줄 알았기에 의외라면 의외였다.

"같은 편이라고 단언할 순 없지만 적은 아니에요. 마법부의 차기 장관은 랑그가 좋지 않을까 생각할 정도예요. 아직 젊기는 하지만, 경험만 쌓는다면 랑그를 지지하는 층은 많을 거예요. 실제로 지금 마법부의 규율이 최소한이나마 유지되고 있는 건 랑그가 힘썼기 때문이에요."

"유피가 그렇게까지 말하는구나……."

"네. 가능하다면 아군으로 삼고 싶은데…… 적대적이진 않지만 그렇다고 우호적이지도 않거든요. 어디까지나 마법부가 기능을 잃지 않도록 임시로 손을 잡은 상태예요."

"랑그는 마학을 싫어하니까…… 적대적이지 않은 것만으로도 고맙지."

정말로 적대하더라도 이상하지 않을 만큼 옛날에는 서로 으르렁거렸다. 랑그도 나름대로 뭔가 생각한 게 있을지도 모른다.

하지만 믿을 만한 사람을 아군으로 만들지 못해서 유피도 고심하고 있는 것 같았다. 답답하다는 듯 미간을 주무르고 있었다.

별궁이라지만 유피가 고뇌를 겉으로 드러내다니 보기 드문 일이었다. 그만큼 지쳤다는 사인일지도 모른다.

얼른 쉬는 게 좋겠다고 말하려 했는데 나보다 먼저 레이니가 목소리를 냈다.

"유필리아 님, 제가 한 말씀 올려도 될까요?"

"레이니? 뭔데요?"

"마법부에 저도 데려가 주시면 안 될까요?"

레이니의 제안에 유피의 눈이 휘둥그레졌다. 나랑 일리아도 비슷하게 반응했다. 갑작스러운 제안을 받고 유피가 고개를 갸웃하며 물었다.

"레이니, 그게 무슨 말인가요?"

"유필리아 님은 아군이 될 사람을 확인하는데 애먹고 계신 거죠? 그렇다면 제 힘이 도움이 될 것 같아서요."

"레이니의 힘이라면…… 혹시 뱀파이어의 힘을 쓰겠다는

거야?"

밤파이어는 사람에서 변한 마물이었고, 그 정체를 숨기기 위해서 사람들 속에 섞이기 쉬운 능력을 가지고 있었다.

매료의 힘. 타인에게 호감을 품게 하여 뜻대로 조종할 수 있을 정도였다.

지금의 그녀는 힘을 제어할 줄 알기에 봉인해 두고 있었다. 뱀파이어의 힘에 휘둘린 과거는 그녀에게 괴로운 기억이 되었기 때문이리라.

그렇기에 레이니의 제안은 놀라웠다. 모두의 시선을 받은 레이니는 작게 한숨을 쉬고 나서 이야기하기 시작했다.

"물론 매료의 힘으로 다른 사람을 조종하려는 건 아니에요."

"레이니가 그런 짓을 할 거라고 생각하진 않지만…… 뱀파이어의 힘으로 뭘 하려고요?"

"뱀파이어의 힘을 어떻게 잘 쓸 수 없을지 모색하면서 여러 발견이 있었고, 상대방의 감정을 느끼는 식으로도 쓸 수 있게 됐어요."

"그런 식으로 쓸 수 있어?"

"뱀파이어의 힘으로 카운슬링하는 걸 연습하면서 터득하게 됐는데, 상대에게 어떤 꿈을 보여 주면 좋을지 반응을 살피다 보니 상대의 감정을 읽게 됐다고 할까요……. 그걸 잘 활용하면 유필리아 님에게 호의적인 사람을 찾아낼 수 있을 거예요. 그걸 알면 유필리아 님도 누구부터 설득할지 점찍을 수 있지 않을까요?"

유피는 입가에 손을 얹고 진지한 표정으로 레이니의 제안을 고려하는 것 같았다. 확실히 상대의 감정을 알 수 있다면 아군이 될 것 같은 사람을 압축할 판단 재료가 될 것이다.

역시 뱀파이어에게 스파이 같은 일을 시키면 장난이 아니라는 걸 통감했다. 레이니가 이 힘을 악용하려 들지 않아서 정말로 다행이다.

하지만 레이니를 잘 모르는 사람에게 뱀파이어의 힘을 들킨다면 위험하다. 아무리 사람과 비슷하더라도 마석을 가진 이상, 뱀파이어는 마물로 취급된다.

더군다나 자칫 잘못하면 나라를 간단히 멸망시킬 힘을 가지고 있으니 방치할 수 없다고 생각하는 사람이 많을 것이다.

"……위험해요. 게다가 상대는 마법부예요. 레이니의 진실을 아는 과격파가 아직 있을지도 몰라요. 숙청되어 힘을 잃었다고는 하지만 아무것도 못 할 거라고 여기는 건 너무 낙관적이겠죠. 설령 지금은 알려지지 않았어도, 무슨 계기로 진실에 도달할지 알 수 없어요."

"하지만 의심하고자 한다면 저는 한참 전부터 의심스러웠는걸요."

"그건…… 그렇지만……."

이제는 아무도 말을 꺼내지 않지만, 아르 군이 일으킨 약혼 파기 소동을 잊어버린 사람은 그리 많지 않을 것이다.

새로운 화제가 흥하고 있을 뿐, 그 사건이 잊힌 건 아니다. 사건의 중심이었던 레이니는 어디까지나 휘말렸을 뿐이라고 설명해 뒀다.

실제로 정말 휘말린 거지만, 그걸 그대로 믿을 사람이 얼마나 될까? 지금도 레이니의 동향을 신경 쓰는 사람이 없다고는 할 수 없다.

"이 힘을 부정하는 건 간단해요. 하지만 부정하지 않는 길을 가르쳐 주셨는걸요."

레이니는 심장이 있는 위치에 손을 얹고 유피를 똑바로 바라보았다. 그 눈에는 강한 결의가 담겨 있었다.

유피는 한동안 레이니를 마주 보다가 이내 졌다는 듯 한숨을 쉬었다.

"……알겠어요. 단, 위험하다 싶으면 바로 그만두게 할 거예요."

"네! 감사합니다!"

"고마워할 사람은 저예요. 부디 저를 위해 힘을 빌려주세요, 레이니."

유피와 레이니가 서로를 보며 미소 지었다. 정말 사이가 좋아졌구나, 하고 새삼 생각했다. 불미스러운 사건으로 관계를 맺은 두 사람이 지금 같은 관계가 되어서 정말 다행이다.

다만 레이니가 유피와 같이 가면 일리아가 또 별궁에 혼자 남게 된다. 귀여운 제자가 품을 떠나서 서운하지 않아?

그렇게 놀리려고 일리아를 보았다.

그리고 나는 숨을 멈추고 말았다. 일리아는 평소처럼 의젓했다. 하지만 시선은 미소 짓는 유피와 레이니에게, 정확히는 레이니에게만 가 있었다.

왠지 그 눈이 서운해 보였지만 본인은 그 서운함을 이해하지 못했는지 고개를 갸웃하고 있었다. 나는 꺼내려던 말을 필사적으로 삼켰다.

'농담이 아니게 될 뻔했어……!'

생각지 못한 일리아의 반응을 본 나는 두근거리는 가슴을 쓸어내렸다. 하마터면 긁어 부스럼을 만들 뻔했다. 위험했다.

'일리아가 이런 반응을 보일 줄이야…….'

아마 실제로 본인도 잘 모르고 있을 것이다. 일리아는 자신의 감정 변화에 어둡다. 그걸 정확히 말로 표현하는 일도 거의 없다.

그저 그대로 감내하고 삼켜서 아무 일도 없었던 것처럼 행동한다. 그렇게 교육받았으니까.

일리아가 레이니를 어떻게 생각하는지는 나도 모른다. 한 번 레이니의 매료에 당하여 레이니에게 호감을 품었던 건 틀림없지만.

하지만 그 뒤로 계속 매료에 걸렸던 건 아니고, 지금까지 일리아의 모습이 이상하다고 느끼지는 않았었다.

그러나 본인에게 자각이 없다면 태도에 변화가 안 나타날

지도 모른다. 가뜩이나 일리아는 자기주장이 약한 편이고.

'……이건 어쩌면, 그런 거야?'

한동안은 일리아의 상태를 신경 쓰는 편이 좋을지도 모르겠다.

상황이 너무 이상해지지 않으면 좋겠는데. 생각지 못한 곳에서 굴러든 불안 요소에 나는 머리를 싸매고 말았다.

* * *

레이니가 유피와 동행하게 되고 며칠 후, 자료를 기다리는 동안 하르피스와 갓군에게 마학을 가르치고 있으니 마침내 마법부에서 사람이 왔다.

별궁에 자료를 가져와 준 사람은 하르피스의 약혼자인 마리온과, 좀 날라리 같은 경박한 분위기의 청년이었다.

머리는 칙칙한 금색이고 눈은 짙은 갈색. 성실함과는 무관해 보이는 청년은 사람들이 호감을 느낄 법한 미소를 지으며 인사했다.

"안녕하세요, 아니스피아 왕녀 전하! 만나 뵙게 되어 영광입니다. 아아, 소개가 늦었군요. 저는 미겔 그래파이트라고 합니다. 잘 부탁드립니다."

"네에……."

굉장히 떠들썩한 사람이 와서 반응하기 곤란했다. 마법부에 이런 사람이 있었구나? 마법부에 가지고 있는 인상과 전혀 부합하지 않는 사람이었다.

"이야, 한창 잘나가는 화제의 인물이신 아니스피아 왕녀 전하와 이렇게 친분이 생기다니, 이거야말로 정령의 인도가 아닐까요! 지금 저는 감격하여 떨고 있습니다!"

"그것 참 고마워……?"

"미겔. 아니스피아 왕녀 전하께서 곤란해하시니까 적당히 하세요."

애매하게 반응하고 있자 마리온이 도움의 손길을 내밀었다. 못 말린다는 듯 한숨 쉬는 걸 보아하니 꽤 고생하고 있는 것 같다.

"하하하! 반가운 마음에 저도 모르게 그만! 죄송합니다! 이번 일은 랑그에게 들었습니다. 마법부의 사정으로 불편을 끼쳐서 정말 죄송합니다! 부디 관대한 마음으로 용서해 주시길!"

"……당신은 마법부 소속이 아니잖습니까. 마치 대표처럼 사과하지 마세요."

"어? 아니야?"

"임시 직원입니다!"

짜증이 날 만큼 뻔뻔하게 웃으며 말하기에, 내 뺨이 일순 실룩였다. 마리온에 이르러서는 눈빛이 꺼지기 일보 직전이었다. 뒤에 있는 하르피스와 갓군도 어안이 벙벙한 모습이었다.

“정확히는 저희 할아버지가 마법부 장관 대리를 맡으셔서, 은퇴했던 할아버지의 도우미로 발탁되어 버린 불쌍한 똘마니입니다! 이번 일도 한가하면 네가 가라며 랑그에게 걷어차여서…….”

“아니, 당신이 가져가겠다고 했잖아요?”

마리온이 지적하자 미겔의 웃는 얼굴이 더 재수 없어졌다. 아아, 응. 이해하고 싶지 않지만 이해했다.

이 미겔이란 녀석은 그런 사람인 거다. 심히 유감스럽지만, 인정하고 싶지 않지만, 이 녀석은 나와 동류다. 나보다도 자각을 가지고서 행동하는 거라 성질이 나쁘지만.

“수상쩍은 연기는 그만하지 않을래? 아니꼬우니까.”

“오, 불경함을 용서해 주는 거야? 이야~ 나도 딱딱하게 구는 걸 싫어하거든. 아무리 신경 써도 수상쩍다고 하니까 편하게 말하고 싶단 말이지!”

깔깔 웃으며 미겔이 단숨에 허물없는 태도를 보였다. 그런 미겔의 태도를 보고 마리온의 눈빛이 마침내 죽음을 맞이했다. 심심한 위로를 보냅니다…….

“굳이 격식 차릴 필요가 없다면 바로 본론으로 들어갈까. 이게 아니스피아 왕녀 전하가 랑그에게 부탁한 자료야. 필요한 자료가 있으면 말해 줘. 다만 너무 많이 가져가면 관리하기 힘들어서 말이지. 대출 상한을 두고 싶다고 랑그가 말했어.”

"알았어. 필요한 건 유피를 통해 부탁할게."

"대출은 나나 마리온이 대응할 거니까 안심해 줘!"

"마리온만 있으면 충분해."

"난 필요 없어?!"

까불거리는 미겔에게 적당히 대꾸하면서 마리온과 함께 대출 절차를 밟았다. 그게 끝나자 무사히 자료를 받을 수 있었다.

"그럼 반납하실 때 또 뵙겠습니다."

"응, 수고를 끼치겠지만 잘 부탁해."

"마법부의 사정 때문에 고생시키고 있는 것이니 오히려 저희가 사과드려야죠."

마리온이 죄송하다는 듯 눈썹을 모으고 말했다. 그런 마리온의 어깨를 두드리며 미겔이 말을 이었다. 조금 전의 태도에서 일변하여 진지한 모습이었다.

"잠깐만 참으면 되니까 아니스피아 왕녀 전하가 협력해 주면 고맙겠어. 그리고 그 녀석은 괜한 참견이라고 하겠지만, 랑그를 너무 나쁘게 생각하지 말아 줘."

"……왜 네가 굳이 그런 말을 해?"

"랑그는 성실하고 서툴거든. 대충 해도 되는 걸 대충 못 하는 신경질적인 녀석이야. 좀 더 여유를 가지라고 말해 주고 싶은데 말이지. 다만 나쁜 녀석은 아니야. 마법부와 아니스피아 왕녀 전하가 싸우지 않도록 뒤에서 손을 쓰고 있기도 하고."

"그래?"

"그래. 애초에 유필리아 왕녀 전하의 수행원으로 마리온을 추천한 사람이 랑그야. 그렇지? 마리온."

나는 미겔의 말이 정말인지 확인하듯 마리온을 보았다. 마리온은 조용히 고개를 끄덕여 긍정했다.

"저는 유필리아 왕녀 전하와 나이가 비슷하고, 파벌도 중립에 속해 있어서 각 파벌을 중재할 수 있을 거라며 추천받았습니다."

"그랬구나……."

"그 녀석은 성실하게 차근차근 노력하고 있어. 눈에 띄지 않지만 마법부를 지탱하는 인원 중에서는 열심히 일하는 편이야. 아니스피아 왕녀 전하에게 좋은 인상은 안 갖고 있겠지만, 그래도 그 녀석 나름대로 이것저것 생각이 있어서 움직이고 있는 건 틀림없으니까 느긋하게 어울려 줘."

"딱히 마법부와 싸울 생각은 없어. 괜한 트집을 잡는다면 나도 그에 맞춰 대응할 뿐이야."

"그렇게 말해 줘서 다행이야. 앞으로도 사이좋게 지내 줘."

"너랑은 사이좋게 안 지내."

"어랏~?!"

"아아, 정말! 돌아가죠, 미겔! 할 일이 남아 있으니까요!"

"수, 수고하세요, 마리온 님……."

"힘내, 마리온……."

인내의 한계에 달했는지 마리온이 미겔을 억지로 끌고 갔다.

하르피스와 갓군에게 배웅받으며 마리온은 뭐라 말할 수 없는 표정을 지은 채 묵례하고 떠났다.

미겔은 마리온에게 끌려가면서도 수상쩍게 웃으며 손을 흔들었다.

묘한 녀석을 알게 됐다는 허탈함에 어깨가 무거워져서 우리는 미리 맞춘 것처럼 깊이 한숨을 쉬었다.

* * *

마법부에서 빌린 자료를 읽는 동안 우리는 조용했다.

갓군은 때때로 끙 소리를 내며 책을 폈다가 도로 덮기를 반복하고 있었다. 원래부터 공부 쪽에는 소질이 없는 듯했다.

반면 하르피스는 담담히 책을 읽으며 필요할 것 같은 부분을 종이에 적어 두고 있었다. 속독 수준으로 빨랐다. 참 믿음직스러웠다.

두 사람 다 노력하고 있으니까 나도 힘내야겠지만, 기어코 인상을 쓰고 말았다. 예전부터 느꼈던 의문이긴 한데, 그 의문이 본격적으로 윤곽을 드러내기 시작한 느낌이었다.

"……있지, 하르피스."

"네? 왜 그러시나요? 아니스피아 왕녀 전하."

“과한 생각인가 싶었지만…… 팔레티아 왕국의 책은 읽기 어렵지 않아?”

“읽기…… 어렵나요?”

작업하던 손을 멈춘 하르피스가 고개를 갸웃했다. 몇 번째인지 모를 휴식을 취하던 갓군도 고개를 들고 나를 보았다.

“어떤 부분 때문에 읽기 어렵다고 하시는 건가요……?”

“예를 들자면, 지금 받은 이 자료는 각 영지의 근황이나 세율 등을 기록으로 남긴 거잖아?”

“그렇죠.”

“그 기록을 남긴 문장이…… 뭐랄까, 그, 난해한 표현을 썼다는 느낌이 든단 말이지.”

“……난해한 표현이요?”

“유난히 시적이라고 할까, 음…… 쓸데없이 귀족적인 표현이라고 말하면 되려나.”

“아…… 무슨 말씀을 하고 싶으신 건지 대충 이해는 가네요.”

갓군이 아득한 눈으로 동의하며 고개를 끄덕였다. 반면 하르피스는 곤혹스러운 듯 고개를 갸웃했다.

“……원래 그런 거 아닌가요?”

“응. 원래 그런 거겠지. 그게 읽기 어렵지 않냐, 이 말이야.”

“하지만 읽지 못하면 책을 읽을 수 없어요.”

“응…….”

그래, 즉 그런 거다. 내가 느끼기에 팔레티아 왕국의 문장은 시적인 표현이 많았다.

그 시적인 표현을 올바르게 이해하려면 교양이 필요하다. 그래서 교양이 없으면 책을 읽을 수 없었다.

내가 보기에는 쓸데없는 짓이었다. 정확한 기록을 남겨야 하는 문서에 난해한 표현을 사용하는 건 이상하지 않은가.

"하르피스. 오늘은 맑았다는 정보를 전하는 데 굳이 하늘의 색이 얼마나 아름다웠고, 바람에서 어떤 냄새가 났고, 구름은 어떤 모양이었는지 하는 정보가 필요해?"

"……그렇죠. 필요하지 않을지도 모르지만, 상황을 자세히 남기는 데는 유용하지 않나요?"

"하지만 팔레티아 왕국에 남겨진 책이나 기록 문헌은 시적인 표현을 쓰는 게 당연하다는 느낌이야. 평민들은 더 간단한 문장을 써."

"평민은 글자를 못 읽는 분도 많고, 귀족과 글을 주고받는 사람도 권세 있는 상인 등으로 한정돼서 그렇지 않을까요?"

"그렇게 보면 평민에게는 교양이 없어서 그렇다고 얘기가 끝나 버리지만……. 나는 딱히 시적인 표현을 쓰면 안 된다고 말하고 싶은 게 아니라, 읽는 사람에게 제대로 된 지식이 없으면 뭘 썼는지 이해하기 어렵지 않느냐는 건데."

"……책이란 건 원래 그런 거 아닌가요?"

하르피스가 고개를 갸웃하며 그렇게 말했다. 그래, 그건 분명 옳은 말이다.

팔레티아 왕국에서 책은 교양 있는 사람이 읽어야만 올바른 지식을 얻을 수 있는 물건이었다.

그래서 책을 읽는 게 어렵고 힘들다면 그건 본인의 노력이 부족하다는 뜻이 되는 거다. 하지만 나는 그게 좀 불쾌하게 느껴졌다.

"아니스, 아직도 여기서 작업 중이에요?"

형용하기 어려운 불쾌함을 어떻게든 말로 표현하려고 애쓰고 있을 때, 노크 소리가 들리더니 유피가 얼굴을 내비쳤다. 뒤에는 레이니도 있었다.

"유피? 그리고 레이니도. 벌써 두 사람이 돌아올 시간이 됐어?"

"안녕하세요, 유필리아 왕녀 전하, 레이니 양."

"고생하셨습니다."

하르피스와 갓군이 뒤이어 정중히 인사했다. 유피는 고개를 한 번 끄덕이고서 책상 위에 펼쳐진 책으로 눈을 돌렸다.

"작업은 순조롭나요?"

"아니, 응, 뭐, 그럭저럭?"

"……무슨 일 있었나요?"

유피가 물어보았기에 나는 조금 전까지 하르피스와 했던 이야기를 설명했다.

유피는 내 이야기를 듣더니 턱에 손을 올리고서 생각에 잠겼고, 같이 들은 레이니는 이해한다는 듯 연신 고개를 끄덕거렸다.

"난해한 표현을 이해하는 건 힘들죠. 저도 고생했어요."

"그러고 보니 레이니 양은 원래 평민이었죠……."

"심지어 고아였으니까요. 글을 읽을 줄 아는 게 고작이었어요. 귀족 학원에 입학하기 위해 열심히 공부했지만, 진짜 힘들었어요……."

감개에 젖어 먼 곳을 바라보며 중얼거리는 레이니를 하르피스는 뭐라 말할 수 없는 표정으로 바라보았다. 그러자 유피가 불쑥 고개를 들었다.

"아니스가 느낀 위화감이라고 할까, 하고자 하는 말은 이해했어요. 그리고 가설이지만 왜 그런지도 추측이 가요."

"가설?"

"기본적으로 팔레티아 왕국의 글이 시적인 문장이 되는 건 귀족이 마법사이기 때문일 거예요."

"……마법사라서?"

어째서 마법사는 시적인 표현을 쓴다는 걸까. 인과 관계가 보이지 않아서 고개를 갸웃하고 말았다.

"익숙해지면 생략도 가능하지만, 역시 마법을 배울 때는 영창이 기본이에요. 중요한 건 정령에게 올리는 기도고, 더 정확히 말하자면 상세한 이미지가 필요해요."

"응……. 근데 왜 마법 얘기가 나오는 거야?"

"일상적으로 상상력이 중요하다 보니까 뭘 표현할 때도 시적으로 나타내는 게 습관이 된 거예요. 아니스가 말한 대로, 한 가지 사실을 전하기 위해 과도한 수식 문구를 덧붙이는 건 독해를 어렵게 해요. 하지만 그 난해함이야말로 저희 귀족에게는 당연한 일인 거예요. 늘 마법을 의식하고, 상상력을 풍부하게 하고, 어휘를 단련해요. 그러면 마법을 더 세세하게 발동시킬 수 있으니까요. 마법을 다루기 위한 감각을 기르기 위해서라는 것이 제 가설이에요."

"……아하? 확실히 듣고 보니 이해가 가기도 해. 불덩이를 만들고 싶을 때, 나라면 그저 「불덩이」로 끝나겠지. 하지만 귀족의 감각으로는 왜 불덩이여야 하는지, 크기는 어느 정도고 형태는 어떠한지, 뭘 하기 위한 불덩이인지 정보를 덧붙이는 게 귀족적이라고 할까, 마법사로서의 감각을 기르기 위한 기본인지라 문장도 그걸 따른다는 거구나?"

확인하듯 유피에게 묻자 유피는 고개를 끄덕여 긍정했다.

"그렇죠. 덧붙여 말하자면 마법부의 서고에 보관될 만한 책은 기본적으로 귀족들만 읽어요. 귀족의 소양으로 읽을 수 있는 게 당연하니까 표현이 난해해도 의문시되지 않는 거겠죠. 읽을 수 있다면 간단한 문장일 필요가 없으니까요."

"으음, 그건 그렇지만…… 단순히 실태를 알고 싶어서 조사하는데 표현이 난해하면 해독하고 해석하느라 머리를 쥐어짜야 하잖아? 그게 피곤하니까 쓸데없는 짓이라는 생각이 들어서……."

여기까지 오니 내가 하고 싶었던 말을 마침내 표현할 수 있을 것 같았다. 읽을 수 있다면 문제없고, 그게 팔레티아 왕국의 문화라고 한다면야 좋다.

하지만 이렇게 조사하면서 통계를 내고 싶을 때도 표현을 해석하고 이해하기 위해 다른 지식이 필요했다. 그건 내가 생각하기에 여분의 노이즈일 뿐이었다.

"으음, 문장으로서는 가치가 있지만, 난해해서 자료로는 다루기 힘들다고 말하면 되려나?"

"듣고 보니 그럴지도 모르겠네요. 저는 의식한 적이 없지만……."

"저는 아니스 님의 말씀을 이해해요. 궁금한 걸 알기 위해 읽고 싶은데, 읽으려면 표현 방식을 미리 알아야 한다니 비효율적이에요."

"딱히 돌려 말할 필요가 없다면 사실이나 해답만 적어 줬으면 하는 마음은 저도 이해해요……."

유피는 조금 곤란한 듯 눈썹을 모으며 말했다. 내게 동의하며 고개를 끄덕인 사람은 갓군과 레이니였다. 굳이 따지자면 공부를 못하는 팀이었다.

그런 가운데 유일하게 하르피스는 조용했다. 입가에 손을 올리고서 생각에 잠겨 침묵하고 있었다.

"가능하다면 궁금한 정보를 한눈에 확 알 수 있는 일람표라도 만들어 줬으면 좋겠는데 말이지."

"그건 어려울 거예요. 마법부도 바쁘고, 자료를 만들려면 수고가 드니까요. 있다면 쓸모는 있겠지만, 만에 하나 쟁탈전이라도 벌어지면……."

"여러 개를 만드는 것도 일인가."

팔레티아 왕국의 서류는 손으로 쓰니 말이지. 여러 개를 만들려면 순수하게 사람 손이 필요하다. 성과 발표회 등을 앞두고 필요한 자료를 만들 때는 나도 우울하다.

이것저것 개혁하고자 하면 뭐든 다 부족하니 큰일이다. 필요한 걸 조달하고 싶어도 그러려면 윗선을 설득해야 한다. 윗선을 설득하기 위한 패를 준비하려고 해도 자료가 부족하다. 자료를 찾으려고 해도 수고가 너무 많이 든다.

'전생처럼 컴퓨터가 있다면 서류 작업도 지금보다 수월해질 것 같은데…… 잠깐, 컴퓨터가 있다면?'

전류가 튄 것처럼 생각이 번뜩 떠올랐다.

자료 열람의 난점을 개선하려면 얼마나 수고가 들지 헤아릴 수 없다. 그 이유 중 하나는 현생의 서류가 수기로 작성되기 때문이다.

전생에는 컴퓨터가 보급되어 있어서, 서류 작성에 드는 수고는 이번 생과 비교하면 몇십 배나 생략되었다. 하지만 아무리 마법이 있는 세계여도 컴퓨터를 만드는 건 어렵다.

그러나 컴퓨터를 만드는 게 아니라 서류 작성 기능만을 빼낸다면? 워드 프로세서, 더 거슬러 올라가면 타자기도 존재했을 터다.

서류 작업의 기계화, 아니, 마도구화가 가능하다면? 일단 필요한 기능을 적어 보자.

문자를 손으로 쓰는 게 아니라 입력하는 형식으로 만들고 싶다. 인자(印字), 즉 도장처럼 찍어서 종이에 쓰는 기능. 그걸 위한 입력 장치는 키보드처럼 만들고 싶은데, 문자마다 판을 만들어서 버튼을 누르는 형식으로 할까? 그리고 그걸 조작하는 메커니즘을 생각해서…….

"……아니스?"

"좋아, 좋아! 이 아이디어라면 가능해! 내일 토마스한테 가야겠어!"

"……저기, 아니스피아 왕녀 전하?"

"아~ 이건……."

"뭔가 떠올리신 거겠죠……. 힘내세요, 하르피스, 가크."

"네?"

"뭘 말이죠?"

뭔가 어이없어하는 목소리와 당황한 목소리가 들린 것 같지만 기분 탓이겠지! 좋아, 생각나는 아이디어를 전부 적어 둬야겠어!

* * *

"종이에 문자를 찍는 마도구를 만들고 싶다고……?"

"그래!"

"……또 이상한 일을 시작했구나……."

다음 날, 나는 하르피스와 갓군을 데리고서 토마스의 공방에 돌격했다.

참고로 나랑 유피가 입었던 드레스와 에어드라를 만들어 준 장인들에게는 발표회 후에 거액의 포상금이 지급되어 작은 연회가 이어졌다고 한다.

마도구는 아직 국가가 개발 중이라 민간에 보급하는 건 제동이 걸려 있는 상태였다. 그래서 마도구 양산은 이루어지지 않았다.

하지만 언제 제한이 풀려도 이상하지 않아서, 장인들은 매일 열심히 일하며 해금될 날을 기대하고 있었다.

그런 가운데 특별히 달라진 곳 없이 평소대로 돌아와 있는 사람이 토마스였다.

원래부터 토마스는 혼자 일하는 대장장이다. 들어오는 의뢰는 예전보다 늘었지만, 딱히 큰 공방에 들어가지도 않고 내키지 않는 일은 안 받는 예전과 같은 생활로 돌아와 있었다.

그렇게 평온을 되찾은 토마스 입장에서는 내가 또 귀찮은 일을 가져온 것이었다. 하지만 나는 신경 쓰지 않는다! 상담

역할에서 해고하지는 않았으니까!

"이게 대략적인 구상도인데……."

토마스는 내가 펼친 구상도를 마지못해 살펴보았다. 하르피스와 갓군도 흥미진진한 모습으로 뒤따랐다.

"수기는 역시 손이 피곤해지니까, 이렇게 문자에 대응한 판을 준비하고, 그 판을 누르면 종이에 문자가 각인되는 메커니즘으로 만들고 싶어."

"생각보다 멀쩡한 물건이네……. 문자판을 준비하고, 그 문자에 대응해 움직여서 종이에 글자를 찍어 나가는 건가."

"어때? 만들 수 있을까?"

"나한테 물어봐도 모르겠는데. 형태적으로 가까운 건 악기이지 않을까?"

"악기…… 듣고 보니 건반 악기와 비슷한 구조일지도 모르겠네요."

"입력하는 부분은 그렇지. 다만 종이에 문자를 각인하더라도 문장을 만들려면 옆으로 움직여야 하고, 다음 줄로 넘어가는 기구도 만들어야 해. 그게 가능하냐에 달렸어. 입력장치가 될 건반을 주된 마도구로 가공해서 움직이게 하면 손으로 쓰는 것보다 편하게 글을 작성할 수 있겠어."

"맞아! 바로 그게 목적이야! 나는 서류 수작업에 혁명을 일으키고 싶어!"

그러면 일이 효율화되어 여유가 생긴다. 여유가 생기면 손대지 못했던 일에 착수할 수 있다!

"그럼 아는 악기 장인을 소개하기로 할까. 먼저 공방에 가지."

"좋았어, 그럼 가자!"

"……이것 참, 또 바빠질 것 같군."

입으로는 귀찮다는 듯 말하지만 즐거워하는 분위기까지는 감추지 못하고 있어, 토마스!

* * *

토마스가 안내해 준 악기 공방을 찾아가자, 우리는 굉장히 환영받았다.

장인들 사이에 내 소문이 퍼진 모양이라, 설마 이번엔 자신들을 찾아올 줄 몰랐다며 열렬히 환영했다.

"즉, 소리 대신 문자를 종이에 찍도록 만들 수 있냐는 거지?"

"가능할 것 같아?"

"문자를 찍는 기구 자체는 응용이 가능할 거야. 하지만 단순히 문자 하나를 찍는 게 아니라 문장으로 만드는 부분은 궁리가 필요하려나. 뭐, 그렇게 어렵진 않겠지."

"타건 기구의 동력으로는 정령석을 쓰면 될 거야. 이 구조라면 마나 블레이드의 기구도 전용할 수 있을 것 같은데……."

"요컨대 건반에 마력을 담아서 움직이는 건가? 재미있는 발상이야! 악기에도 응용하면 재미있겠어!"

내 아이디어를 스펀지처럼 흡수한 공방장이 설계도를 완성해 나갔다.

……이후로는, 뭐랄까, 아무튼 전개가 빨랐다. 전부 순조롭게 착착 진행되어 일주일 뒤에 시작품이 완성되었으니 아주 빨랐다. 나도 깜짝 놀랐다.

"굶주린 짐승에게 먹이를 준 느낌이야……."

"실제로 개발에 굶주려 있었을 거야. 에어드라의 발표는 그만큼 영향이 컸어."

시작품을 보러 가는 길에 토마스가 그렇게 말했다. 하르피스는 나와 함께 얼이 빠져 있었고, 갓군은 마냥 감탄했다.

그렇게 재방문한 악기 공방에서 보게 된 시작품은 타자기와 매우 흡사했다. 문자를 입력하기 위한 자판과 그 자판에 대응한 입력 장치. 종이를 받침대에 놓고 입력하기만 하면 됐다.

"잘 왔어, 아니스피아 왕녀 전하! 바로 시험해 봐!"

"정말 일주일 만에 완성했네……. 그럼 써 볼게."

공방장에게 사용법을 듣고 실제로 테스트를 해 봤다. 자판은 정령석을 섞어서 만든 모양이라, 마력을 담으면 대응하는 문자를 종이에 타건하는 구조라고 했다.

그래서 건반 자체를 누를 필요는 없었고 그저 건드리기만 하면 됐다. 건반을 건드리며 마력을 주입하자 종이에 문자가 찍혔다. 한 글자 찍을 때마다 옆으로 움직이고 줄바꿈도 문제없었다.

시작품으로서는 매우 훌륭한 완성도였다. 이걸 즉각 채용해도 좋을 정도였다.

"이거 좋은데! 자, 하르피스랑 갓군도 써 봐!"

"앗, 네! 그럼 실례합니다……."

하르피스도 처음에는 조심조심 건드리다가 조금 써 보고 요령이 생기자 피아노를 치듯 매끄럽게 글자를 찍어 나갔다. 기구가 바쁘게 움직이며 하얀 종이 위에 글자가 찍혔다.

"아니스피아 왕녀 전하! 이거 굉장해요! 손으로 쓰는 것보다 편해질 거예요!"

"오~ 이거 좋네. 변방의 기사단에는 글자를 예쁘게 못 쓰는 녀석도 많으니, 그런 사람한테 이걸 쓰게 하면 서류 보기가 편해지겠어."

"이야~ 이 녀석은 상인들도 환장하며 갖고 싶어 할 거야."

다들 신나게 떠들며 시작품을 어떻게 이용할지 생각했다. 이건 귀족 평민을 불문하고 이용할 수 있었다.

아예 제작 비용을 낮춰서 글자를 배우는 놀이 도구로 만들 순 없을까? 그러면 글을 읽을 수 있는 사람도 크게 늘지 모른다.

"이대로도 충분히 편리하지만…… 복사까지 가능하면 제본도 편해질 것 같은데."

"복사…… 완전히 똑같은 문장을 만들고 싶으시다는 거죠?"

내 중얼거림을 들었는지 하르피스가 입가에 손을 올리고 말했다.

"다시 치면 그만이긴 하지만. 아무리 편해졌어도 똑같은 문장을 기입하는 게 귀찮기는 하잖아? 그래서 복사가 되면 좋겠다고 생각했어."

"……그럼 오르골 같은 기구를 만들면 어떨까요?"

하르피스가 나직이 중얼거린 순간, 그 자리에 있던 모두가 입을 다물고 움직임을 멈췄다. 시선이 집중되자 하르피스는 당황해서 손과 고개를 휘저었다.

"어, 아, 아뇨, 그게. 죄송해요, 그냥 갑자기 생각나서……!"

"오르골이라고 했지? 귀족 아가씨. 요컨대? 오르골처럼 입력한 문자를 기록시켜서 찍는 걸 반복하는 건가?"

"어, 네. 오르골은 연주를 반복하잖아요? 한 번 입력한 문자를 기록해 두고 자동으로 입력을 반복하게 하면 복사가 되지 않을까요?"

"자판이 마력에 반응해서 입력되는 거지? 그 입력 순서를 기억시키면 가능하지 않을까?"

"타건한 순서를 각인하고, 그 순서대로 마력을 보내는 기구를 만들면 되려나?"

"가능할 것 같아?"

"재미있는데! 한번 해 보자고!"

"잘 풀리면 마도구 오르골도 만들 수 있을 것 같아! 도전

할 맛이 나는군!"

"시작하자, 얘들아!"

『우오오오오―!!』

장인들이 공방장의 호령에 맞춰 열띤 함성을 질렀다. 하르피스는 그들의 열기에 압도되어 안절부절못했다. 갓군에 이르러서는 쓴웃음을 짓고 있었다.

그런 가운데 홀로 냉철하게 경위를 지켜보던 토마스는 조용히 한숨을 쉬었다.

"그러게 내가 시끄러워질 거라고 했잖아."

* * *

"어…… 그런 경위로 완성된 것이 여기 있는 마도구, 「염반(소트 보드)(念盤)」입니다."

생각을 글자판에 담아 움직이기에 염반(소트 보드)이라고 명명한 마도구를 나는 바로 선보이기로 했다.

선보이는 상대는 아바마마, 어마마마, 그리고 그란츠 공이었다. 장소는 아바마마의 집무실. 운반해 준 갓군, 고마워. 하르피스가 고안한 기록 재생 기능을 넣었더니 초기 시작품보다 크기가 커졌단 말이지.

"입력 장치의 근본적인 아이디어는 제가 냈고, 실물을 완성시킨 건 마을의 악기 장인들입니다. 그리고 복사를 위한 기록 재생 기능은 여기 있는 하르피스의 아이디어를 도입했습니다. 이 장치 하나로 서류 작성에 드는 수고가 대폭 경감될 거라고 봅니다."

"그렇군요……."

그란츠 공은 그대로 염반(소트 보드)을 기동시켜 실제로 입력을 테스트했다.

개량을 거듭한 결과, 문자 입력뿐만 아니라 선을 긋는 기능까지 추가되어서 서류 작성이 매우 편해질 거라고 자부한다.

그란츠 공은 처음에 한 손으로 한 글자씩 확인하듯 입력했다. 아무 말도 없기에 하르피스는 숨도 제대로 못 쉴 만큼 긴장한 것 같았다.

"……흠."

별안간 그란츠 공이 조용히 중얼거렸다.

그리고 염반(소트 보드) 앞에 고쳐 앉더니, 이번에는 양손으로 염반(소트 보드)을 조작하기 시작했다. 모습이 이상해진 것은 그 후였다. 점점 문자 입력 속도가 빨라졌다.

어라? 하고 생각했을 때, 그란츠 공의 입력 속도는 무지막지하게 빨라져 있었다.

거의 망가질 것 같은 기세로 문자가 입력되었다. 그란츠 공의 손가락이 별개의 생물처럼 꿈틀거리며 자판을 조작해 나갔다.

눈 깜짝할 사이에 서류가 작성되었다. 그 속도는 전생의 복사기를 방불케 했다. 빨랐다. 아무튼 너무 빨랐다. 뭐지, 이거.

"—훗, 으하하!"

그리고 웃음소리. 누구의 웃음소리냐고? 나도 귀를 의심했지만, 그란츠 공의 웃음소리였다.

힉, 하고 하르피스가 작게 비명을 질렀다. 갓군도 식은땀을 흘리며 얼굴을 굳히고 있었다.

그들의 시선 끝에 있는 그란츠 공은 마물도 도망칠 만큼 흉악한 웃음을 짓고 있었다.

때때로 생각난 것처럼 나는 웃음소리. 무시무시한 기세로 문자를 입력해 나가는 염반(소트 보드). 잇따라 완성되는 서류. 아무렇게나 대충 자판을 치고 있는 게 아니었다.

"—대단히 훌륭한 물건을 만드셨군요, 아니스피아 왕녀 전하."

즐거워하는 목소리인데 왜 이렇게 오한이 드는 걸까. 나는 그저 사무적으로 웃을 수밖에 없었다.

그리고 테스트 제품이었던 염반(소트 보드)은 그란츠 공이 강력히 희망하여 그대로 그에게 넘어가게 되었다.

난 못 봤어. 못 봤다면 못 본 거다. 흉악하게 웃으며 잇따라 서류를 작성하는 그란츠 공의 모습 따위 못 봤어!

—하지만 현실을 외면하려고 한 내게 아바마마가 자상한 목소리로 말했다.

"아니스."
"저는 아무것도 못 봤어요."
"아니, 보일 테지. 희희낙락 일하는 그란츠가. 저 기세로 일하면 우리가 할 일도 산더미가 되는 미래가 보이는데, 이에 관해서는 어찌 생각하느냐?"
"느, 능률이 높아져서 참 잘됐다……?"
"그렇지. 그런데 저건 당장 양산이 가능하겠지? 아니스."
"설마 선보이기만 하고 양산이 불가능하다고는 안 하겠죠?"
아바마마와 어마마마는 활짝 웃고 있지만 눈이 전혀 웃고 있지 않았다. 두 사람은 내 어깨를 한쪽씩 잡고서 부러뜨릴 듯 힘을 줬다.
나는 하르피스와 갓군에게 시선을 보내 도움을 청했다. 두 사람은 내 시선을 휙 피했다. 다들 날 버리지 마. 부탁이야!
"너는 효성이 지극한 딸이니까…… 이대로 그란츠를 풀어둬서 내 업무를 붕괴시키지 않을 거야. 그렇지?"
"그럼요, 아니스는 다정한걸요. 할 수 있죠?"
아바마마와 어마마마가 양쪽에서 상냥하게 속삭였다. 하지만 단단히 어깨를 잡은 힘은 심상치 않았다.
그러는 동안 그란츠 공은 즐겁게 염반(소트 보드)을 다루고 있었다. 좀 더 이쪽을 신경 써 줘도 되는데요. 네? 듣고 있나요? 그란츠 공.
"하지만 이게 보급되면 마도구만 가지고도 책을 만들게 되겠어요…….”

“음…… 필사본이 당장 사라지진 않겠지만, 일단 이걸 알아 버리면 아무래도 그렇겠지.”

불현듯 냉정해진 어마마마와 아바마마가 복잡한 얼굴로 중얼거렸다. 듣고 보니 확실히 그랬다. 책 제작에 혁명이 일어나면 일하는 방식이 바뀌어 버린다.

“글자를 읽을 수 있는 사람은 문관의 보좌로 고용할 수 있지 않을까요?”

“문관의 보좌……?”

“기록 담당이나 오자 확인 등의 일이 있을 것 같은데…….”

“오르펀스, 그란츠가 이 기세로 일하면 과연 체크할 일손이 충분할까?”

“무리겠지. 글자를 읽을 수 있다면야 교육 기간을 거치면 쓸만한 인재가 될지도 몰라. 앞으로 책 제작에 큰 반향이 있을 테니, 미리 그런 인재를 들일 기회일지도 모르겠어.”

“그럼 아니스의 제안을 채용하죠.”

“그래. 다음 회의에서 염반(소트 보드)과 함께 제안하기로 하지. 장인 말고도 관료가 되지 못해 재능을 썩히고 있는 귀족 자제들이 있으니까. 아니스 너는 빨리 염반(소트 보드)을 양산하도록.”

“맡길게요, 아니스.”

“어, 네…….”

부모님이 싱긋 미소 지으며 압력을 가해서 나는 부르르

떨며 대답하는 게 고작이었다. 그리고 울면서 마을로 달려가 고개를 숙였다. 장인들은 갑자기 생겨난 대규모 작업에 쾌재를 불렀다. 동시에 눈빛도 죽었다.

이리하여 염반(소트 보드)은 아바마마의 뜨겁고 힘찬 선언에 의해 놀라운 속도로 왕성에 보급되었고, 문관 보좌로 고용된 신입의 비명이 왕성에 울려 퍼지게 되었다.

나, 나는 아무런 나쁜 짓도 안 했어!

4장 퍼져나가는 변화의 조짐

무심코 일으켜 버린 염반(소트 보드) 보급 사건, 일명 마젠타 공작 광분 사건으로부터 벌써 한 달이 지났다.

그사이 염반(소트 보드)은 단숨에 왕성에 퍼져 기쁨의 환호와 한탄의 비명과 함께 받아들여졌다. 환호는 수작업이 줄어든 것에 대한 기쁨, 비명은 효율화된 업무로 일이 늘어난 사람들의 한탄이었다.

새로이 문관 보좌로 고용된 신입의 한탄이 컸던 것 같지만 분명 기분 탓이다. 그란츠 공, 그거 장난감 아니에요. 일하고 있을 뿐이라고요? 그러십니까…….

덧붙여 염반(소트 보드)은 유피가 마법부 내에서 입장을 확립하는 데도 좋은 선물이 된 듯했다. 유피를 중심으로 파벌이 정리되기 시작했다고 본인에게 들었다.

마법부 사람들이 아무리 내게 복잡한 감정을 품고 있다지만, 서류 작업의 효율화를 꾀할 수 있는 염반(소트 보드)은 꼭 가지고 싶을 만큼 유용했다. 하지만 내게 부탁하기는 어렵고, 내가 마법부에는 보급하지 않는다고 할까 봐 전전긍긍했다는 모양이다.

그런 상황에 유피가 제일 먼저 나와 교섭하여 마법부에도 도입했기에 가슴을 쓸어내렸다고 한다. 나는 마법부의 일이 효율화되어 문서 정리나 재편이 진행된다면야 아무런 불만도 없다.

그래서 최근 내가 주로 하는 일은 제품 체크와 납품, 그리고 인사를 겸한 지반 만들기였다.

참고로 아바마마에게 신작 마도구는 최소한 두 달은 간격을 두고서 만들라는 말을 들었다. 이번에는 엄청나게 일이 커졌으니 말이지. 죄송합니다. 반성하고 있습니다.

납품 확인이야 간단히 끝나는 일인지라, 마법부에서 빌린 책으로 정보를 모으며 자료화하는 것이 최근 우리의 일상이 되었다.

하르피스는 이런 작업이 특기인지 부지런히 효율적으로 일했다. 놀랍도록 솜씨가 좋아서 그냥 하르피스 혼자 해도 되지 않을까 싶을 때도 있었다.

반면 갓군은 영 젬병이었다. 원래부터 책상 앞에 앉아서 하는 일에 소질이 없는지 빨리 포기할 때가 많았다.

책상 앞에만 앉아 있으면 우울해지는 건 당연하기에 오늘은 별궁의 내 공방에서 작업하는 게 아니라 근위 기사단을 시찰하기로 했다.

"오, 훈련하고 있네. 다들 마나 블레이드 다루는 데는 익숙해졌으려나?"

마나 블레이드를 든 기사들이 서로 마주 보고 있었다.

내게 마나 블레이드를 제공받은 근위 기사단은, 기사단 내에서 사람을 모아 시험적으로 운용하는 부대를 만들었다. 지금 내 눈앞에서 시합 중인 기사들이 그러했다.

그 기사들의 지도관으로서 감독 중인 사람이 있었다. 나도 잘 아는 인물로, 그 사람은 나를 발견하고서 살포시 웃었다.

몸집이 크고 인상이 험악하여 입 다물고 있으면 무섭지만, 웃으면 귀엽고 호감이 갔다.

"아니스피아 왕녀 전하, 잘 오셨습니다."

"수고 많아, 시안 남작."

드래거스 시안, 즉 레이니의 아빠였다. 모험가로서 실적을 올려 귀족으로 승격된 시안 남작은 현재 마도구 시험 운용 부대의 지도를 맡고 있었다.

평민이었기에 마법은 못 쓰지만, 그렇기에 마도구도 빨리 이해했고 경험도 풍부했다. 그래서 지도관으로 발탁되었다.

한 식구라서 챙겨 준 면이 없진 않지만, 모험가였기에 나랑 말도 잘 통하고 적임이었다.

"마나 블레이드 운용은 좀 어때?"

"어서 이게 보편화되면 좋겠다는 생각이 나날이 커질 따름입니다. 실체가 없는 마법 칼날이라 불안해하는 자도 있겠지만, 예비 무기로 가지고 다니는 것만으로도 충분할 정도입니다. 마법을 쓰는 마물을 상대할 때도 효과적이겠죠."

대범하게 웃는 시안 남작은 아주 믿음직스러웠다. 최전선에서 물러난 지 오래라지만 단련을 빼먹지는 않은 것 같았다. 검 실력만을 보자면 기사단 내에서도 상위는 먹고 들어갔다.

그리고 시안 남작의 대단한 점은 검 실력만이 아니었다. 시안 남작은 고난을 두려워하지 않고 맞서는 용기와, 상황을 파악하는 냉철함을 균형 있게 겸비하고 있었다.

시안 남작은 검 실력만으로 대성한 게 아니다. 그렇기에 그는 지금도 남작가의 가주로서 영향력이 있었다.

골수 귀족과 비교하면 흠이 없진 않았다. 그래도 평민 출신 남작으로서는 잘하고 있는 편이었다.

의외로 검술 지도는 시안 남작에게 천직일지도 모른다. 이 일을 맡고 나서부터 생기가 넘친다는 이야기를 레이니에게 들은 적이 있다.

레이니 문제로 이런저런 일이 있었지만, 상황이 좋게 바뀌어서 정말 다행이었다.

"오랜만입니다, 시안 남작님."

"수고하십니다."

"오오, 가크 공, 하르피스 양. 아니스피아 왕녀 전하 밑에서 일한다는 얘기는 들었습니다. 건강해 보여서 다행입니다."

나를 따라 갓군과 하르피스가 인사하자 시안 남작이 부드럽게 웃었다.

지도관으로서 근위 기사단에 얼굴을 비치는 일이 많은 시안 남작은 두 사람과도 면식이 있었던 모양이다. 온화하게 인사를 나누며 다시금 마나 블레이드를 휘두르고 있는 기사들을 관찰했다.

"다루는 데 익숙해졌다고는 하지만 아직 아니스피아 왕녀 전하의 발끝에도 미치지 못합니다. 전하께서 얼마나 대단하신지 새삼 실감했습니다."

"……응? 마나 블레이드를 다루는 건 특별히 어렵지 않은 것 같은데……."

"그게 무슨 말씀이십니까. 아니스피아 왕녀 전하께서는 자유자재로 검의 길이를 바꾸시지 않습니까. 간단히 흉내 낼 수 없는 일입니다."

"그건 그냥 보이는 범위에 검을 보내기 위해 마력량을 조정하거나 형상을 바꾸는 거야."

"말로 하면 간단하지만. 가크 공, 근위 기사단 내에서도 마도구를 잘 다룬다고 평가받는 당신의 의견은 어떻습니까?"

"갑자기 무기의 길이가 바뀌는 건 무섭지 않나요? 그리고 싸우면서 자잘하게 조정하는 건 어렵습니다. 전체를 파악하지 않으면 아군이 말려들어서 큰일 나고, 키운 칼날을 줄이기 전에 옆에서 강습해 오면 대응할 수 있을지 모르겠네요."

시안 남작이 의견을 묻자 갓군은 떨떠름한 표정을 짓고서 말했다.

그렇게 어렵나? 하고 생각한 게 얼굴에 드러났는지 갓균의 입이 삐뚜름해졌다. 하르피스도 쓴웃음을 짓고 있었다.

두 사람의 반응을 보고 시안 남작이 재미있다는 듯 작게 웃었다.

“아니스피아 왕녀 전하는 본인과 관련된 일은 올바르게 평가하지 못하시나 봅니다.”

“으음…… 그런가…….”

최근 자기 평가에 자신이 없기는 했다. 그렇다고 타인의 평가를 곧이곧대로 받아들이는 것도 좀 아닌 것 같아서 뭐라 말하기가 그랬다.

“시안 남작님! 얘기 중에 잠시 실례해도 되겠습니까?”

“음? 무슨 일입니까?”

시안 남작과 이야기하고 있으니 훈련에 힘쓰던 기사들이 모여들었다.

마침 휴식 시간이 된 걸지도 모른다. 그렇게 생각하고 있으니 기사들의 시선이 내게 집중되었다.

“아니스피아 왕녀 전하의 시간이 괜찮으시다면 마나 블레이드를 쓰는 요령을 전수받고 싶습니다!”

그 목소리에는 용솟음치는 열의가 담겨 있었다. 나도 모르게 몸을 뒤로 빼고 말았다.

앞장선 기사에 이어 다른 기사들도 「부탁드립니다!」 하고 한목소리로 말했다.

"흠…… 어쩌시겠습니까? 아니스피아 왕녀 전하."

"실제로 보여 주는 것 정도는 괜찮아. 역시 한 사람씩 지도하는 건 무리지만, 누군가 대표로 나랑 대련하는 건 어때?"

"아니스피아 왕녀 전하께서 괜찮으시다면. 그럼…… 상대역은 가크 공에게 부탁하기로 할까요."

"네?!"

갑작스레 지명당한 갓군은 놀란 얼굴로 시안 남작을 보았다.

"제가 해도 되겠습니까?"

"이 중에서 가크 공이 가장 적임일 겁니다. 이의 있는 분 계십니까?"

시안 남작이 기사들에게 확인하자 다들 한목소리로 이의 없다고 대답했다. 갓군은 더더욱 곤혹스러워하며 기사들을 보았다.

"갓군, 너 그렇게 강했어?"

"아뇨, 그렇지는 않은데요."

신경 쓰여서 물어봤지만 갓군은 엄청난 기세로 고개를 가로저었다.

"확실히 마법도 더한 종합력이라면 가크는 뛰어난 기사라고 할 수 없을 겁니다."

"하지만 검 하나만 가지고 겨룬다면 가크를 무너뜨릴 수 있는 사람은 별로 없습니다."

"가크를 무너뜨린 사람은 단장님과 시안 남작님밖에 못 봤고 말이지.”

“검 실력만 보면 그렇게나 강하다는 거야?”

내가 묻자 기사들은 뭐라 말하기 어려운 표정을 지었다.

“가크는 공격이야 평범한 수준이지만…… 방어만큼은 엄청나게 잘합니다.”

“마법으로 무너뜨리지 않는다면 이길 가망이 없죠.”

“그래서 상대의 전력을 끌어내는 것에 관해서는 가크가 근위 기사단 내에서 가장 뛰어난 자라고 할 수 있을 겁니다!”

“그렇게 말하니까 좀 궁금해졌어. 갓군, 대련해 볼까?”

“……하라고 하신다면 따르겠지만.”

어쩔 수 없다는 듯 어깨를 으쓱인 갓군은 이내 의욕적으로 어깨를 돌리기 시작했다.

셀레스티얼이 생기고 나서부터 마나 블레이드를 다룰 기회가 없었기에 손에 드는 건 오랜만이었다. 나는 두 자루, 갓군은 한 자루를 받아 서로 마주 보았다.

우리 주위에는 기사들이 쭉 늘어섰고, 시안 남작이 심판으로서 중앙에 섰다. 하르피스는 그 근처에 자리를 잡고 있었다.

“그럼 두 분의 대련을 시작하겠습니다. 참관인은 저, 드래거스 시안이 맡겠습니다. 쌍방, 경례!”

나와 갓군은 형식을 따라 인사하고 자세를 잡았다. 갓군의 자세는 칼끝을 수평보다 조금 내린 하단 자세였다. 살짝 뜬 눈으로 주의 깊게 내 움직임을 경계하고 있었다.

나는 우선 가늠하듯 공격을 가했다. 목을 노린 일격은 검에 맞고 위로 튀었다.

그렇게 검을 맞부딪치는 응수가 시작되었다. 오른쪽 마나 블레이드가 튕겨 나가면 왼쪽 마나 블레이드를 휘둘렀다. 몇 번이고 공방을 반복하며 베어 내리고, 베어 올리고, 때로는 찌르기도 하며 갓군을 몰아붙였다.

"—하하!"

내 입에서 웃음소리가 흘러나왔다. 아까부터 나만 공격하고 갓군은 반격하지 않았다. 반격할 틈을 안 주기도 했지만, 그래도 웃어 버릴 만이 일이 벌어지고 있었다.

—갓군은 이 대련 중에 「한 발짝」도 움직이지 않았다.

물론 내게 맞춰 몸의 방향을 바꾸기는 했다. 하지만 그게 다였다. 정해진 원 안에서만 발을 움직이는 것 같았다.

그런데도 내 공격이 통하지 않았다. 갓군의 검은 정교하고 빨랐다.

내 공격에 반응하는 속도가 빨랐다. 쳐 내기 위한 일격은 최소한이었고 금세 자세가 원래대로 돌아왔다.

어느 각도에서 어떻게 공격해도 자세를 무너뜨릴 수 없었다. 그렇다고 섣불리 큼직한 공격을 가한다면 허를 찔릴 것 같은 긴박감이 들었다.

마치 벽에 대고 검을 휘두르고 있는 것 같았다. 그만큼 크고, 흔들리지 않고, 그러면서도 날카로운 검이었다.

검을 맞댈 때마다 보였다. 이건 갓군이 노력한 결과물이었다. 하염없이 자신을 단련한 투박한 검술. 우직하게 실력을 향상시키고자 한, 어떤 일격이든 막아 주겠다는 집념이 느껴졌다.

춤추는 듯한 아름다움은 없고, 당목할 만한 화려함도 없었다. 오로지 최소한의 동작으로 최대한의 효과를 발휘하기 위해 갈고닦은 기술이었다. 꾸며진 아름다움은 아니지만, 그렇기에 오히려 아름답다고 여겨지는 검의 형태였다.

그리고 그 노력을 아낌없이 힘껏 부딪치는 기백의 크기와 강력함에 나는 몸을 떨었다. 대련 중에 오한을 느낀 상대는 그리 많지 않았다. 그중에서도 이름을 들자면 역시 유피일 것이다.

'유피 수준으로 무너뜨릴 수 없다니, 오히려 웃음이 나는데.'

확실히 갓군은 공격에 소질이 없을지도 모른다. 너무 신중해서 내가 일부러 빈틈을 보여도 간단히 달려들지 않았다.

상대가 유피였다면 나도 이대로 있다가는 강력한 마법에 상황이 뒤집힐지도 모른다며 초조해했을 것이다.

하지만 갓군에게는 유피처럼 상황을 뒤집을 패가 없었다. 그래서 나는 여유롭게 공격에 집중할 수 있었다.

그래도 무너뜨릴 수 없었다. 어디를 어떻게 공격해도 갓군은 대응해서 튕겨 냈다. 기초가 확실히 잡혀 있기에 어떤 검술에도 즉각 반응할 수 있었다.

말로 하면 간단하다. 하지만 실행하는 건 어렵다. 그러나 갓군은 몸소 보여 줬다. 그게 얼마나 굉장한 일인지 본인은 분명 자각이 없을 것이다.

단순한 검술로는 갓군을 무너뜨릴 수 없다. 지지는 않겠지만 이길 수도 없다. 그래서 다른 기사들이 미묘한 표정을 지은 거였다.

"……굉장하네, 갓군. 그 이후로 정말 많이 노력했지? 처음 만났을 때와 비교도 안 돼."

"칭찬해 주시니 영광입니다."

내가 숨을 돌리며 말하자 갓군은 담담히 대답했다. 호흡은 평온했고 동요도 보이지 않았다. 이 정도면 골렘 아닌가 싶을 정도였다.

체격도 체력도 갓군이 더 뛰어나다고 보는 편이 좋을 것 같다. 최근 좀 게으름을 피운지라 숨이 차려고 했다. 다시 단련해 두는 게 좋겠다고 생각하며 나는 입꼬리를 올렸다.

"……갓군, 신체 강화 써도 돼?"

"네, 상관없습니다."

"그래? 고마워. ―그럼 속도 더 올린다."

등에 있는 각인문에 의식을 보내 드래곤의 마력을 꺼냈다. 나는 넘치는 힘을 그대로 발에 담아 갓군과 거리를 좁혔다.

그러자 갓군은 처음으로 발을 적극적으로 움직여서 물러나 충격을 흘리며 내 일격을 막았다.

"윽……!"

지금까지 움직이지 않았던 갓군의 표정이 고통에 일그러졌다. 갓군도 신체 강화를 쓰고 있겠지만 출력은 틀림없이 내 쪽이 위다.

따라서 힘으로 갓군을 웃돌고 있을 텐데, 그럼에도 그의 철벽을 무너뜨릴 수 없었다.

나처럼 실전의 감과 경험으로 익힌 자기류와는 다른 방식. 나보다도 우직하게, 똑바로 관철한 검술이었다.

분명 노력의 방향성은 비슷할 것이다. 그리고 나처럼 다른 길로 새지도 않았기에 터득했으리라.

검 실력만을 보는 세계였다면 갓군은 좀 더 높은 평가를 받았을 거다. 그렇기에 아깝다고 생각하고 말았다.

예를 들어 만약에, 갓군을 높은 경지로 이끌 만한 스승이 있었다면.

예를 들어 만약에, 갓군과 서로 경쟁할 만한 라이벌이 있었다면.

오로지 자기 자신과 마주한 검이기에 갓군의 검은 뭔가가 조금 부족했다.

"괜찮은 실력이야, 정말로. 하지만―!"

나는 뒤로 크게 도약하여 거리를 두면서 마나 블레이드를 크게 휘둘렀다. 갓군과의 거리는 멀어지는데 마나 블레이드만 늘어나서 갓군의 옆구리를 노렸다.

갓군은 땅을 단단히 밟으며 내 일격을 막았다.

그렇게 막은 순간, 나는 마나 블레이드의 칼날을 없앴다. 대신 반대쪽 마나 블레이드에 마력을 담아 출력을 높였다.

갓군이 막는 자세를 취할 거라고 확신하고서 한 동작이었다. 이러면 갓군의 대응력을 따라잡을 수 있다. 갓군의 대응력을 넘어서기 위해 칼날의 출력을 증폭시키며 반전시키듯 갓군에게 달려들었다.

신체 강화로 거리를 단숨에 좁히고 마나 블레이드의 출력을 최대한으로. 조금 전에 내 일격을 막은 갓군은 잠깐 굳어 있었지만 곧바로 반응했다.

서로의 마나 블레이드가 맞부딪치며 불꽃이 튀었고— 내 마나 블레이드의 마력 칼날이 구부러졌다.

마치 채찍처럼 휜 마력 칼날을 갓군의 목에 댔다. 그와 동시에 갓군의 움직임이 멈췄다.

무척 납득할 수 없다는 듯, 한심한 표정을 지으며 갓군이 한숨을 쉬었다.

"……제가 졌습니다."

갓군은 고개를 숙이며 자신의 패배를 선언했다. 동시에 기사들이 크게 환호했다. 무아지경에 빠진 기사들을 시안 남작이 조용히 만들었다.

"두 분 모두 수고하셨습니다. 앞으로의 훈련을 위한 본보기가 되었을 겁니다. 역시 아니스피아 왕녀 전하십니다. 훌륭한 싸움이었습니다. 그런 전하를 상대한 가크 공의 실력도 실로 훌륭했습니다."

"역시 마나 블레이드를 다루는 실력은 간단히 양보할 수 없으니까. 하지만 순수한 검술만으로 싸웠다면 갓군을 제압하지 못했을 거야. 검을 익힌 자로서 그건 좀 분하려나."

"아뇨, 저는 막기 급급했습니다. ……그리고 역시 검의 길이를 바꾸는 건 너무 성가셔요. 게다가 아니스 님은 순발력도 있으셔서, 따라잡아도 다음 수가 쫓아오지 못하는 상황으로 만드는 건 훌륭하다는 말밖에 안 나옵니다."

갓군은 후련하다는 듯 웃으며 말했다. 져서 분하다는 마음은 느껴지지 않았다. 오히려 내가 더 분하게 여기고 있지 않을까.

최근에는 긴장도 풀려 있었고, 다시 단련해야겠다는 생각이 들었다.

* * *

갓군과 대련한 후, 나는 기사들과 헤어지고 시안 남작과 함께 별실로 이동했다. 내가 자리를 뜨는 순간까지 칭찬과 질문은 멈출 줄을 몰랐다.

방에 들어오고 조금 지나자 메이드가 차를 가져왔다. 마른 목을 축이니 시안 남작이 인사를 건넸다.

"갑작스러운 부탁이었는데 받아들여 주셔서 감사합니다. 기사들에게도 좋은 자극이 되었을 겁니다."

"이것도 마도구 보급을 위한 일이니까 괜찮아. 내가 힘을 보탤 수 있는 일이 있다면 부담 없이 말해 줘, 시안 남작."

"든든한 말씀입니다. 감사합니다. 이 역할을 맡은 뒤로 충실한 하루하루를 보내고 있습니다. 역시 제게는 이렇게 몸을 움직이는 일이 어울리는 거겠죠."

시안 남작은 온화하게 웃으며 그렇게 말했다.

처음 만난 건 약혼 파기 소동 때문에 레이니가 아바마마를 알현했을 때였던가. 얼굴이 창백하고 여유가 없었던 시안 남작이 이렇게 느긋하게 지내게 되었으니 정말로 다행이다.

그렇게 생각하고 있자니 시안 남작의 분위기가 바뀌었다. 뭔가 말하려다가 갈등하고 말을 꺼내지 못하는 느낌이었다.

"시안 남작? 혹시 나한테 뭔가 할 얘기가 있어서 이쪽으로 장소를 옮긴 거야?"

"……죄송합니다, 태도에 드러났나요. 부끄럽습니다."

"그건 상관없지만…… 곤란한 일이라도 있어?"

"일 얘기는 아니고 저희 집안 문제인데…… 다만 아니스피아 왕녀 전하와 전혀 무관한 일이라고도 할 수 없어서 전하께 말씀드려도 되는 건지 잘 판단이 서지 않았습니다."

"집안 문제? 시안 남작가에 뭔가 문제가……?"

"모르시는 걸 보니 레이니도 아니스피아 왕녀 전하께 아무것도 말씀드리지 않았군요. 그렇다면 제가 전달하는 건 도리가 아닌 듯도 합니다만……."

"아아…… 레이니라면 말 안 하겠지."

레이니는 매우 조신하고 책임감도 강한 아이다. 자신의 집안 사정으로 우리를 귀찮게 하기 싫다고 생각했을 것이다.

그나저나 시안 남작가의 문제면서 나랑 관련이 있는 문제라니 대체 뭐지? 상상이 안 간다.

"레이니한테는 내가 억지로 캐물었다고 할 테니까 말해 주지 않을래?"

"……저기, 아니스피아 왕녀 전하. 저희는 자리를 피하는 편이 좋을까요?"

하르피스가 나와 시안 남작의 얼굴을 조심스레 번갈아 보았다.

시안 남작가의 문제를 하르피스와 갓군에게 들려줘도 괜찮은지는 나도 알 수 없었다.

확인하기 위해 살피듯 쳐다보니 시안 남작은 고개를 가로저었다.

"괜찮으시다면 들어주셨으면 합니다. 어쩌면 똑같은 재난이 닥칠 수도 있으니까요."

"재난……?"

"……지금 저희 가문에 레이니와 약혼하고 싶다는 타진이 쇄도하고 있습니다."

"뭐? 약혼?"

생각지도 못한 이야기라 나는 눈을 동그랗게 뜨고 말았다. 하르피스와 갓군도 얼떨떨한 모습이었다. 하지만 사정을 밝힌 시안 남작은 고민스럽다는 듯 얼굴을 찌푸리고 있었다.

"레이니가 지금 유필리아 왕녀 전하의 비서로서 마법부에 얼굴을 비치고 있다는 건 아실 겁니다. 그래서 많은 분이 레이니에게 첫눈에 반했다고…… 말씀은 하시지만, 아마 진심은 3할 정도일 테고, 나머지 7할은 타산적인 목적이겠죠."

"아…… 그런가. 그런 문제가 생길 가능성이 있다는 걸 완전히 놓치고 있었어."

나는 이마를 짚고 앓는 소리를 내고 말았다. 확실히 지금 레이니의 인기가 남몰래 높아지고 있다는 이야기를 유피에게 들었다.

원래부터 레이니는 예의 바르고 성실하며 붙임성이 좋은 아이다. 거기에 뱀파이어의 능력도 구사하여 다른 사람의 마음을 보듬는 데는 선수다. 그쪽 분야로는 치트라고 해도 될 만큼 편리한 능력이 있는 데다가, 그걸 성격으로 더 잘 활용하고 있었다.

그런 레이니의 행동거지는 마법부에서도 청량제 같은 역할을 해서, 유피와 연을 맺고 싶지만 입장이나 나와의 관계 때문에 주저하던 자와도 레이니의 추천이나 중개를 통해 대화하는 일이 늘었다고 했다.

그 이면에는 뱀파이어의 능력인 정신 간섭의 도움이 있었다. 간섭이라고 해도 표층에 나타난 감정을 읽어 낼 뿐이고, 그걸 토대로 한 진지하고 정성 어린 대응에 넘어오는 사람도 많아서 전체적인 분위기가 온화해졌다고 했다.

물론 적대적이거나 나쁜 일을 꾸미는 족속은 이 시점에서 은근슬쩍 멀리하고 있었다. 억지로 친분을 맺으려 드는 자도 있었다는 것 같은데, 그건 유피가 의연하게 대응했다.

결과적으로 일은 잘 풀리고 있다고 들었다. 하지만 시안 남작의 보고를 듣고 보니 오히려 효과가 너무 좋아서 탈인 것 같다.

"나나 유피와 달리 레이니는 남작가, 그것도 평민에서 출세한 귀족의 딸이야. 우리와 가까워지고 싶은 가문이 보기에 딱 좋은 먹잇감이지……."

"같은 남작가나, 아내의 친가인 자작가 수준이라면 저희 쪽에서 거절할 수 있지만, 백작가나 후작가는……."

"그쪽에서도 연락이 와?"

"네…… 그것도 몇 통이나."

"몇 통이나. 하긴, 마법부에서 보고 첫눈에 반했다는 구실을 든다고 했지. 거긴 고위 귀족이 많으니까……."

그렇다면 시안 남작 쪽에서는 대응하기 어렵다. 아니, 거의 불가능하다고 말할 수 있다. 고위 귀족의 제안을 섣불리 거절하면 귀찮은 일이 벌어질 게 뻔했다.

“레이니도 시녀로 일하고 싶어 하고, 앞으로도 약혼할 마음은 없다고 했습니다. 그래서 약혼 제안은 거절해야 하는데, 고위 귀족과 실랑이가 생기면 저희는 대처할 수 없습니다. 그래서 마음은 괴롭지만 왕녀 전하의 힘을 빌릴 수밖에 없을 것 같았습니다.”

“그렇지. 그게 올바른 대응이야.”

작위가 낮아서 거절할 수 없다면 우리를 의지하는 건 당연하다. 오히려 그래 주는 편이 나로서도 고맙다.

“다만 레이니가 죄스럽게 여기고 있는 듯해서, 자기가 말할 테니 왕녀 전하께는 아직 알리지 말아 달라고 했습니다…….”

“이게 개인 간의 교제 신청이었다면 레이니의 문제라고 했겠지만, 나랑 유피의 환심을 사기 위한 일이라면 단순한 개인 문제나 가문의 문제라고 할 수 없어. 더 빨리 듣고 싶었을 정도야.”

“죄송합니다…….”

“레이니는 나중에 내가 혼낼게. 새삼스레 섭섭하다고 말이야.”

우리가 레이니의 약혼 문제에 간섭하면 사람들이 이런저런 말을 할 것이다. 레이니는 그게 걱정돼서 말을 못 꺼낸 게 아닐까.

하지만 레이니의 혼인은 파벌 간의 문제일 뿐만 아니라 레이니 자신과 우리의 문제이기도 하다.

뱀파이어라는 사실을 숨기고 있는 레이니가 평범하게 결혼하는 건, 솔직히 어려울 거다.

그렇기에 더더욱 레이니가 우리를 의지해 줬으면 했다. 책임감이 너무 강한 것도 생각해 볼 문제다. 분명 죄책감이나 트라우마 같은 것도 섞여 있겠지만.

"시안 남작님, 저희에게도 이 이야기를 들려주신 건……."

"가크 공은 약혼자가 없다고 들었고, 하르피스 양도…… 최근 이래저래 이야기를 들은지라 주제넘은 일이지만 걱정했습니다."

시안 남작의 말에 하르피스가 침울한 표정을 지었다.

"……신경 써 주셔서 감사합니다."

"하르피스도 뭔가 문제가 있었어?"

"이전부터 마리온 님과의 약혼을 철회하는 게 좋지 않겠냐는 말을 들었어요. 앤티 백작가는 이제 마법부에서도 힘을 가진 가문이고, 후계자가 아니어도 인연을 맺고 싶어 하는 분은 많으니까요."

나는 하르피스의 이야기를 듣고 이마를 짚고서 깊이 한숨을 쉬고 말았다.

가문 간의 연결이 중요하다는 건 나도 안다. 사랑 없이 정략혼인을 맺기도 한다는 건 알고 있다.

하지만 그 도가 지나친 건, 심지어 내 주위에서 일어나는 건 도저히 참을 수 없다. 그것 때문에 슬퍼하는 사람이 생긴다면 더더욱 그렇다.

“하르피스, 만약 곤란한 일이 생기면 나한테 상담해도 돼. 알았지?”

“감사합니다, 아니스피아 왕녀 전하. 정말로 저 혼자서는 어쩌지 못할 사태가 되면 그때 상담 드릴게요. 아마 괜찮을 거라고 생각은 하지만…….”

하르피스는 조금 난처한 듯 눈썹을 내리며 고맙다고 인사했다. 그 대답에 나는 뭐라 형용할 수 없는 표정을 지을 수밖에 없었다.

* * *

“레이니. 비밀을 갖는 건 좋지만, 숨기면 안 되는 일도 있어.”

그날 밤. 별궁에서 식사를 마치고 환담 시간에 들어간 순간, 나는 레이니에게 고했다.

레이니는 내 말을 듣고 경직되었고, 그런 그녀에게 유피와 일리아가 의아한 시선을 보냈다.

“저기, 아니스 님. 무슨 말씀이신지……?”

“오늘 시안 남작을 만났어.”

“……아버지.”

말하셨나요, 하고 작게 중얼거리는 소리가 들렸다. 레이니는 한 손으로 눈가를 가리고서 고개를 숙여 버렸다.

"혼자 대처할 수 있을 줄 알았어? 그렇다면 바보라고 할 수밖에 없겠는데. 안 들어도 뻔하지. 우리한테 폐 끼치기 싫어서 말을 못 했을 거야."

"윽……."

"아니스? 레이니한테 무슨 일이 있는 건가요?"

"……유피, 최근 레이니랑 같이 지내면서 뭔가 이상한 점 없었어?"

"……아뇨, 딱히 짚이는 건 없는데요."

"사람들이 레이니에게 보이는 반응은 어때?"

"마음을 열어주신 분이 늘었어요. 마법부의 분위기도 밝아져서…… 아."

유피는 거기까지 말하고 뭔가 깨달은 듯 눈을 깜박인 후, 골치 아픈 인상을 지었다. 주름이 잡힌 미간을 짚고서 깊이 한숨을 쉬었다.

"……깜박했네요. 그런 건가요."

"……아아. 혹시 약혼 제안이 들어온 겁니까?"

일리아도 알아차렸는지 레이니에게 물었지만, 레이니는 엉뚱한 곳으로 시선을 돌리고서 입을 다물어 버렸다.

"백작가와 후작가에서도 제안이 들어왔다고 들었어. 그걸 시안 남작이 거절하는 건 무리야. 자칫 잘못하면 싸움이 벌어져."

"……알고 있어요. 하지만……."

"본인과 직접 얘기하면 될 거라고 생각하고 있다면 그 생각은 버려. 레이니에게 손대면 나랑 유피가 움직이리라는 걸 다들 알고 있겠지만, 만일의 경우도 있어."

궁지에 몰린 사람이든, 자기 자신을 맹신하는 사람이든, 무슨 짓을 할지 알 수 없다. 내가 말하면 설득력이 없으니까 말하진 않을 거지만.

"레이니, 좀 더 자각했으면 좋겠어. 너한테 만에 하나 무슨 일이 생겨서는 안 돼. 그만큼 너의 힘은 중요해. 그리고 너 자신도 걱정돼. 레이니한테 문제가 생겼다면 우리는 힘껏 도울 거야. 너를 소중히 여기니까."

"맞아요. 레이니가 없었다면 저희는 이렇게 모이지 못했을지도 모르고, 무엇보다 의지해 주지 않는 건 슬퍼요. 레이니도 저희를 돕고 싶어서 저와 같이 가겠다고 말해 준 거잖아요?"

"그건…… 저는 은혜를 갚고 싶어서…… 그런데 폐를 끼치는 건……."

"그게 섭섭하다는 거야, 레이니. 피차일반이지 않을까?"

"제가 부족한 탓에 레이니에게 괜한 부담을 준 것 같네요. 그러니까 이 정도 문제는 신경 쓰지 않아도 돼요."

"아니스 님…… 유필리아 님……."

우리의 말을 듣고 레이니가 눈물을 글썽거렸다. 그 눈물을 감추듯 손으로 훔쳤지만 눈물은 계속해서 맺혔다.

"누가 한 명이라도 빠졌다면 지금의 관계는 없었을 거야.

이제까지 한 모든 일이 옳았다는 건 아니지만, 그래도 잘못도 포함해서 지금이 있는 거야. 다른 사람에게 폐를 끼치기 싫다고 생각하는 건 좋은 마음이지만, 너를 소중히 여기는 우리의 마음도 알아줬으면 해."

"……네."

"더 빨리 눈치채지 못해서 미안. 스스로 해결할 수도 없고 우리한테 말을 꺼내지도 못해서 힘들었지?"

레이니는 연신 코를 훌쩍이며 고개를 좌우로 흔들었다. 거리가 떨어져 있는데도 내쉬는 숨이 떨리고 있다는 걸 알 수 있었다. 흘러나오려 하는 흐느낌을 억누르고 있을 것이다.

나는 그녀가 진정되길 기다리고 나서 다시 말을 꺼냈다.

"레이니. 시안 남작한테 말해서, 나랑 유피가 널 시녀로 별궁에 두고 싶어 하기에 약혼 제안은 거절한다고 해. 그리고 너희가 거절할 수 없는 고위 귀족의 제안은 우리가 답장할 테니까 우리한테 넘겨."

"죄송해요……. 아버지에게 말해 둘게요……."

"괜찮아. 예상된 일이었는데 빨리 대책을 세우지 못한 우리 잘못이기도 해."

"맞아요. 입장을 생각하면 딱 좋은 먹잇감이고, 무엇보다 레이니는 사랑스러우니까요."

"유, 유필리아 님?"

레이니가 얼굴을 붉히고서 당황하여 유피를 보자, 그녀는 키득키득 웃었다. 놀림당했다는 걸 깨달았는지 레이니가 뺨을 부풀리고 뚱한 눈으로 유피를 노려보았다.

그런 두 사람의 모습이 보기 좋아서 나는 저절로 웃음이 났다. 둘이 만난 계기를 생각하면 이렇게 친해지게 된 것은 기적과 같았다.

하지만 문득 시선을 돌렸다가 일리아가 눈에 들어오고 말았다. 그녀는 마음이 딴 데 가 있는 모습으로 레이니를 바라보고 있었다.

뭐라 말하기 어려운 위태로운 기운이 일리아한테서 느껴져서 나는 인상을 쓰고 말았다.

'으음~ 이 상황은 여러 가지로 불안한데. 뭔가 대책을 생각하는 편이 좋을지도 모르겠어. 하지만 대책을 세우더라도 레이니의 마음이 중요하니까…… 어쩌면 좋을까.'

나와 유피가 아무리 레이니를 지키려 해도 찔러 보는 사람은 있을 것이다. 근본적인 문제가 해결되지 않았으니 충분히 생각할 수 있는 일이다.

레이니의 사정을 이야기할 수 있는 사람을 잡아다가 위장 약혼을 하는 방법도 있지만, 그녀는 그것을 바라지 않을 것이다.

이대로 아무 일도 없으면 좋겠지만 그렇게 되지는 않을 것이다. 앞으로 벌어질 귀찮은 일을 떠올리고서 나는 슬쩍 한숨을 쉬었다.

5장 고민하는 흡혈귀 소녀

나, 레이니 시안이 지금까지 살아온 인생은 파란만장이라는 한마디로 표현할 수 있을 것이다.

나는 엄마와 함께 여행하며 컸다. 그것도 아주 어렸을 적의 일이라서 엄마에 관해 기억나는 건 별로 없다. 얼굴도 잘 떠오르지 않을 정도다.

그래도 자상해서 정말 좋아했었다. 그렇기에 엄마와 작별하고 힘들었다. 여행 중에 엄마가 병에 걸려 쓰러졌고, 그대로 불귀의 객이 되었다. 미리 얘기가 되었던 것인지, 나는 고아원에 맡겨지게 되었다.

엄마를 잃고 우울해하던 나를 더욱 궁지로 몰아넣은 것은 고아원 아이들과의 실랑이였다. 남자아이들은 내게 심술을 부리다가도 서로 나를 차지하겠다며 싸웠다. 그걸 본 여자아이들이 건방지다고 욕했다. 하루라도 마음 편할 날이 없었다.

그런 나날에 익숙해져 어른이 되어 가던 중에 내 아버지라는 사람과 만났다. 놀랍게도 아버지는 귀족이었고, 나는 그대로 아버지의 집에 들어가 귀족 아가씨가 되었다.

그리고 지금, 나는 이 나라 왕녀님들의 전속 시녀로 일하고 있었다.

조금만 되돌아봐도 정말 여러 가지 일이 있었다. 나를 구해 준 아니스 님과 유필리아 님에게 거둬지고, 아르가르드 님이 꾸몄던 음모에 휘말렸다. 그때 일은 지금도 꿈에 나올 만큼 인상이 강하게 남아 있었다.

내가 사람이 아니라 뱀파이어라는 것도 알았고, 위험한 존재로서 처형당하더라도 불평할 수 없는 처지인데도 나를 살려 주셨다. 그렇기에 나를 곁에 두고 이끌어 주신 분들에게 진심으로 감사하고 있다. 은혜를 갚아야 한다고 강하게 염원할 만큼.

"……그저 그것뿐인데."

나직이 중얼거린 말은 굉장히 미덥지 못했다. 나는 별궁의 욕조에 몸을 담그며 사색에 잠겼다.

최근 내가 하는 일은 유필리아 님의 보좌였다. 각 부서에 서류를 전달하고, 유필리아 님에 대한 진정을 듣고, 회의에 동석하여 참가자의 감정을 읽어서 호의적인 사람을 찾았다.

이것도 뱀파이어의 힘을 응용한 것이었고, 조사 결과를 유필리아 님에게 전해서 인간관계 구축에 도움을 드리고 있었다.

실제로 해 보니 잘 되었다. 유필리아 님의 도움이 되어 기뻤고 자랑스럽기도 했다.

그래서 잇따라 약혼 제안이 들어오게 된 것은 솔직히 오산이었다. 이전에 문제를 일으켰던 내게 약혼 제안이 들어올 줄은 생각도 못 했기 때문이다.

나는 원래 차기 국왕이 될 터였던 아르가르드 님을 현혹시켰다. 그런 나를 바라는 사람이 있다니 이상했다.

하지만 아니스 님이나 유필리아 님과 친분을 맺고 싶어서 그런 거라고 생각하면 납득이 갔다. 귀족 사이에서는 흔한 일이었다. 결혼은 가문 간의 연결. 거기에 이권이 얽힌다는 건 나도 안다.

그래서 나는 누구와도 약혼할 생각이 없었다. 흑심만으로 이루어지는 약혼 따위 싫었고, 나는 뱀파이어다. 내가 아이를 만들면 아이에게도 뱀파이어의 성질이 유전될 가능성이 컸다.

솔직히 말해서 조금 지긋지긋하기도 했다. 나를 좋아한다고, 운명을 느꼈다고 해도 아무런 느낌도 들지 않았다. 아무것도 믿을 수 없기에 감동도 없었다.

분명 내게는 귀족 영애의 삶이 어울리지 않는 거다. 정말로 내게 호감을 품은 사람도 있을 텐데, 그게 귀찮게 느껴졌다.

……그런 자신이 매정하다는 생각이 들어서 싫어질 때도 있었다. 나는 그저 은혜를 갚고 싶을 뿐인데. 그것만 생각하고서 살고 싶은데.

"레이니, 아직 목욕 중이었나요?"

"읏?! 이, 일리아 님?!"

갑자기 들린 목소리에 동요해서 욕조의 물이 요동쳤다. 목소리가 들린 곳을 돌아보니 일리아 님이 서 계셨다.

평소에는 올리고 있는 적갈색 머리가 풀어 내려져 있었다. 동성의 시선도 사로잡을 만한 예쁜 몸이 적나라하게 드러나 있었다. 평소 모습이 눈에 익은지라, 태어난 그대로 벌거벗은 모습은 인상이 전혀 달랐다. 그래서 필요 이상으로 동요하고 말았다.

"더 있을 건가요?"

"아, 아뇨! 방해되기 전에 나올 거예요!"

"……그럼, 방해되지 않으니 잠시 기다려 줄 수 있겠습니까?"

"네?"

"레이니와 조금 이야기하고 싶었거든요."

새삼 이야기하고 싶다고 하니 곤혹스러웠다. 뭔가 혼날 만한 실수라도 했던가? 조금 전까지 느꼈던 두근거림과는 다른 두근거림이 가슴을 두드렸다.

거절할 수는 없었다. 그래서 나는 그저 일리아 님이 몸을 씻는 모습을 바라보았다.

'……머리를 풀고 있으면 정말로 인상이 다르구나.'

평소 일리아 님은 조금 장난기가 있긴 해도 강직하고 일에 진심인 사람이다. 웬만한 일에는 동요하지 않고, 뭐든 혼자 소화한다.

시녀로 일하기 위해 여러 가지를 배울 때부터 일리아 님은 대단했다. 그래서 나는 일리아 님을 선생님처럼 따르고 있었다.

일리아 님도 나를 귀여워했다. 오냐오냐하는 식으로 예뻐하는 게 아니라, 엄하게 꾸짖어서 내가 성장할 수 있게 해주었다. 그렇기에 새삼 이야기를 하자고 하니 긴장하고 말았다.

작게 끙끙거리며 고민하고 있으니 몸을 다 씻은 일리아 님이 욕조에 들어와 옆에 앉았다. 머리카락은 목욕물에 잠기지 않도록 수건으로 감은 상태였다.

옆에 앉으니 아름다운 일리아 님을 홀린 듯 보고 말았다. 어른의 아름다움이라고 할까, 아무튼 안절부절못하게 되었다.

옆에 앉으시긴 했지만 일리아 님은 곧바로 입을 열지 않았다. 침묵이 왠지 무겁게 느껴졌다. 그래서 일리아 님에게 힐끔힐끔 시선을 보내고 말았다.

이대로 있으면 안 될 것 같아서 무슨 말이라도 하려고 했을 때, 일리아 님이 입을 열었다.

"조금은 진정이 됐습니까?"

"네? 아아…… 저녁 먹고 나서 했던 얘기 말이죠? 이제 괜찮아요."

저녁 식사 후 환담 시간, 아니스 님과 유필리아 님이 해주신 말에 상당히 울먹거렸는데 그걸 걱정하신 모양이다.

정말로 내 주위에 있는 사람들은 멋지다고 실감했다. 이건 분명 행복한 일이다. 그래서 가슴에 사무치는 이 마음을 더더욱 소중히 여기고 싶었다.

그렇게 생각하고 있으니 일리아 님이 나를 보았다. 그 눈에서 얼핏 근심이 보이는 것 같았다.

"……정말로 괜찮나요?"

"정말로 괜찮아요."

"하지만 남성에게 그런 제안을 받는 건 레이니에게 큰 부담이겠죠. 유필리아 님도 그 일이 있고 나서 신중해지셨을 정도니까요."

"그건……."

일리아 님에게 지적받고, 막연하게 그럴 거라고 생각했던 사실과 확실하게 직면했다.

유필리아 님이 남성과 일정한 거리를 두는 것은 나도 느꼈었다. 마법부 직원은 남성이 많았고, 유필리아 님에게 흑심을 품은 사람도 있었다.

유필리아 님은 그런 사람들이 구분되는지 등골이 오싹해질 만큼 차가운 태도를 보였다.

"역시 아르가르드 님과의 약혼 파기가 원인이죠? 저를 배려하신 건지 그렇다고 말씀하신 적은 없지만……."

"네. 유필리아 님도 마음에 상처로 남았습니다. 레이니도 그건 마찬가지예요."

"……저도?"

"입장은 다르지만, 그래도 유필리아 님이 받은 상처와 비슷한 상처를 받았다고 할 수 있습니다. 그래서 부담스러워하고 있지 않을까 걱정이 됩니다."

"……그런가요. 저는 그렇지도 않은 것 같은데요."

"레이니가 그렇게 생각한다면 그걸로 좋겠죠. 그래도 걱정은 할 겁니다."

"……걱정해 주셨군요."

그래서 이렇게 이야기 자리를 마련한 거라고 생각하니 가슴이 따뜻해졌다. 몸을 배배 꼬고 싶어지는 간질간질한 느낌이 몸에 퍼져 나갔다.

"괜찮아요. 그저 아니스 님과 유필리아 님에게 폐를 끼치는 게 죄송할 뿐이라서……."

"어쩔 수 없습니다. 작위가 더 높은 상대의 제안을 거절하는 건 여러모로 위험하니까요."

"……번거롭네요."

나도 모르게 중얼거리고 말았다. 그럼 나보고 어쩌라는 거냐고 소리를 지르고 싶어졌다.

누구에게도 폐 끼치고 싶지 않은데. 받은 은혜를 갚느라 필사적인데. 그저 보은만을 생각하며 살고 싶은데.

"……번거롭나요. 그렇죠. 레이니는 별궁에 오고 나서 정말로 즐겁게 지내고 있습니다."

"일리아 님……?"

"레이니. 이건 어디까지나 가정인데, 지금 상황을 벗어나기 위해 위장으로 약혼할 생각은 있습니까? 그게 가장 빠른 방법이라고 생각하는데요."

"……위장 약혼."

나도 똑같이 중얼거리고서 생각했다. 하지만 속에서 치미는 무게에 고개를 가로젓고 말았다.

"……위장으로라도 약혼은 싫어요. 결국 상대방에게 폐를 끼치게 되고요."

"그럼 애초에 약혼 제안이 안 들어오는 게 이상적이겠네요."

"그렇죠. 아버지에게는 죄송하지만, 저는 귀족 영애로 살기보다 이대로 시녀로서 아니스 님과 유필리아 님의 미래를 지탱하고 싶어요. 그래서 약혼이라든가 결혼은 생각하고 싶지 않아요."

너무 제멋대로일까. 그래도 그렇게 살고 싶었다. 나를 도와준 사람에게 은혜를 갚으며 살 수 있다면 분명 만족스러운 인생이 될 테니까.

"……방법이 없진 않습니다."

"뭔가 좋은 방법이라도 있나요?"

만약 방법이 있다면 듣고 싶어서 일리아 님을 똑바로 바라보며 물었다. 일리아 님은 잠시 눈을 내리떴다가 나를 마주 보았다.

그 동작을 보자 어떤 예감 같은 것이 등을 타고 올라왔다. 그것이 어떤 예감인지 당장은 알 수 없었다. 그러나 그 예감의 정체를 확인하기 전에 일리아 님이 입을 열었다.

"아니스피아 님과 똑같은 방법을 쓰는 겁니다."

"……아니스 님과 똑같은 방법이요?"

"자신의 연애 대상은 여성이라고 공언하는 거죠. 그분은 그렇게 떠들어 대서 도망 다녔으니까요."

"아아, 그렇군요……."

"그러면 말을 걸어오는 남성도 줄어들 테고, 아니스피아 님을 의지하기도 쉬워질 것 같은데……."

분명 좋은 제안일 거다. 일리아 님이 말한 것처럼 내 연애 대상은 여성이라고 떠들고 다녀서 남성을 멀리하는 건 효과가 있다. 실제로 아니스 님이 그러셨으니까.

하지만 마음속에 있는 응어리진 뭔가가 방해해서 고개를 끄덕일 수 없었다.

"……마음에 안 듭니까?"

"마음에 안 드는 걸까요. 마음에 안 든다기보다는…… 음, 뭐랄까……."

똑바로 말하지 못하는 나를 일리아 님은 끈기 있게 기다려 줬다. 나는 천천히 숨을 내쉬며 뒤얽힌 마음을 어떻게든 말로 풀어내려고 했다.

"……저는, 연애 자체가 힘들어요. 아무래도 무서워서."

"……무섭다고요?"

"제게 있어 사랑이란 여러 가지를 엉망으로 만드는 것이니까요. 그래서 무서워요……."

내게 있어 사랑은 무서운 것이었다. 올바른 형태로 정리된다면 아니스 님과 유필리아 님의 사랑처럼 멋진 것이 되겠지만. 그렇게 멋진 두 분도 엇갈리고, 맞부딪치고, 서로를 상처 입혀 지금의 관계가 되었다.

사랑도 애정도 사람에게 큰 힘을 준다. 까딱하면 파멸해 버릴 만큼 큰 힘을 말이다. 나는 도저히 감당할 수 없을 것 같았다.

그래서 숨을 죽였다. 눈에 띄고 싶지 않았다. 누구에게도 주목받고 싶지 않았다. 고아원에 있을 때부터, 아버지에게 거두어져 귀족이 된 뒤로도, 나약한 자신이 어딘가에서 무릎을 끌어안은 채 울고 있었다.

"무서워요. 제가, 저를 좋아하게 된 누군가를 이상하게 만들어 버리는 것이. 단순히 좋아하는 거나 우정은 괜찮아요. 하지만 연애는 무서워요. 다른 사람이 이상해지는 걸 견딜 수 없어요……."

뱀파이어의 힘은 이제 제어할 수 있다. 마구잡이로 타인의 호감을 사는 일은 없어졌다.

하지만 그래도 자칫 잘못하면 또 누군가를 잘못된 길로 인도할지도 모른다는 공포는 사라지지 않았다.

무섭고, 접촉하고 싶지 않고, 멀리하고 싶었다. 약혼이란 이름으로 이어지면 사랑이나 애정이 싹틀지도 모른다. 그게 언제 누구를 공격할지 모르니까 약혼 따위 하고 싶지 않았다.

그저 멀리서 바라보는 것으로 족했다. 그거면 충분했다.

"……레이니는 본인이 생각하는 것보다 훨씬 착한 아이입니다."

"저기, 감사합니다……?"

"별궁에 온 뒤로 오늘까지 레이니를 지켜봤습니다. 당신은 약하지도, 무책임하지도 않습니다. 하지만 아주 섬세하여, 마음에 여린 부분을 가지고 있는 거겠죠."

"……그건, 역시 약한 것 아닌가요?"

"섬세함을 약하다고 한다면 그건 약한 거겠죠. 하지만 섬세하기에 레이니가 품은 마음은 잘 닦인 보석처럼 아름다운 것 아닐까요?"

일리아 님이 똑바로 전한 말을 듣고 뺨에 열이 올랐다. 목욕하며 데워진 몸에 한층 열이 가해지는 것 같았다.

"여기 오고 나서 레이니는 성장했고, 할 수 있는 일도 늘었습니다. 자신감을 가지세요. 레이니가 유필리아 님을 돕겠다고 했을 때, 걱정은 됐지만 좋은 기회라고 생각했습니다. 당신은 아니스피아 님과 유필리아 님처럼 멋진 것을 만들어 낼 수 있는 사람입니다."

갑작스러운 칭찬에 속이 간질간질했다. 몸을 틀어 입까지 물에 담가 버렸다.

"레이니는 섬세해서 두려운 겁니다. 당신에게 있어 연애는 그만큼 여리면서도 강하고, 그리고 날카롭게 찌르는 것일지도 모르죠."

"……그럴지도 몰라요."

물에 담갔던 입을 빼고 작게 대답했다. 여리면서도 강하고, 그렇기에 날카롭게 찌르는 것. 그건 연애에 대한 내 인상을 깔끔하게 정리하는 말이었다.

"그러니 이 말을 하면 레이니를 상처 입힐지도 모릅니다."

"……네?"

"레이니. —저로 하지 않을래요?"

무슨 말을 들었는지 한순간 이해하지 못했다. 아니, 한순간이 지나도 이해할 수 없었다. 이해하고 싶지 않았다. 말의 울림만이 계속해서 머릿속에 메아리쳤다.

그래서 일리아 님을 그저 마주 볼 수밖에 없었다. 일리아 님은 평소처럼 점잖은 얼굴이었다. 하지만 왜일까. 그 표정이 늘 자연스럽게 짓던 표정과 달라 보였다.

목이 바싹 말랐다. 침을 삼키며 답을 구하듯 질문을 던지고 말았다.

"일리아 님, 그게, 무슨……."

"저는 당신을 사랑스럽게 여기고 있습니다. 후배로서, 동료로서, 그리고 사람으로서."

"……거짓말."

"거짓말이 아닙니다. 저의 본심입니다. ……이대로 아무것도 안 하면 상황은 달라지지 않습니다. 다른 사람을 귀찮게 하기 싫어하는 레이니의 마음은 이해합니다. 당신의 힘과 과거를 생각하면 연애에 관한 이야기가 얼마나 고통스러울지도 상상이 갑니다. 알지만 당신에게 전하고 싶었습니다."

"어째, 서……."

당혹스러워서 그런 말밖에 못 했다. 그러자 일리아 님이 내 뺨으로 손을 뻗었다. 일리아 님의 손이 뺨에 닿자 몸을 움찔하고 말았다.

"견딜 수 없었습니다."

"견딜 수 없었다고요……?"

"레이니는 이곳에 와서 정말로 행복해 보였습니다. 제 가르침을 잘 배우고, 아니스피아 님과 웃으며 지냈습니다. 괴로운 과거가 있어도, 저는 당신의 웃는 얼굴에서 귀한 가치를 보았습니다. 그게 사라지는 것을 견딜 수 없었습니다."

일리아 님의 손이 지금 무엇보다도 뜨거워서. 다른 것은 알 수가 없어졌다.

"—제가 상대가 되면 안 될까요? 레이니."

일리아 님을 연인으로 삼아 약혼을 거절하면. 그건 효과적일지도 모른다. 하지만 사실을 확실하게 인식하자 토할 것 같은 중압감이 느껴졌다.

"……안 돼요. 무슨 말씀을, 하시는 거예요……? 저를 좋아한다고요? 거짓말, 거짓말이에요…….”

“레이니…….”

“일리아 님은 제 매료에 걸렸었으니까, 그 좋아하는 마음은, 틀렸어, 틀린 거예요……!”

그건 일리아 님이 진짜로 원하는 게 아닐 거다. 왜냐하면, 그렇지 않으면, 잘못 되었으니까.

그래. 이건 내가 심은 가짜 감정이고, 나를 좋아하는 건 이상하고, 잘못된—!

‘—아아, 나는 또 저질러 버린 걸까……?’

눈앞이 캄캄해졌다. 나는 또 자신을 지키기 위해 누군가에게 호감을 강제해 버렸을지도 모른다. 하필이면 일리아 님에게. 내게 여러 가지를 가르쳐 주고 이끌어 준 사람을, 나는.

머릿속이 혼란스러워 정신이 아득해졌을 때, 일리아 님이 내 손을 잡았다. 생각보다 더 몸이 휘청거려서 일리아 님에게 기대고 말았다. 일리아 님의 심장 소리가 들렸다.

“……뜨거운 물에 너무 오래 몸을 담그고 있었나 보네요. 이야기할 장소를 잘못 골랐습니다.”

“일리아 님, 저는…….”

“일어나죠. 진정된 다음에 다시 얘기해요.”

얘기하자고? 대체 뭘 위해? 그럴 필요가 있을까? ……아니, 필요할지도 모른다. 사과해야 하니까. 속죄해야 하니까.

“죄송, 해요.”

"레이니?"

"저는 또, 다른 사람을, 잘못된 길로, 죄송해요, 죄송해요, 죄송해요……!"

이렇게 나는 죄를 거듭하고 만다. 가슴이 미어질 만큼 슬프고, 죽어 버리고 싶을 만큼 괴로웠다.

그래서 몇 번이고 반복해서 사과할 수밖에 없었다. 어째서 달라지지 못할까. 어째서 나는 이렇게나 약할까.

그 사실이 슬퍼서 나는 자신을 저주할 수밖에 없었다.

* * *

다음 날, 나는 침대에 누워 있었다. 머리는 멍했고, 몸은 한없이 나른했다. 목이 칼칼해서 이따금 기침이 나왔다.

그런 내 옆에 티르티 님이 앉아 있었다. 티르티 님은 언짢은 듯 인상을 쓰고서 나를 내려다보고 있었다.

"장시간 목욕으로 인한 후유증이 감기가 됐어. 하여간 야단법석이라니까. 레이니가 고열에 시달리고 있다며 아니스 님이 나를 끌고 왔어. 심지어 아침 댓바람부터."

"죄송, 해요……."

나를 진찰할 수 있는 의사는 한정적이다. 갑작스러운 부름에 응해 준 티르티 님에게는 아무리 감사해도 부족했다.

하지만 마음 한편에서 어두운 감정이 피어올랐다. 아아,

이렇게 나는 또 누군가에게 폐를 끼치는구나.

"일리아랑 욕조에서 오랫동안 떠들었다며? 일리아가 웬일로 그런 실수를 다 했대?"

"……제 잘못이에요. 일리아 님은 아무 잘못도……."

"그 일리아가 모조리 불었어. 예전부터 철가면이라 무슨 생각을 하는지 알 수 없는 녀석이었지만, 고백하는 장소도 내용도 터무니없네."

"일리아 님이 전부 말씀하셨나요?!"

나도 모르게 비명을 지르고 말았다. 일리아 님이 전부 자백했다니. 그럼 다들 아는 건가? 내가 일리아 님을 이상하게 만들어 버린 것도?

절망스러워서 정신이 아득해졌다. 그러자 티르티 팀이 비웃듯 코웃음 쳤다.

"너도 고생이었겠어. 나 참, 어이가 없다니까."

"……저기, 티르티 님."

"왜 불러?"

"저는…… 또 저질러버린 건가요……? 무의식적으로 일리아 님에게 매료를……."

내가 떨리는 목소리로 묻자 티르티 님은 놀란 표정을 지었고 이내 화난 모습이 되었다.

"레이니."

"네……."

"너는 아무 짓도 안 했어. 바보 같은 망상은 그만둬."

"하, 하지만!"

"너는 자신의 힘을 잘 억제하고 있고, 무차별적으로 발동시키지도 않았어. 만약 혼란스럽거나 약해져서 그 스트레스로 매료를 발동시켰다면 내가 영향을 안 받은 건 이상하잖아. 무의식적으로 발동했더라도 그건 어디까지나 매료이지, 세뇌가 아니야."

타박하는 듯 날카로운 지적을 받으니 마치 목 앞에 칼이 있는 기분이었다. 그만큼 티르티 님은 내게 화가 나 있었다.

"네가 그런 착각을 하고 있으면 일리아가 불쌍해. 지금 당장 그 바보 같은 생각을 버려."

"……하지만, 일리아 님이 저를 좋아하시다니."

"하! 그래서 네가 무의식적으로 매료를 썼다고? 바보 아니야?"

티르티 님은 코웃음 치며 간단히 잘라 말했다.

"확실히 네 힘은 완벽하게 해명되지 않았어. 할 수 있는 일도 늘었어. 어쩌면 예전보다 강한 방어 반응이 발동했을 가능성도 있어. 하지만 그건 절대적이지 않아. 실제로 지금 나는 너를 힘껏 때려 주고 싶을 만큼 화가 났어. 그런데 너는 몸을 지키려고 안 하고, 매료하려고도 안 해. 확실하게 단언해 줄게."

티르티 님은 마치 내치듯이 화를 억누른 목소리로 담담히 말했다.

"지금 네가 자신을 의심하는 건, 너를 진찰하는 나도, 너를 소중히 여겨서 어떻게든 하려고 하는 일리아도, 네가 걱정돼서 별궁에 남으려고 했던 아니스 님과 유필리아 님의 마음도 전부 의심하는 거야. 자각 좀 해."

"아니에요……! 저는 그러려고 한 게—!"

"그러니까 바보 같은 생각은 버리라고. 일리아의 무자각도 어이가 없었지만, 너의 착각도 진짜 어이없어. 불러 온 나한테 사과해."

"……죄송합니다."

"사과하면 다야?"

"네……?"

사과하라고 해서 사과했는데, 사과하니까 사과했다고 뭐라고 하니 어쩌면 좋을지 모르겠다.

티르티 님은 착각이라고 했다. 나는 누구에게도 호의를 강제하지 않았다고 했다. 그렇다면 일리아 님이 나를 좋아한다고 말한 건 본심……?

"……일리아 님은, 그저 제 상황이 힘들어질 것 같으니까 배려해서 말씀하신 거겠죠."

"레이니, 그렇게 일리아를 모욕하고 싶어?"

"모, 모욕하지 않았어요!"

"너는 지금 자기를 좋아하는 사람 따위 없다고 말하고 있는 거야. 일리아는 너를 좋아한다고 자기 마음을 전했는데, 그걸 의심할 만큼 신용을 못 한다는 거야?"

"아니에요! 일리아 님을 신용 못 하는 건 아니지만! 저를 우선할 이유도 없잖아요!"

"왜?"

"왜냐니…… 그야……."

—일리아 님이 제일 우선해야 할 사람은 아니스 님이니까.

일리아 님이 아니스 님을 얼마나 소중히 여기는지 나는 알고 있다. 그러니 일리아 님의 특별한 사람은 아니스 님이어야 한다. 내가 대신해선 안 된다.

그렇게 생각했지만 말할 수는 없었다. 어째서 말할 수 없는지 나 자신에게 물어봐도 답은 나오지 않았다.

내가 입을 다물자 티르티 님은 등을 돌리고서 침대 가장자리에 앉았다.

"바보 같은 생각을 하는 게 뻔히 보여. 뭐, 타이밍이 안 좋고, 서툴고, 게다가 자기 감정도 제대로 모르는 일리아한테도 잘못은 있지만."

"일리아 님은…… 아무 잘못도 없어요……."

"……그래, 일리아는 잘못 없어. 그러니까 레이니도 잘못 없어."

“하지만, 그렇지만, 제가 폐를 끼쳐서, 일리아 님을 이상하게 만든 거니까…….”

“맞아. 그렇기에 너는 잘못 없어. 하지만 그건 네 착각이기도 해. 이상해진 게 잘된 거야. 일리아한테는 그래.”

티르티 님이 무슨 말을 하는 건지 모르겠다. 숙이고 있던 고개를 들자 티르티 님이 얼굴만 돌려서 나를 보고 있었다.

“일리아에 관해 얼마나 알아? 그 여자가 얼마나 비정상적인 정신머리를 가졌는지 알아?”

“……하고 싶은 말씀이 뭔지 모르겠어요.”

“그렇겠지. 유필리아 님과 레이니가 오기 전의 그 여자는 구제할 길이 없는 바보였어.”

흥, 콧방귀를 뀌며 티르티 님은 먼 곳을 보았다. 짜증스럽다는 것처럼 말은 하지만 목소리에서는 연민이 느껴졌다.

“자세한 건 저기 문 뒤에서 귀를 쫑긋 세우고 있는 왕녀님한테 들어.”

“……아니, 안에 들어갈 분위기가 아니었잖아.”

티르티 님이 문을 보며 말하자 아니스 님이 들어왔다. 불만스럽다는 듯 눈을 찌푸리고서 티르티 님을 노려보고 있었다.

티르티 님은 침대에서 일어나더니 방에 들어온 아니스 님의 어깨를 두드리고 교대하듯 밖으로 나갔다.

“몸 상태는 문제없어. 고민 상담까지 맡지는 않았으니까 나머지는 그쪽에서 알아서 해.”

"고마워, 티르티."

"괜한 사랑싸움에 날 끌어들이지 말았으면 좋겠어."

티르티 님은 그렇게 말하고 문을 닫았다. 방에는 나와 아니스 님만 남았다. 죄책감이 솟구쳐서 나는 사죄하고 말았다.

"……죄송해요, 아니스 님."

"괜찮아. 내가 하는 일은 급한 것도 아니고. 그보다 레이니가 걱정이야."

아니스 님은 조금 전까지 티르티 님이 있었던 침대 가장자리에 등을 돌리고서 앉았다.

지금은 얼굴을 보이고 싶지 않았기에 아니스 님이 뒤돌아 앉아 주셔서 정말 고마웠다.

하지만 아니스 님이 옆에 있다고 느끼니 서서히 고개를 든 생각들이 입 밖으로 나와 버렸다.

"……저는."

"응."

"나 자신이, 굉장히, 싫어져서, 괴로워서, 그냥, 사라지고 싶고…… 폐만, 끼치고, 은혜를 갚고 싶은데, 못 하고, 전부, 싫어질 것, 같아서, 무서워서."

"응."

지리멸렬했다. 말로 잘 표현이 되지 않아서 헐떡이듯 띄엄띄엄 말을 자아냈다. 그것도 의미가 이어지지 않아서 나도 내가 뭐라고 하는지 알 수 없었다.

그런데도 아니스 님은 맞장구를 치며 조용히 들어 줬다. 결코 이쪽을 보지 않았지만, 확실하게 그곳에서 내 목소리에 귀를 기울이고 있었다.

"저는, 이제, 어쩌면, 좋을지, 모르겠어요."

"……어제 무슨 일이 있었는지 일리아한테 들었어."

아니스 님이 그렇게 말했을 뿐인데 얼음이 박히기라도 한 것처럼 몸이 차갑게 얼어붙었다. 고개를 숙이고 그대로 굳어서 몸을 떨고 말았다.

"레이니, 고개 들어."

달래는 목소리로 아니스 님이 나를 불렀다. 나는 이를 악물고서 눈물을 줄줄 흘리며 고개를 들었다.

아니스 님은 기쁜 것도 같고 난감해하는 것 같기도 한 복잡한 표정을 짓고 있었다. 왜 그런 표정을 짓는지 알 수 없어서 나도 곤혹스러웠다.

"레이니, 일단 진정해. 천천히 심호흡하는 거야."

아니스 님이 내 등을 다정하게 쓸어내렸다. 고개를 들면서 머리를 감싸고 있던 두 손은 어정쩡하게 허공에 남았고, 아니스 님이 반대쪽 손으로 내 손을 잡아 줬다.

내가 진정될 때까지 아니스 님은 계속 손을 잡고 등을 쓸어 주셨다. 아니스 님의 말을 따라 심호흡했다.

"진정됐어?"

"……네. 죄송, 해요."

"괜찮아. 그럼 나랑 조금 얘기할까."

"……?"

"있지, 레이니. 나는 지금 굉장히 놀랐고, 기뻐해야 할지 서운해해야 할지 모르겠어. 일리아에게 이런 일이 생기다니. 하지만 다행이지 않을까."

"네……?"

아니스 님의 말씀을 이해하지 못하고 멍해졌다. 다행이라고? 뭐가?

"레이니는, 너의 힘으로 저주해서 일리아가 너를 좋아하게 된 거라고 생각하지? 하지만 설령 그렇더라도 내가 생각하기에 그건 나쁜 일이 아니야. 좀 더 말하자면 저주받아서 다행이라고 생각해."

"어째서……? 어째서 그런 말씀을 하세요……?"

"일리아는, 집착심이 없어."

아니스 님은 쓸쓸한 얼굴로 나직이 중얼거렸다. 너무 막막해서 어쩔 도리가 없다고 포기해 버린 것처럼 힘없는 목소리였다.

"최근 들어 확실히 이해했어. 일리아는 제대로 사랑받지 못한 탓에 사람으로서 어딘가가 이상해. 그건 나랑 있었기 때문이기도 해. 우리의 인간관계는 몹시 좁아서 다른 사람을 신경 쓰지 않고 살 수 있었으니까."

"……일리아 님도, 자기는 사람이 아니라고 하셨어요."

"그렇게 만든 사람은 나야."

아니스 님은 자조적으로 말했다. 눈을 내리뜬 얼굴이 어딘가 애처로웠다.

"일리아의 사정은 알아? 부모에게 정치 도구로만 취급받은 거."

"……일리아 님에게 들은 적이 있어요."

"그렇구나. 나는 일리아를 억지로 내 전속 시녀로 삼은 걸 후회하지 않고, 내가 후회하면 일리아의 화만 돋울 뿐이라고 생각해. 하지만 내가 일리아와 일그러진 관계를 구축했고 그걸 방치했다는 사실은 뒤엎을 수 없어."

"……하지만 그건, 어쩔 수 없었던 일 아닌가요?"

"맞아. 과거는 바꿀 수 없고, 아마 나는 몇 번이든 똑같은 선택을 할 거야."

아니스 님은 망설이지 않고 딱 잘라 말했다.

"난 일리아를 포기할 수도 없고, 내 주장을 굽힐 수도 없어. 나는 일리아를 바꿀 수 없어. 나랑 일리아의 관계는 그래."

아니스 님은 그렇게 말하고서 웃었다. 진심에서 우러나온 웃음이었다. 무엇도 부끄러워하지 않는 표정이었다.

"우리는 달라지지 않아도 된다고 서로 생각했어. 그래서 서로 필요 이상으로 상대에게 요구하려 들지 않았어. 마음에 차면 그걸로 충분했어. 서로 숨 막히지 않고 함께 있을 수 있다면 그걸로 좋았어."

아니스 님은 자신의 가슴을 쓸어내리며 말했다. 소중한 것을 하나하나 주의 깊게 확인하듯이.

"하지만 나는 유피와 만났고, 일리아는 레이니와 만났어. 우리의 관계는 달라지지 않아도, 주위 사람들과의 관계는 달라져. 그건 우리 자신의 변화로도 이어져. 서운하기도 하지만 그건 어쩔 수 없는 일이고, 오히려 기뻐해야 할 일이야. 그리고 경위야 어찌 됐든 일리아가 다른 사람을 좋아하게 된 것이 나는 진심으로 기뻐. ……나는 일리아를 지킬 수는 있어도 바꿀 수는 없으니까."

"아니스 님……."

"바꾸려 들면 우리는 서로 달라지지 않아도 되는 관계를 잃어버려. 그건 나도 무섭고, 분명 일리아도 바라지 않을 거야. 서로 가장 가까운 사람이었으니까. 그래서 서로 가장 편하게 있을 수 있었어. 서로가 있으면 그걸로 좋았어. 그 이상은 필요 없었어."

아니스 님이 별안간 내 머리를 끌어안았다. 조금 놀랐지만 저항은 하지 않았다. 머리를 얹게 된 가슴 안쪽에서 심장 소리가 들렸다.

"계속 편한 사이로 있어도 되는 관계는 안락하지만. 아무데도 갈 수 없고, 바뀔 수 없어. 왜냐하면 바뀔 필요가 없으니까. 나는 유피와 마음이 통하게 되어 행복했지만, 한편으로 일리아가 굉장히 걱정됐어. 나는 달라지고 싶어졌거든."

"……그러셨어요?"

"응. 그래서 일리아가 레이니를 신경 쓰고 챙기는 게 즐겁다고 해서 정말로 안심했어. 어떤 관계여도 좋았어. 일리아가 바뀔 수 있다면."

"……그게 뱀파이어의 매료로 저를 좋아하게 만든 것이어도요?"

"그렇게라도 하지 않았다면 일리아는 바뀌지 않았을 거야. 바뀌지 않았으니 내가 달라져도 일리아는 그대로. 나를 경애하며 따를 뿐, 거기서 더 나아간 관계가 되지는 않아. 달라지기 위한 계기 따위 바라지 않아. ……그런 건 쓸쓸하잖아."

"쓸쓸……한가요?"

"유피가 나를 원했기에 지금이 있어. 포기할 수 없었지만 포기해 버렸던 꿈을 다시 한번 좇고 있어. 그게 행복하다는 걸 확실하게 알았어. 그래서 일리아도 그런 사람이 있었으면 좋겠어. 그게 레이니라면 기뻐."

"하지만, 그건 일리아 님이 진짜로 바란 마음이 아니에요……."

"그걸 정하는 사람은 레이니야?"

날카롭게 질책하는 것 같은 목소리에 나는 몸을 움츠리고 말았다. 아니스 님은 내 몸을 일으키듯 어깨를 잡고 밀착해 있던 거리를 벌렸다.

아니스 님은 화난 표정을 짓고서 정면으로 나를 보았다. 그 강한 눈빛을 마주하니 시선을 돌리고 싶어졌다.

"레이니가 두려워하는 것도 이해는 해. 자기 책임이라고 떠안는 것도 이해해. 하지만 그래도 말하고 싶어. 제발 일리아를 외면하지 말아 줘."

"외면……?"

"일리아의 변화에 내가 참견하는 일은 없을 거야. 일리아는 절대로 나한테 상담하지 않을 거고, 분명 유피한테도 안 하겠지. 일리아는 절대로 남을 의지하지 않아. ……그러지 못해."

마치 피를 토하듯 괴롭게 말하는 목소리라서 나는 숨을 삼키고 말았다.

"그런 일리아가 직접 원하는 바를 말한 건 대단한 일이야. 일하는 데 필요한 말도 아니고, 의무적으로 해야 할 말도 아닌데. 그저 싫었기에 꺼낸 말을 저버리지 않았으면 좋겠어."

"……아니스 님, 하지만 저는……."

"레이니가 자신의 힘을 무서워하는 건 알아. 그 마음은 중요해. 하지만 잊지 마. 그건 내 마학과 같아. 중요한 건 쓰는 방식이야. 너는 그 힘으로 일리아가 한 걸음 내딛게 했어. 내게 있어 그건 놀랍고 기쁜 일이야."

아니스 님은 마치 기도하듯 말했다. 그 목소리는 한없이 상냥해서 일리아 님에 대한 마음이 느껴졌다. 아니스 님에게 일리아 님은 정말로 소중하다는 걸 알 수 있었다.

"일리아의 마음을 받아 달라고는 안 해. 하지만 마주 보지도 않고 도망치지는 말아 줘. 시간이 필요하다면 그렇다고 말해 줘. 도저히 무리라면 무리라고 말해 줘. 아무 말도 안 하는 게 가장 잔혹하니까. ……그리고 만약 조금이라도 일리아를 받아들일 의향이 있다면 같이 걸어가 줘."

"……아니스 님에게 일리아 님은 어떤 존재인가요?"

무심코 아니스 님에게 묻고 말았다. 그러자 아니스 님은 곤란한 듯 웃었다. 그리고 고민스럽게 침묵에 잠기더니 재차 입을 열었다.

"……어렵네. 주종 관계라고 하는 게 가장 알기 쉽지만. 가족 같기도 하고, 말로 표현할 수 없을 것 같아. 하지만 소중한 사람인 건 틀림없어."

"……아니스 님은 제가 일리아 님에게 매료를 걸었던 걸 어떻게 생각하세요?"

"으음~ 딱히 아무 생각 없는데. 왜냐하면 그건 불가항력이었잖아. 하지만 레이니의 매료를 계기로 일리아가 나 말고 다른 사람을 신경 쓰게 됐고, 심지어 연인이 되고 싶다고 생각하면…… 조금 분하려나."

예상과 다른 말이 돌아와서 나는 눈을 동그랗게 떴다. 아니스 님이 분하다고 말할 줄은 몰랐기에 아니스 님을 응시하고 말았다.

아니스 님은 조금 쑥스러워하면서도 굉장히 복잡한 표정을 지었다.

"질투와도 다르고, 분하다는 말도 적절하지 않은 것 같아. 하지만 말로 표현하자면 분하다는 생각이 들어. ……줄곧 옆에 있었기 때문일까. 그런데 조금씩 내 곁에서 멀어지는구나 싶어서. 그게 분하고, 서글프고, 하지만 무척 기뻐."

마치 보물을 자랑하는 것 같았다. 아니스 님의 웃는 얼굴이 너무나도 사랑스러워서 시선을 빼앗기고 말았다.

한마디로 표현하기는 어려울 것이다. 하지만 그 표정이 모든 것을 보여 주고 있었다. 거기서 나는 존귀함을 보았다.

아니스 님은 진심으로 일리아 님을 소중히 여기고 행복하길 바라고 있었다. 하지만 아니스 님은 일리아 님의 행복을 그저 응원할 뿐이다. 받아들여야 할 사람은 나라는 것처럼.

그 사실을 아직 나는 제대로 받아들일 수 없었다.

"……깊이 빠져 버릴 것 같아서, 괴로워서, 너무 무서워요. 저는, 행복해져도, 계속 행복할 수 있을지 알 수 없어요……. 그게 무서워. 무서워요……!"

줄곧 괴로웠다. 줄곧 힘들었다. 물에 빠져 허우적거리는 듯한 나날이었다.

이곳에 오고 행복했다. 정말로 행복했다. 이대로 지내고 싶었다.

행복을 잃는 게 무엇보다도 무서웠다. 몸이 떨려서 웅크리고 전부 거부하고 싶어졌다.

그런 나를 달래듯 아니스 님은 온화하면서도 힘 있게 말했다.

"괜찮아. 너는 무섭다는 생각을 하잖아. 나처럼 어쩔 방도가 없어도 상관없다고 생각하지 않아. 분명 너 자신도, 너를 사랑하는 사람도 못 본 척하지 않을 거야. 너는 이것만 기억하면 돼. 네가 도와달라고 하면 도와줄 사람이 있다는 것."

보듬듯 나를 끌어안은 아니스 님이 핵심을 찌르는 질문을 던졌다.

"—너를 도와줬으면 하는 사람 중에…… 일리아는 있어?"

* * *

내가 진정된 것을 확인한 아니스 님이 방을 나가고 몇 시간 후. 문을 노크하는 소리가 들려서 반쯤 잠들어 있던 내 의식은 각성했다.

"레이니, 접니다. 들어가도 될까요?"

그리고 들린 건 일리아 님의 목소리였다. 의식이 점차 각성하여 또렷해졌다. 나는 숨을 삼켰다가 심호흡했다.

"……들어오세요."

"실례합니다."

일리아 님이 한마디 고하고서 안에 들어왔다. 먼저 그 얼굴을 보고 놀랐다. 일리아 님의 눈 밑에 다크서클이 뚜렷하게 생겨나 있었기 때문이다.

"지금 시간 괜찮습니까?"

"괜찮지만…… 저기, 일리아 님. 다크서클이 굉장히 심한데 괜찮으세요?"

"어제는 잠을 못 잤습니다. 하지만 몸 상태는 문제없습니다. 그보다 레이니는 괜찮은가요? 어제는 오래 붙잡아 두고 이야기해서 정말 미안합니다."

"사과하지 마세요. 사과하면…… 곤란해져요."

"……그렇습니까. 차라도 끓일까요?"

"부탁드려도 될까요?"

지금부터 이야기할 거면 차가 있는 편이 낫다. 일리아 님이 준비하는 소리를 들으면서 나는 눈을 감고 생각을 정리했다.

그러고 있으니 일리아 님이 의자에 앉으며 사이드 테이블에 찻잔을 놓았다. 나는 상체를 일으켜 잔을 들고 한 모금 마셨다.

목이 말랐었는지 굉장히 맛있게 느껴졌다. 자연스럽게 미소가 지어졌고 그리운 기억이 떠올랐다.

"……일리아 님이 끓여 주시는 차, 정말 좋아해요."

"그렇게 말해 주니 기쁩니다."

"네, 정말로요. 기뻤어요. 아니스 님은 친절하고, 유필리아 님에게도 용서받고, 별궁에서 생활하게 되어 불안하기도 했지만, 그만큼 안심했던 게 지금도 기억나요."

그리고 서로 말이 없는 시간이 흘렀다. 그 침묵의 시간을 끝낸 사람은 일리아 님이었다.

"……어젯밤 일은 정말로 미안합니다. 역시 너무 갑작스러웠다고 반성하고 있습니다."

"아니에요…… 확실히 무척 놀라긴 했지만요."

"……폐가 됐다면 헛소리로 치부하고 잊어버려도 됩니다."

"폐라고 생각하지 않아요!"

생각보다 힘이 들어간 목소리로 일리아 님의 말을 부정하고 말았다. 일리아 님은 눈을 살짝 크게 떴다가 내 몸이 걱정되었는지 일어나려고 했다.

"큰 소리 내서 죄송해요. ……폐라고 생각하진 않아요. 다만 역시 깜짝 놀라서 바로 판단이 안 돼서……."

"당연한 일입니다. ……어떻게 이야기를 꺼내면 좋을지 상상도 안 가서 그저 레이니에게 마음만 전하게 되었습니다. 레이니의 부담을 전혀 고려하지 않았기에 일이 이렇게 되어 버렸습니다."

"……일리아 님은 제가 불쌍해서 그런 제안을 하신 건가요?"

떨리려고 하는 목소리를 필사적으로 억제하며 일리아 님에게 물었다. 그러자 일리아 님은 희미하게 미소 지었다. 당장에라도 사라져 버릴 것 같아서 불안해지는 표정이었다.

"그렇게 받아들였다면…… 어쩌면 그런 걸지도 모르죠."

"……부정하지 않는 건가요?"

"저도 당황스럽습니다. 자신의 감정을 이해할 수 없어요. 하지만 어쩌면 좋을지도 모르겠고, 레이니가 바라지도 않는 일을 하기 전에 어떻게든 해야겠다는 생각으로 머리가 꽉 차 버렸습니다."

그건 말을 전혀 고르지 않고 생각한 바를 그대로 표현한 것이었다. 일리아 님의 순수한 본심이란 느낌이 들었다.

그 말을 듣고 나는 무엇을 느꼈는가. ……일리아 님처럼 나도 내 감정을 알 수 없어졌다.

그저 서글펐다. 그리고 물에 빠져 숨을 쉴 수 없는 것처럼 괴로워졌다. 몸이 떨려서 이가 딱딱 부딪치려는 것을 필사적으로 참았다.

떨림을 숨기기 위해 팔을 잡고 손톱을 세웠다. 그 아픔에 조금 냉정해졌다. 솔직히 내가 이토록 다른 사람의 호의를 믿지 못할 줄은 몰랐다.

그렇다고 해서 외면하고 도망치고 싶지는 않았다. 그러나 해야만 하는 말을 꺼내는 게 너무 무서웠다.

"……레이니. 무리하지 않아도 됩니다."

일리아 님이 온화한 목소리로 말해서서 나는 눈을 크게 뜨고 말았다. 그녀의 입에서 나온 목소리 같지 않았기 때문이다.

일리아 님은 처음 보는 표정을 짓고 있었다. 상냥하지만 괴로운 것 같고, 매우 쓸쓸해 보이는 미소였다. 가슴이 꽉 죄어들었다.

아니야. 나는 이런 표정을 짓게 하고 싶지 않았어……!

"고민할 만큼 레이니는 저를 생각해 주고 있는 거군요. 그거라도 알아서 다행입니다. 곤란하게 만들어서…… 정말로 미안합니다."

"읏, 아니에요, 아니에요! 이건, 제 잘못이에요……! 제가, 혼자 지레 겁먹고, 믿지 못하게 된 거라……! 일리아 님은 잘못 없어요!"

"아뇨. 레이니를 곤란하게 만들 바에야 저는 입을 다물어야 했습니다."

"—저는! 기뻐서 곤란한 거예요!!"

울컥해서 나도 모르게 외치고 말았다. 복잡한 표정을 짓고 있던 일리아 님은 놀란 얼굴로 눈을 끔뻑였다.

그런 일리아 님을 보니 괜히 애먼 화가 났다. 터져 버린 감정은 멈추지 않아서 나는 일리아 님을 노려보고 말았다.

"저를 위해 연인이 되겠다고, 저를 위해 어떻게든 하려는 그 마음이 싫을 리가 없잖아요! 저를 알면서! 제가 어떤 괴물인지 알면서! 제가 당신에게 어떤 짓을 했는지 알면서! 그런데도, 받아들이시다니…… 어째서 그런 말을 하는 거예요! 기대하게 되잖아요……!"

"……레이니?"

"하지만, 줄곧 기대한 만큼 배신당했어요! 저를 좋아한다고 해 놓고, 배신했다며 멋대로 욕했어요. 제 잘못이라고, 제가 나쁜 거라고 다들 비난해요! 나도 사람을 믿고 싶고, 평범하게 사랑받고 싶고, 미움받기 싫은데. 특별하지 않아도 되는데, 다들 멋대로 나를 특별하게 만들고서 마지막에는 내 잘못이라고 욕해!"

고아였을 때도, 영애가 된 뒤로도. 나를 좋아한다고 해도 기대에 부응할 수 없었고, 사람들은 그걸 배신이라고 여겼다.

그렇게 배웠다. 나는 누군가를 좋아하면 안 된다는 걸.

특별해도 되는 사람은 엄마뿐이었다. 행복한 기억이 나의 버팀목이었다. 기억 속의 엄마는 줄곧 변하지 않기에 얼마든지 특별하게 여겨도 됐다.

아버지에게 거둬져서 살 곳이 생겼어도 당장은 적응할 수 없었다. 귀족 학원 생활도 고아원 생활보다 더하면 더했지 못하지는 않았다.

굶지 않는 것만으로도 멋진 일이었다. 그건 틀림없지만, 그래도 내 마음은 언제나 겁을 내며 모든 것을 거부하고 포기했다.

"그런 제게 아니스 님이 길을 보여 주셨어요. 유필리아 님이 용서해 주셨어요. 일리아 님이 제게 사는 법을 가르쳐 주셨어요! 그걸로 충분한데, 나머지는 제가 어떻게든 해야 하는데! ……이 이상, 기대면, 안 되는데……!"

상냥하게 대하지 않았으면 좋겠다. 한번 기대기 시작하면 빠져나오지 못할 것을 아니까.

나는 내가 강하지 않다는 걸 안다. 아니스 님처럼도, 유필리아 님처럼도 될 수 없다.

최소한 방해가 되지 않도록 살 것. 고마운 사람들을 돕고 지탱할 수 있다면 그걸로 좋았다. 하지만 그것조차 못 했다. 그러기는커녕 방해하는 자신이 비참해서 절망스러웠다.

"정말로 이런 제가 좋은가요……? 그건 그냥 동정 아닌가요……? 그저 제가 불쌍해서 그런 거라면……!"

"레이니."

어느새 눈물이 흐르고 있었다. 목소리도 떨려서 울먹이고 있었다.

그런 나를 보고 일리아 님은 자리에서 일어나더니 나와 이마를 맞댔다. 그대로 내 뺨에 손을 얹고 눈물을 닦듯 뺨을 어루만졌다.

"저는 사람답지 않은 자입니다. 그저 안락했기에 아니스피아 님 곁에 있는 걸 받아들였습니다. 그게 편했으니까요. 하지만 당신은 다릅니다. 당신은 스스로 선택하지 않았습니까. 옆에 있으려고, 더 도움이 되고 싶어서. 당신의 매료에 걸리고 알았습니다. 단순히 섬기는 것만으로는 얻을 수 없는…… 벅찬 마음을.”

“일리아 님…….”

“그게 원래 누구나 가질 수 있는 감정이더라도 저는 이해할 수 없었습니다. 저는 결여된 인간이었으니까요. 하지만 레이니가 가르쳐 준 덕에 저는 조금씩 달라졌습니다. 당신이 성장하면서 저도 배웠습니다. 제가 쌓아 온 것을 의미 있게 느끼게 됐습니다. 당신이 가르쳐 줬습니다.”

일리아 님은 위로하듯 말했다. 내가 해 온 일에서 일리아 님이 찾아낸 의미를 전하려는 것처럼.

“당신을 통해 많은 것을 알게 됐습니다. 사람답게 누군가를 생각하고, 아무리 무서워도 전진하려고 하는 당신의 행동은 보배롭습니다. 제가 당신을 돕고 싶어 하는 건 노력하는 당신의 그 모습이 사랑스러웠기 때문입니다. 이대로 함께 아니스피아 님과 유필리아 님을 모실 수 있다면 분명 행복할 것 같았습니다. 그래서 당신의 노력을 훼방하려 드는 것을 멀리 치우고 지키고 싶습니다.”

일리아 님이 이마를 떼고 똑바로 내 눈을 바라보았다. 나는 입을 꾹 다물고 말았다. 일리아 님의 시선에서 도망치듯 눈을 돌렸다.

“……저는, 뱀파이어예요…….”

“네.”

"연인이 되면, 저는 일리아 님을 특별하게 만들 거예요."
"상관없습니다."
"피도 잔뜩 마시고 싶어 할 거고, 그만큼 상처 입히고, 막 투정도 부릴 거예요."
"최대한 이루어 드리겠습니다."
"……이번에 또 배신당하면, 무슨 짓을 할지 몰라요……."
"……제가 배신할 것 같습니까?"
일리아 님의 목소리가 조금 가라앉았다. 나는 고개를 가로저어 부정했다.
"……저는, 이기적으로 굴게 되는 게 무서워요. 더는 아무것도 잃고 싶지 않으니까……."
"그럼 레이니가 불안해하지 않도록 힘내겠습니다."
"……저랑 아니스 님 중에서 누가 더 소중한지 물어볼 거예요."
내 말을 듣고 일리아 님은 신 음식을 억지로 먹은 것 같은 표정을 지었다. 그리고 앓는 소리를 내고서 입을 열었다.
"……왜 그런 질문을."
"저라고 말해 주지 않을 건가요?"
"……그렇군요. 확실히 그건 대처하기 어려운 투정입니다."
"……맞아요. 저 사실은 성격 나빠요."
일리아 님은 난처한 듯 눈썹을 모았지만 이내 한숨을 쉬고 나를 끌어안았다. 갑작스러운 포옹에 순간적으로 아무것도 할 수 없어서 일리아 님의 품에 안기고 말았다.

"하지만 그 물음에 제가 레이니를 택해도 당신은 기뻐하지 않겠죠."

"……왜 그렇게 생각하세요?"

"당신은 아니스피아 님도, 유필리아 님도, 여러 사람을 소중히 여기고 있으니까요. 그래서 자신만을 우선하지 못하잖아요? 레이니가 더 소중하다고 하면 자기가 그렇게 만들었다고 자책하겠죠."

일리아 님의 지적에 숨을 쉴 수 없었다. 눈물이 차오르고 숨이 가빠졌다. 부정할 수 없었다. 일리아 님이 말한 내용과 똑같은 상상을 나도 떠올렸으니까.

"그러니 그렇게 시험하는 말은 하지 말아요."

"……일리아 님."

"자신의 가치를 다른 사람과 비교하면 안 됩니다. 당신은 당신이면 돼요. 이유도, 가치도, 뭐든 자신에게 부과하지 않아도 돼요. 당신이 당신으로 있으면 그런 건 얼마든지 따라옵니다. 저는 당신을 지키는 걸 망설이지 않을 겁니다. 그러니까 부디 지키게 해 주세요."

일리아 님은 안고 있던 내 몸을 떼고 어깨에 손을 올렸다. 그대로 얼굴을 가까이 가져와…… 내 입술에 키스했다.

가냘픈 숨을 내쉬었을 즈음에 일리아 님에게 뭘 당했는지 이해하고 나는 몸을 굳혔다. 하지만…… 싫지 않았다.

계속, 계속, 쪼기도 하고 맞대기도 하며 일리아 님은 내게 키스했다. 닿을 때마다 찌릿찌릿한 감각이 등을 타고 올라와 몸에서 힘이 빠졌다.

황홀경에 빠지기 직전에 마지막 남은 이성이 저항하기 시작했다. 나는 일리아 님의 가슴을 밀어 거리를 뒀다.

"일리아 님, 어째서, 키스……!"

"지키겠다고 해도 진심으로 믿어 줄 것 같지 않았기에, 행동해서 몸으로 알려 주는 편이 빠를 것 같았습니다. 생각해 보면 당신은 그냥 가르치는 것보다 직접 익히도록 하는 게 이해가 빨랐죠."

"아니, 하지만, 그렇다고 해서……!"

"싫습니까?"

일리아 님의 물음에 단숨에 뺨이 뜨거워졌다. 싫지 않았으니까. 하지만 그런 말은 부끄러워서 할 수 없었다.

키스받는 것은 싫지 않았다. 오히려 받아들일 뻔했다. 기뻤기 때문이다. 이렇게 날 생각해 주는 게 기뻤다. 하지만 동시에 무서웠다.

이 온기에 빠지면 끝이다. 그렇게 생각했기에 몸은 저항하려고 했다. 하지만 저항하고 싶지 않기도 했다. 온갖 것들이 일치하지 않아서 움직일 수 없었다.

"아…… 자, 잠깐! 잠깐만요……! 안 돼요, 일리아 님……!"

"뭐가 안 된다는 건가요. 확실하게 말하세요."

"그, 그건…… 키, 키스라든가……."

"왜죠? 저하고 키스하는 건 싫기 때문인가요?"

"그, 그런 게 아니라……! 제가 안 돼요!"

"알고 있습니다."

"네에?!"

일리아 님은 마치 고양이처럼 눈을 가늘게 뜨고서 입꼬리를 올려 웃었다. 오싹하게 소름이 돋았다.

"상대가 저인 게 불만인가 싶었는데 아무래도 아닌 것 같으니까요. 그럼 안 되는 건 당신에게 원인이 있다고 판단했습니다. 당신의 교육 담당으로서 철저히 교육해야겠죠."

"교, 교육이라니…… 이, 이건 뭔가 아닌 것 같아요!"

"그럼 저를 설득해 보세요. 제가 납득할 만한 이유로."

삐걱, 침대에서 소리가 났다. 내 위에 올라탄 일리아 님이 나를 내려다보았다.

그 시선을 받으니 거역할 수 없었다. 이건 일리아 님이 나를 지도할 때의 눈이었다. 내 잘못이라는 걸 알기에 더더욱 나는 움직일 수 없었다.

"그럼 수업을 시작할까요. 서로 어떻게 하고 싶은지 확인될 때까지. 시간은 듬뿍 있으니 납득할 때까지 이야기를 나누죠, 레이니."

* * *

"……아니, 저기? 얘기가 깔끔하게 정리됐다면 기쁜 일이지만. 어째서 레이니가 침대 위에서 애벌레가 되어 있는 거야?"

"아니스피아 님, 이건 서로 납득할 때까지 이야기를 나눈 결과입니다."

일리아가 레이니를 보러 간다고 해서 조마조마했던 내 마음을 어딘가로 내던져야 할 상황인데, 이에 관해서는 어떻게 생각하죠? 일리아 씨.

나는 지금도 파들파들 떨고 있는 이불말이를 향해 뭐라 말할 수 없는 시선을 보내고 말았다.

"아…… 아무튼 어떻게 됐어?"

"일단 지켜보기로 하고 연인 수습 기간을 가지기로 했습니다."

"연인 수습 기간."

나도 모르게 복창했다. 그게 뭐야.

"아직 저도 이 감정을 주체하지 못하고 있으니까요. 레이니도 자신의 감정을 확인하고 싶다고 해서 견해가 일치했습니다. 그래서 서로 시간을 두고 천천히 확인해 나가고자 합니다."

"그, 그래…… 근데 왜 레이니는 애벌레가 된 거야?"

"연인은 사랑스럽게 대하는 것으로 알고 있습니다."

움찔움찔, 이불 뭉치가 크게 흔들렸다. 아니, 진짜로 대체 무슨 짓을 한 거야?

그런 의문이 들어서 일리아의 얼굴을 바라보았다. 그러자 일리아가 꽃처럼 상냥하게 웃었다. 무심코 다시 보게 될 만큼 눈부신 웃음이었다.

솔직히 어떻게 되려나 싶었는데, 결과가 나쁘지는 않은 것 같아서 안심했다.

그 후 일리아에게 레이니를 맡기고 나는 방을 뒤로했다. 지금은 둘 다 가만 놔두는 편이 좋을 것이다.

그러니 오늘 저녁은 내가 만들자. 유피가 돌아오면 배고플 테니까.

정령 계약자가 되고 나서 식사에 집착하지 않게 됐다지만, 아무것도 안 먹이면 건강을 해친다.

"레이니도 감기였고, 담백하게 준비하자. 빵이랑 수프랑……."

메뉴를 고민하며 유피가 돌아오면 어떤 얼굴을 할지 생각했다. 깜짝 놀랄까? 아니면 어이없어할까.

그런 상상을 하는 것도 조금 즐거웠다. 살짝, 그래, 아주 살짝 서글프기도 하지만, 마음속에는 기쁨과 축복이 가득했다. 그게 흘러넘쳐서 입 밖으로 나와 버렸다.

"정말 잘됐어, 일리아. 고마워, 레이니."

막간 파문을 퍼뜨리듯이

저— 하르피스 네이블스의 가문인 네이블스 자작가의 저택은 왕도의 귀족 저택이 늘어선 구획 한편에 있습니다.

저는 제 방에서 염반(소트 보드) 앞에 앉아 서류를 작성하고 있었습니다. 완성된 서류를 정리하고 일단락되자 홍차를 마셨습니다.

홍차는 완전히 미지근해져서 자신이 얼마나 작업에 몰두해 있었는지 자각했습니다.

"새 홍차를 끓여 달라고 할까요……."

장시간 앉아서 작업하느라 굳은 몸을 풀었습니다. 사람을 부르려고 했을 때, 그보다 먼저 누군가가 방문을 노크했습니다. 그리고 들린 것은 오랫동안 일해 준 집사의 목소리였습니다.

"아가씨, 시간 괜찮으십니까?"

"네. 무슨 일 있나요?"

"마리온 님께서 찾아오셨습니다."

"마리온 님이?!"

집사가 전한 말을 듣고 저는 뛸 듯이 놀랐습니다. 찾아오신다는 말은 없었을 텐데, 정말로 갑작스러웠습니다.

다시금 자신을 보았습니다. 오늘은 누구와도 만날 예정이 없었기에 수수한 차림이었습니다. 저 같은 게 꾸며 봤자 그게 그거지만, 실례되는 차림으로 약혼자를 만날 수는 없습니다.

"당장 가겠다고 전해 주세요. 그리고 옷을 갈아입어야겠어요."

"준비해 뒀습니다."

집사의 말과 함께 메이드들이 들어왔습니다. 메이드에게 치장을 맡기고서 빠르게 뛰려고 하는 심장을 진정시켰습니다.

최근 들어 마리온 님은 바빠서 이렇게 시간을 내기도 어려웠습니다. 그래도 저를 위해 시간을 만들어 주신 게 기뻤고, 기쁜 만큼 불편한 마음도 들었습니다.

그런 복잡한 마음을 떨쳐 내듯, 저는 준비를 마치고서 마리온 님이 기다리고 계신 응접실을 향해 빠르게 걸어갔습니다.

"기다리시게 해서 죄송해요, 마리온 님."

"안녕, 하르피스. 나야말로 갑자기 찾아와서 미안해. 시간이 날 것 같아서 차라도 같이 마시려고 왔어."

"저를 위해 시간을 내 주셔서 영광이에요."

마리온 님이 온화하게 미소 지으며 제 옆으로 왔습니다. 변함없는 상냥함에 풀어지려고 하는 얼굴을 질타하여 숙녀의 미소를 유지했습니다.

마리온 님에게 에스코트받아 착석하자 서로 마주 보는 형태가 되었습니다. 차와 과자를 둔 메이드가 인사하고서 구석으로 물러났습니다.

"좀처럼 오지 못해서 미안해, 하르피스."

"아뇨, 마리온 님이 바쁘신 건 이해하고, 마법부도 지금은 정신없는 시기니까요. 저는 신경 쓰지 마세요."

"그건 곤란한데. 일 때문에 나한테 정이 떨어지면 어쩌나 싶어서 나는 속이 탈 지경이야."

마리온 님이 난처한 듯 눈썹을 모으며 미소 지었습니다. 그 표정을 보니 가슴이 아프도록 꽉 죄어들었습니다. 표정 관리는 제대로 되고 있을까요. 조금 자신이 없습니다.

"……정말 미안하게 생각하고 있어. 네가 마음고생하고 있다는 건 알아."

"그렇지 않아요."

"우리의 약혼에 참견하려 드는 사람들에 관해서는 나도 파악하고 있어. 나한테 말하는 사람도, 너한테 말하는 사람도."

"……마리온 님."

어떻게 대답하면 좋을지 알 수 없어서 저는 난감한 표정을 지을 수밖에 없었습니다. 마리온 님은 표정을 다잡고 저를 똑바로 바라보았습니다.

"미리 말해 둘게. 내 쪽에서 이 약혼을 취소할 마음은 없어. 하르피스가 도저히 못 하겠다고 하지 않는 한, 나는 너를 놓지 않을 거니까 그렇게 알고 있어 줘."

"……그런 말씀을 하셔도 괜찮겠어요? 제가 아니어도 더 좋은 인연이 있을지도 모르는데."

저와 마리온 님의 약혼은 어디까지나 양가 부모의 사이가 좋았기에 맺어진 것입니다. 남아가 태어나지 않은 저희 집은 데릴사위를 들이기 위해 이 약혼을 결정했습니다. 그렇기에 이 약혼은 양가에 독이 되지는 않지만 약이 되지도 않았습니다.

그러나 마법부의 필두였던 샤르트뢰즈 백작가가 몰락하면서 상황은 바뀌었습니다. 앤티 백작가의 입장을 고려하면 보잘것없는 자작가에 데릴사위로 들어오는 것보다도 더 좋은 인연이 있지 않을까 하는 생각을 하게 되었습니다.

"하르피스, 너는 나와의 관계를 가문 간의 연결로만 생각하는 거야? 나는 그 정도 남자일 뿐인가……."

"마리온 님은 전혀 나쁘지 않아요! 그리고 가문 간의 연결로 맺어진 약혼이지만, 저는 마리온 님을 사모하고 있어요!"

"그럼 너무 슬픈 말은 하지 말아 줘. 내가 모자라서 네가 그런 말을 하게 된 거겠지. 힘들겠지만, 나는 이대로 너와 맺어지고 싶어. 안 그랬으면 이렇게 시간을 만들지도 않았을 거야."

"……죄송해요. 마리온 님의 마음을 의심하는 건 아니에요. 오히려 제가 모자라서 마리온 님의 좋은 인연을 망치고 있는 건 아닌가 하는 불안을 지우지 못하는 거예요."

마리온 님은 마법부에 들어간 선택받은 사람이지만, 저는 평범한 자작가 영애일 뿐입니다. 마법 실력도 대단하지 않고 외모도 수수합니다. 매력이 부족한 자신이 밉다고 셀 수 없이 생각했습니다.

—그래도 포기하지 못하는 것은 저도 마리온 님을 사랑하니까.

"……부족하다라. 자신에 관해서는 귀가 어두워지는 걸까?"

"네?"

"최근 너의 평가는 올라가고 있어. 아니스피아 왕녀 전하와 함께 유용한 마도구를 만든 일등 공신으로 말이야."

"염반(소트 보드)을 말씀하시는 건가요? 그건 아니스피아 왕녀 전하의 아이디어예요. 저는 그저 도왔을 뿐인걸요."

"너의 아이디어도 있었기에 염반(소트 보드)이 완성됐다고 유필리아 왕녀 전하께서 퍼뜨렸어. 아니스피아 왕녀 전하도 절찬했다고 말이야. 하르피스는 발상이 좋으니 앞으로도 견식을 넓혀서 곁에 있어 줬으면 했다던데."

"아니스피아 왕녀 전하께서 그런 말씀을……?"

확실히 그분은 굉장히 소탈해서 저를 자주 칭찬해 주시긴 했지만, 다른 사람들에게 선전까지 했을 줄은 몰랐습니다.

"염반(소트 보드) 보급을 위해 각 부서의 진정서를 처리한 사람도 하르피스라고 들었어. 덕분에 도입이 빨라졌다고 좋은 평가도 받고 있어. 너는 대단한 일을 한 거야."

"황송하네요. 오히려 그 정도밖에 못 하는 건데……."

"염반(소트 보드)의 도입 방법을 정리한 문서를 준비했잖아? 좋은 일 처리였다고 유필리아 왕녀 전하도 칭찬했어. 너는 왕녀 전하들에게 중용되어 확실한 지위를 구축하고 있어. 부디 긍지를 가져 줘. 나도 기쁘게 여기고 있으니까."

칭찬을 들으니 부끄러워져서 얼버무리듯 차를 마셨습니다. 그런 제 모습을 마리온 님은 흐뭇하게 지켜보고 있는 것 같았습니다.

"하르피스는 자신의 능력은 대단하지 않다고 하겠지만, 가능하다면 일 쪽으로도 나를 도와줬으면 좋겠어. 오히려 나도 왕녀 전하의 수행원이 될 수 없으려나?"

"무, 무슨 말씀을 하시는 거예요. 마리온 님은 영예로운 마법부의 일원이잖아요."

"그 자부심도 아니스피아 왕녀 전하를 보고 있으면 정말 옳은 자부심인지 의문을 품게 돼."

어딘가 먼 곳을 바라보듯 눈을 가늘게 뜨고서 마리온 님이 한숨을 쉬며 중얼거렸습니다.

"유필리아 왕녀 전하를 경유해서 아니스피아 왕녀 전하의 이야기를 들을 기회가 많은데, 특히나 충격이었던 건 마법부에서 보관 중인 역사적 자료에 관한 거였어. 아니스피아 왕녀 전하는 표현에 장식이 과하다고 느낀다며, 실제 상황을 파악할 수 없는 건 문제 아니냐고 말씀하셨대. 하르피스도 들었어?"

"네. 저도 그 자리에 있었으니까요."

"우리 귀족이 보기에는 새삼스러운 일이기도 해. 오히려 읽기 위해 공부하는 거라고 생각하니까."

"……하지만 그건 어디까지나 귀족의 얘기죠."

"너도 뭔가 생각하는 바가 있었어? 하르피스."

"마도구 제작에도 관여할 기회를 얻어서 강하게 느꼈는데, 저희가 친숙하게 여기는 문장은 어디까지나 마법을 쓸 줄 알기에 생기는 시점에서 나온 거란 생각이 들었어요. 저희는 마법을 다루기 때문에 정령에게 기도를 올리고 마법 행사에 필요한 상상력을 높여야 해요. 그래서 표현을 꾸미는 게 당연하고, 문장에서 실상을 읽어 내는 힘을 자연스럽게 익히고 있어요. 하지만 평민은 그렇지 않아요. 그들에게는 상상력을 높이기 위한 문장이 필요 없어요."

그렇기에 평민에게 설명할 때는 간결하게, 알기 쉬운 단어로 표현합니다. 간단한 문장을 부끄럽게 여기는 귀족도 있을 겁니다. 표현에 공을 들이는 것, 그것을 읽어 내는 것이 바로 귀족이라면서.

그렇다고 간단한 글이 저속한가 하면 그렇지는 않습니다. 귀족에게는 당연한 것이어도, 평민에게는 쓸데없는 장식에 불과하기 때문입니다. 이 문제에는 가치관에 따른 단절이 존재했습니다.

"지금까지 역사적 자료는 귀족의 읽을거리였어요. 귀족이 아니면 읽을 필요가 없었으니까요. 그래서 마법부에 보관된 문서를 고칠 필요는 없었어요. 하지만 앞으로는 전제가 바뀔 거예요."

"마도구가 보급되면 평민의 생활도 달라지겠지. 마법을 쓸 수 있는 귀족도 절대적인 존재가 아니게 될지도 몰라. 장래 작위를 받은 평민이 귀족과 함께 나라를 움직이는 중진이 되는 것도 충분히 생각할 수 있어. 그때를 생각하면 지금의 자료를 이대로 둬도 될지 의문이야."

마리온 님이 진지한 표정으로 고개를 끄덕여 제 생각에 동의했습니다.

결론부터 말하자면, 마법사가 아닌 사람에게 독자를 마법사로 전제한 문서를 읽기 위한 교양은 필수가 아닙니다.

물론 읽을 수 있다면 그게 가장 좋습니다. 하지만 무조건 필요한가 하면 그렇지는 않습니다.

그렇기에 독해할 줄 알아야만 정보를 얻을 수 있는 자료 집필 방식이 과연 옳은지 문제가 되는 겁니다.

"당연한 얘기지만, 문서는 간단할수록 쓰기에도 읽기에도 수고가 덜 들어. 모든 문서에 적용할 필요는 없겠지만, 그건 현재 상황에도 똑같이 말할 수 있을 거야."

"아니스피아 왕녀 전하께서도 비슷한 말씀을 하셨어요. 필요한 분야의 문장은 재편해서 자료로 보관하고 싶다고요."

"아니스피아 왕녀 전하는 평민의 생활과 시점에 친숙해.

평범한 귀족은 생각하지 못하는 시점에서 의견을 내. 달라지는 나라에 대응하기 위해 유연하게 사고할 줄 아는 사람이 앞으로 점점 중용될 거야. ……하지만 지금까지 마법부의 실권을 쥐고 있었던 중진들은 잘 대응하지 못하겠지."

"……마리온 님."

"유필리아 왕녀 전하도 아니스피아 왕녀 전하도, 두 분 모두 일단 하기로 정하면 철저히 하는 분들이야. 섣불리 대립하면 따끔한 맛을 보게 될 거야. ……그런데도 바뀌지 못하는 사람들이 있어."

마리온 님은 몹시 지친 모습으로 한숨을 쉬었습니다. 마법부가 혼란스럽다는 건 알았지만, 제가 생각하는 것보다 더 상황이 안 좋을지도 모릅니다.

"나도 전부 납득할 수 있는 건 아니야. 지금까지 해 온 건 모두 틀렸으니까 달라지라고 하면 순순히 받아들일 수 없는 게 당연해. 하지만 변화를 거부한 나머지, 왕녀님들과 대립하는 건 어리석은 짓이야."

"……그렇죠. 아니스피아 왕녀 전하께서도 마법부와 싸우고 싶어 하시지는 않아요."

"명예로운 지위를 고집하는 걸 이해 못 하는 바는 아니지만, 명예를 고집한 나머지 해야 할 일을 소홀히 하는 건 잘못됐어. 생각하기를 멈춰서는 안 돼."

"네, 저도 같은 생각이에요. 이 나라의 귀족으로서 왕녀님들이 가져오려고 하는 변화를 어떻게 받아들일지는 저마다 생각해 나가야 해요."

"……그렇게 말해 주는 너이기에 네가 약혼자라서 다행이라고 생각해, 하르피스."

마리온 님이 다정하게 웃으며 그렇게 말해 주셨습니다. 이번에는 저도 자연스럽게 웃으며 받아들일 수 있었습니다.

저희는 같은 생각과 마음으로 함께 걸어갈 수 있습니다. 그런 예감이 제게 힘을 줬습니다. 그렇기에 강하게 생각했습니다. 이 사람과 함께 살아가고 싶다고.

"염반(소트 보드) 도입으로 마법부에서도 아니스피아 왕녀 전하나 마학에 대한 평가가 달라지고 있어. 변화의 바람은 틀림없이 불기 시작했어."

"저도 그렇게 생각해요. 그리고 아니스피아 왕녀 전하의 마학 이론은 마법에도 적용할 수 있을 거예요."

"최근 네가 열심히 뭔가를 정리하는 것 같다고 들었는데……설마 그거야?"

"네. 마도구를 움직이기 위해 쓰는 영창문을 정리하고 있는데, 이걸 종래의 마법에 쓰는 기초적인 영창문과 비교하면 현행 마법 체계와는 다른 마법 체계를 구성할 수 있을 것 같아서 연구해 볼까 해요."

"그거 재미있겠는데. 자세히 들려줄래? 하르피스."

"네. 마리온 님이 바라신다면."

최근에 제가 개인적으로 하고 있는 연구에 마리온 님이 흥미를 보였습니다. 저희는 서로 생각과 의견을 내놓으며 토론에 열을 올렸습니다.

아니스피아 왕녀 전하와 만나지 못했다면 분명 저는 지금도 고개를 숙이고 있었을 겁니다. 하지만 그날, 왕녀님들이 하늘로 날아오르는 길을 열어 주셨습니다.

저의 한 걸음은 그분들이 나아가는 한 걸음과 비교하면 보잘것없을 겁니다. 그래도 나아가고 싶다고 강하게 바라게 되었습니다.

그래서 고개를 들었습니다. 땅을 보고 있을 새는 없으니까요. 저의 길은 지금 확실하게 열려 있으니까.

＊ ＊ ＊

—이미 해도 저물어 밤이 찾아와 있었다.

대부분 귀가했을 시간이다. 그 와중에 마법부에 남아서 작업을 이어가는 나— 랑그 볼테르는 피로를 호소하는 눈을 주물렀다.

"열심히 일하고 있네, 랑그."

"……미겔인가."

노크도 없이 집무실에 들어온 미겔을 보았다. 쾌활하면서도 경박하게 말을 걸어오는 미겔을 보니 못마땅한 생각이 들었다.

이렇게 예의 없는 놈이어도 후작가의 자제라서 더더욱 머리가 아팠다.

"열심히 하는 건 좋지만 적당히 해. 어깨뿐만 아니라 몸 전체가 굳고, 끝내는 마음까지 굳어 버릴 거야."

"쓸데없는 참견이야. 군소리 작작 해."

"너무해. 걱정해 줬더니만."

미겔은 떠들썩하게 웃으며 뒤통수에 깍지를 꼈다. 그 동작도 마음에 안 들었다. 경의를 표할 마음이 전혀 안 드는 녀석이다.

"일을 최우선으로 여기는 너이기에 이 녀석은 인정할 수밖에 없었나 봐?"

미겔이 내가 작업에 쓰고 있는 염반(소트 보드)을 만지며 물었다. 나는 인상을 확 찌푸렸다.

아니스피아 왕녀가 개발하고 유필리아 왕녀가 가져온 염반(소트 보드)이란 마도구였다. 이건 참으로 유용한 물건이다. 그 사실은 나도 인정할 수밖에 없다고 생각했지만, 새삼 다른 사람에게, 심지어 미겔에게 지적받으니 배알이 뒤틀렸다.

"……나는 딱히 마도구까지 싫어하지는 않았어."

"그게 그거 아니야? 여전히 아니스피아 왕녀를 싫어하잖아?"

"……그렇게 간단히 인정할 순 없어."

중얼거린 말에는 나도 놀랄 만큼 언짢음이 담겨 있었다.

혁신적이면서 이단적인 발상을 가진 아니스피아 왕녀 전하를 나는 받아들일 수 없었다. 정령을 하찮게 여긴다는 느낌마저 드는 행동거지를 경멸했다.

하지만 아니스피아 왕녀는 항상 결과를 냈다. 이번에도 그랬다. 왕녀의 발상과 왕녀가 만들어 내는 물건에는 가치가 있었다. 그야말로 세계를 새롭게 만들만큼 커다란 가치가.

가치가 있다고 인정하면 거기에 끌리는 자가 있는 것도 당연했다. 세계는 지금 변화를 맞이하고 있다는 게 느껴졌다.

—그래서 계속 준비해 왔다. 일찌감치 그 가능성을 깨달았을 때부터.

"너무 무리하지는 마."

"……너한테 위로받으면 한기가 들어."

"야, 너무하네. 협력하고 있으니까 걱정하는 건 당연하잖아?"

"그건 고맙게 여기고 있어. ……지금 움직이는 게 빠른 건지 늦은 건지 모르겠지만. 그것도 네 조력이 있기에 가능했던 거야."

"이해관계가 일치했으니까. 우리 집안은 마법부가 얼른 정리됐으면 하거든. 우리는 어디까지나 안 보이는 데서 일하는 사람들이야. 겉에 나서는 건 이번 한 번으로 족해."

미겔은 대담하게 웃으며 말했다. 경박한 태도 뒤에 감춘 예리한 칼날 같은 기운. 그게 목 앞에 있는 것 같아서 식은땀이 나려고 했다.

'이게 바로 이전에 마법부 장관을 맡아 중립파로 뿌리를 내리고 암약했던 후작가의 후계자인가. ……더더욱 마음에 안 들어.'

이 경박해 보이는 남자는 짜증 나게도 우수했다. 평상시 태도도 자신의 실력을 오인시키기 위해 일부러 그러는 걸 테다. 이해는 하지만 마음에 안 드는 상대였다.

—그런 상대의 도움을 받아야 하는 자신이 더 마음에 안 들지만.

"……관직을 맡은 자에게는 완수해야 하는 책임이 있어. 단지 그뿐이야. 그러니까 나는 자신의 책무를 다해야 해."

"성실도 하지."

"네가 보기에 웬만한 사람은 다 성실하겠지."

"맞는 말이야!"

어깨를 퍽퍽 때리는 미겔의 손을 세게 쳐 냈다. 정말이지 막역하게 구는 남자다. 성가시다는 생각조차 들었다.

"이래 봬도 진지하게 걱정하고 있어. 자칫 잘못하면 너, 큰 코다칠걸?"

"……흥. 그런 건 알고 있어."

"넌 아니스피아 왕녀를 완전히 인정한 게 아니잖아? 실제로는 어때? 솔직하게 말해 봐. 어차피 지금은 나밖에 안 듣고 있으니까."

경박한 태도지만 그 눈은 내 마음속까지 꿰뚫어 보는 것 같았다. 이런 시선을 받을 이유가 없지만, 피곤해서 그런지 심정을 말해 버렸다.

"……알 수 없어서 생각하지 않으려는 거야. 지금은 이익만을 추구하고 있어. 개인의 심정이나 신념을 생각하는 건 나중이야. 안 그러면 마법부의 위광은 더더욱 땅에 떨어져. 어쩌면 마법부만으로 끝나지 않을지도 몰라. 그분들이 가져오는 건 불가역 변화야."

"불가역. 한번 알면 돌아갈 수 없는 건가. 그건 확실히 그렇겠지. 마도구가 있는 것과 없는 것은 전혀 다르다는 걸 알아 버렸으니까."

"……나는 두려워. 모든 것이 변한 세계에서 무엇이 기다리고 있을지. 그곳에— 내 자리는 있을지. 내가 믿을 수 있는 건 남을지."

의자 등받이에 기대며 손으로 눈을 덮어 시야를 가렸다. 눈앞이 어두워지자 불안이 실제로 형태를 이루는 것 같았다. 이건 두려움이었다. 변화에 겁을 먹고, 보장되지 않은 미래로 나아가는 불안이 심장을 옥죄었다.

"……네가 마법부에 들어온 건 학원을 졸업하고 나서였나?"

"……당연한 걸 왜 물어?"

"어릴 때 부모를 따라 마법부에 온 적도 없었어?"

"없어. 다른 집은 어떨지 모르겠지만, 우리 아버지는 그런 점에서 엄격했으니까. 들어오고 싶으면 자신의 실력으로 자격을 증명하라고 했어."

"볼테르 백작가는 고지식하다고 할까, 그런 부분이 성실하단 말이지."

깔깔 웃는 미겔을 노려보았다. 그러자 미겔은 어깨를 으쓱이며 항복했다는 듯 양손을 들었다.

"그럼 너는 만난 적 없겠네. 네가 마법부에 들어오기 한참 전에 있었던 일이니까……."

"무슨 얘기를 하는 거야?"

"예전에 아주 열심히 마법부에 드나들던 여자아이가 있었어."

움찔, 내 눈썹이 올라갔음을 자각했다. 미겔은 대체 무슨 얘기를 하려는 걸까. 예상은 됐다. 그러나 확신은 없었다.

"그 여자아이는 당시 굉장히 유명했어. 마법부에 오면 눈을 아주 반짝거렸다고 해. 아직 어린데도 마법을 배우고 싶다며 마법부에 왔어."

"……그건."

"—하지만 여자아이는 그렇게나 마법을 동경하는데도 마법을 쓸 수 없었어."

미겔이 내 목소리를 막듯 고했다. 대체 누구를 말하고 있는지 이해했기에 나는 입을 다물었다.

"여자아이는 바보가 아니었어. 오히려 나이에 비해 머리가 좋았어. 처음에는 다들 그렇게 머리가 좋다면 마법 재능도 있을 거라고 생각했어. —하지만 마법은 발동하지 않았어. 여자아이에게는 마법 재능이 전혀 없었어. 이상할 정도로."

"……."

"뭔가 잘못된 게 아닐까 싶어서 다들 여자아이가 마법을 쓸 수 있도록 지도했어. 많은 것을 가르치고 정령과 신앙의 자세를 설명했어. 여자아이는 필사적으로 배웠다고 해."

—그래도 결국 안 됐다.

"기대는 실망으로 변했어. 다들 동정했어. 얄궂은 얘기지."

미겔은 태평하게 말했지만, 나는 어떤 얼굴을 하면 좋을지 알 수 없었다.

그 여자아이에 관해서는 나도 알고 있었다. 하지만 내가 자세히 알지 못하는 과거가 있었던 것도 사실이다. 지금 나는 그걸 확실히 알았다.

"포기할 수 없었을 거야. 종이가 닳도록 책을 읽고, 애처로울 정도로 기도를 올렸다고 해. 그래도 뒤집히지 않았어. 여자아이에게는 마법 재능이 없었어. 그건 절대적인 사실이었어. 거기서 울며 좌절했다면 평범한 비극이었겠지."

—하지만 여자아이는 비극의 주인공으로 끝나지 않았다.

나는 그 후에 이어지는 이야기를 알고 있다. 지긋지긋하리만큼.

그 여자아이는 독자적으로 마법을 조사하기 시작했다. 모두가 엉뚱한 발상이라고 여기는 이론을 호소했다. 개중에는 전통과 신앙을 모독하는 것 같은 내용조차 포함되어 있었다.

동정은 닳아 없어지고 혐오감으로 바뀌어 갔다. 그러나 모두에게 소외당하면서도 여자아이는 걸음을 멈추지 않았고…….

"나도 실제로 본 건 아니야. 전해 들었을 뿐이야."

미겔이 중얼거렸다. 그저 담담히 사실만을 말하듯이. …… 그건 우리가 쌓아 온 죄나 다름없었다.

"아무도 그 여자아이의 이야기에 귀를 기울이지 않았어. 그래도 여자아이는 울며 계속 호소했다고 해. 포기하고 싶지 않다고, 절대 포기하지 않을 거라고, 그러니까 얘기를 들어 달라고. 하지만 다들 귀를 막았어. 시간 낭비라고, 어린아이의 망상일 뿐이라며 상대해 주지 않았어. 어느 순간부터 여자아이는 호소하지 않게 됐어. 자신을 부정하는 사람들을 거들떠보지도 않게 됐어. 제멋대로 행동하게 된 여자아이는 훌륭하게 불량아가 되었고, 그럴수록 닳고 닳게 되었대."

"……뭐 하자는 거야?"

"뭐가?"

"나한테 이런 얘기를 해서 뭘 말하고 싶은 거냐고."

"미래를 기대할 수도, 믿을 수도 없었던 여자아이도 앞으로 나아갔잖아. 얼마나 무서웠을까? 얼마나 불안했을까? 응? 랑그."

미겔의 목소리에 감정은 담겨 있지 않았다. 나를 바라보는 눈은 마치 저울질하는 것 같기도 했다. 선인가 악인가. 옳은가 틀렸는가.

"—여자아이는 할 수 있었는데 너는 못 한다면. 옳았던 건 여자아이라는 말이 되지 않을까?"

……그건 내 마음에 깊이 박히는 치명적인 한마디였다.

토할 수 있다면 피를 토해 버리고 싶었다. 하지만 나는 치밀어 오르는 메스꺼움을 참았다. 이를 악물고 주먹을 움켜쥐었다.

"뭐, 나는 어느 쪽 편도 아니지만."

"……뭐?"

"그렇잖아? 누가 틀린 건데? 양쪽 모두 옳다고 여기는 게 있었고, 또 그만큼 잘못이 있었던 거잖아. 여자아이는 결과를 냈지만 남들에게 인정받기를 포기해 버렸고, 마법부는 너무 빨리 가망이 없다고 판단하고서 이야기를 들으려고도 안 했어. 서로 선을 그은 채 다가서려 하지 않고 돌을 던지고 있는 거야. 부질없다는 생각밖에 안 들어.”

“……부질없다고.”

나직이 중얼거린 말에는 힘이 없었다. 눈을 감으니 도저히 좋아할 수 없을 태평한 소녀의 얼굴이 떠올랐다.

“네가 열심히 하고 있다는 건 알아. 너무 성실해서 융통성이 없다는 것도, 여유 부리는 데는 죽을 만큼 재능이 없다는 것도. 그런 네가 하고 있는 일을 그저 틀렸다고 할 수는 없어. 하지만 그렇다고 너와 다르게 생각하는 녀석이 전부 틀렸다고도 할 수 없잖아?”

“……그래, 그렇지.”

“포섭한 건 훌륭해. 그걸 할 수 있는 사람은 흔치 않아. 하지만 언제까지고 자신이 그은 선을 고집하는 건 바보 같지 않아? 감정을 배제하고 이익만을 추구하는 건 공직자로서 틀리지 않았지만, 사람은 역할을 위해 사는 게 아니잖아?”

“……역할을 다해야만 그 너머가 있다고 생각하는데.”

“그럼 역할을 다하고 그 너머를 보고 있는 녀석에게 물어보면 되겠네.”

미겔의 말이 무슨 뜻인지 깨닫고 나는 천천히 눈을 떴다. 미겔은 늘 그렇듯 저의를 알 수 없는 미소를 짓고 있었다.

"—내가 생각하기에 나쁜 도박이 되지는 않을 것 같은데 말이지. 왜냐하면 그 사람은 지금도 여전히 바보처럼 「마법」을 좋아할 테니까."

6장 대화를 나누고, 미래를 이야기한다

―오늘은 휴일. 그러나 별궁에는 고요한 긴장감이 가득했다.

별궁치고는 많은 사람이 응접실에 모여 있었다. 나, 유피, 일리아, 레이니, 하르피스, 갓군.

그리고 우리 앞에는 마법부에서 온 삼인조 ― 랑그, 마리온, 미겔이 앉아 있었다.

뭐라 말할 수 없는 분위기 속에서 제일 먼저 입을 연 사람은 랑그였다.

"오늘 이렇게 시간을 내 주셔서 정말 감사합니다."

"설마 랑그가 별궁에 찾아올 줄이야. 조금 놀랐어."

그랬다. 우리가 이렇게 대면하고 있는 것은 랑그 쪽에서 제안해 왔기 때문이었다. 나와 이야기하고 싶다는 말을 들었을 때는 대체 무슨 일인가 싶었다.

랑그 쪽에서는 마리온과 미겔이 동행할 거니까 나도 필요하다면 하르피스나 갓군을 동석시켜도 된다고 했다.

어떤 얘기를 하려는지 알 수 없지만, 동석시켜도 된다는데 굳이 사양할 필요도 없기에 두 사람도 참가시켰다.

"새삼 의례적인 인사말을 나눌 사이도 아니잖아. 본론으로 들어가 줄래?"

"알겠습니다. 그럼 솔직하게 묻겠습니다. 아니스피아 왕녀 전하, 유필리아 왕녀 전하, 두 분은 마법부를 어떻게 하고 싶으십니까?"

"……나는 지난번에도 말한 것 같은데, 마법부에 다가서고 싶어."

"그럼 유필리아 왕녀 전하는?"

"저는 마법부의 체제를 재검토하고 싶어요. 향후를 생각하면 장기적으로 개혁이 필요해지겠죠."

"하지만 두 분의 목표는 지금까지 마법부가 해 왔던 역할을 전부 부정하는 것 아닙니까? 다가서고 싶다고 말씀하셨지만, 어디까지가 다가서는 것입니까?"

"……질문에 질문으로 대답하게 되는데, 랑그는 대체 뭘 걱정하고 있는 건가요?"

유피가 묻자 랑그는 입을 꾹 다물고 눈을 감았다. 그리고 잠시 후 입을 열었다.

"제가 걱정하는 건— 마법부의 해체입니다, 유필리아 왕녀 전하."

이 말에는 역시 유피도 눈을 동그랗게 떴다. 마법부를 해체하겠다는 생각을 한 적이 없지만, 그걸 걱정할 만큼 우리를 그렇게 봤던 걸까.

"아니스피아 왕녀 전하께서 마학과 마도구 보급을 진행하면 마법부와는 척을 지게 될 겁니다. 그러니 조직을 개혁시키려는 유필리아 왕녀 전하의 목표는 이해가 갑니다. 하지만 그 개혁을 완수한 후의 모습을 어떻게 그리고 계시는지, 저는 그걸 알고 싶습니다. 그것이 마법부의 해체로 이어진다면 한 말씀 드리지 않을 수 없다고 생각했습니다."

"우리의 생각만으로 마법부를 해체할 수 있다는 거야?"

"지금은 무리겠죠. 하지만 어느 한 분이 왕위에 오르시면 그것도 가능할 겁니다."

"……할 수는 있겠지만, 그럴 필요가 없잖아?"

"왜입니까?"

"왜냐니…… 마법부가 팔레티아 왕국에서 얼마나 큰 조직인데."

"규모의 문제가 아닙니다. 두 분에게 있어 마법부가 존속되어야 할 조직인지 아닌지가 문제입니다."

랑그는 고개를 가로저으며, 조용하면서도 강하게 호소하듯 말했다.

"정령 계약의 진실이 밝혀지면서 정령 신앙 자체에 의문을 품는 자가 끊임없이 나오고 있습니다. 싫든 좋든 저희는 변화의 때를 맞이하고 있습니다. 하지만 저희는 오랫동안 전통과 신앙을 지키기 위해 팔레티아 왕국을 섬겼습니다. 변화를 당장 받아들이는 건 그렇게 간단한 일이 아닙니다."

"그건 이해해. 아니, 이해하고 싶다고 여기고 있어. 그래서 마법부를 해체하려는 생각 같은 건 전혀 안 했어. 설령 나나 유피, 어느 한쪽이 차기 왕으로 뽑히더라도 말이야."

"그렇죠. 마법부는 대체할 수 없으니까요."

마법부의 역할은 정치 상담, 행사 진행, 그것을 수행하는 데 필요한 자료의 보관과 파악, 거기서 파생된 일로 역사와 마법 기술의 연구 등을 했다. 전부 이 나라에서 빼놓을 수 없는 일이었다.

"정치판에서 완전히 내쫓을 생각은 없고, 행사 진행도 지금까지의 경험과 지식이 있는 마법부가 적임이야. 해체라니 터무니없어."

"마법 연구도 앞으로 계속 해야 할 거예요. 설령 마도구가 보급되더라도 마법의 필요성까지 사라지는 건 아니니까요. 저는 마법부에도 아니스의 마학이 퍼져서 새로운 연구 분야의 약진으로 이어지길 바라고 있어요."

"맞아. 확실히 마법부와는 사이가 안 좋았고, 싸웠던 사람과 친해질 수는 없을 것 같지만, 그렇다고 해서 너희를 부당하게 대할 생각은 없어. 가능하면 다가서고 싶어. 진심으로 그렇게 생각해."

"……다가서고 싶다, 인가요. 그건 정말로 아니스피아 왕녀 전하의 본심입니까?"

"거짓 없는 본심이야. 이것도 지난번에 말했던 것 같은데, 나도 잘못한 점이 있었다고 반성하고 있어. 용서할 수 없는 일도 수두룩하지만, 그렇다고 해서 너희를 필요 없는 존재라고 생각하진 않아."

"그럼 유필리아 왕녀 전하. 전하께선 아니스피아 왕녀 전하께서 찾아낸 마학과 마도구가 나라를 바꿀 거라고 확신하고 계시지요. 그런데도 아니스피아 왕녀님 곁에 있는 게 아니라 직접 마법부 개혁에 나선 의도는 무엇입니까?"

질문 대상을 유피로 바꾼 랑그가 물었다. 유피는 전혀 흔들림 없이 랑그의 물음에 답했다.

"제가 마법부 개혁에 나선 이유는 지금까지의 전통과 아니스가 앞으로 자아낼 미래를 잇기 위해서예요. 아니스가 그리는 미래에는 가능성이 가득하지만, 그 가능성 속에서 과거와 이어지는 것도 가능할 거예요. 하지만 지금은 둘 사이에 커다란 골이 있어서 단절되어 있어요. 그걸 해소하는 것이 제가 완수해야 할 과제라고 생각해요."

"저희가 계승해 온 전통과 아니스피아 왕녀 전하께서 제창하는 미래는 단절되어 있다는 거군요. 정말로 그 두 가지를 이을 수 있다고 생각하십니까?"

"하지 못한다면 어느 한쪽이 버려지고 끝나겠죠. 그런 결말을 바라지 않기에 저는 지금의 자리에 있는 거예요."

유피의 대답을 듣고 랑그는 입을 다물어 버렸다. 지금까지 말한 사람은 랑그뿐이었다. 마리온은 긴장한 모습이었고, 미겔은 차를 한 잔 더 달라며 부자연스러우리만큼 자연스러운 모습이었다. 조금 짜증 났다.

“……저는 아니스피아 왕녀 전하의 사상에 찬동할 수 없습니다. 아무래도 기피하게 됩니다. 지금까지 배운 것과 정령의 존재를 능멸하는 전하의 가르침을 옳다고 생각하는 날은 오지 않을지도 모릅니다.”

랑그는 참을 수 없다는 듯 한숨을 쉬더니 고개를 가로저으며 그렇게 말했다.

“……그건 어쩔 수 없지. 그렇게 여기더라도 별수 없는 짓을 했으니까.”

“네. 하지만 예전의 전하였다면 그렇게 인정하지도 않으셨겠죠. 전하는 지금까지의 행실을 고치고 저희에게 다가서고자 행동으로 보여 주셨습니다. 그렇다면 이번에는 저희 차례입니다.”

“……랑그?”

“마법부 개혁에 따른 규모 축소는 피할 수 없을 겁니다. 그래도 오늘날까지 나라를 위해 애쓴 이들의 편의를 최대한 봐주셨으면 합니다. 약속해 주신다면 저는 두 분에게 충성을 바치겠습니다.”

랑그는 깊이 머리를 숙였다. 무릎 위에 올린 그의 주먹이 떨린 것을 나는 보고 말았다.

“……조직의 형태를 바꾸고자 하는 이상, 아무래도 조직에 맞지 않는 사람은 물러나야 할 거예요. 하지만 랑그의 바람은 이해했어요. 저도 많은 사람이 길을 찾을 수 있도록 진력할 것을 맹세하겠어요."

"나도 아무도 버리지 않을 수 있다면 그게 좋다고 생각해. 마법부와는 여러 가지 일이 있었지만 없어지길 바라는 건 아니니까."

"응응, 그럼 원만하게 수습된 거네. 다행이야, 랑그."

미겔이 일부러 눈치 없이 굴며 그렇게 말했다. 랑그가 피곤한 듯 한숨을 쉬면서 긴장된 분위기가 풀어졌다.

"마법부의 총의는 아니지만, 랑그는 마법부 내에서 찬동해 주는 사람을 설득하여 왕녀님들에게 협력할 준비를 하고 있었어."

"그랬어?"

"이대로 가면 왕녀님들도 마법부의 인사에 간섭할 수밖에 없잖아? 여론은 왕녀님들에게 기울어 있어. 얼른 이쪽에서 타협점을 제안하지 않으면 지지부진하게 싸울 뿐이야. 시간이 지날수록 이득이 사라져. 하지만 자신의 자리가 없어질지도 모르니까 수긍할 수 없는 녀석이 있는 것도 당연하잖아?"

"그건, 이해하지만."

"랑그는 그런 와중에도 설득할 수 있을 것 같은 녀석을 포섭했어. 참고로 정보를 모으기 위해 잡일꾼으로 쓰인 게 나야. 이쪽에서 모은 정보를 왕녀님들이 효과적으로 쓰게 하는 걸로 거래 재료로 삼으려 했지만…… 그쪽에도 우수한 눈과 귀를 가진 사람이 있는 모양이야. 우리 쪽에서 점찍어

둔 사람에게 먼저 말을 거는 일도 잦았고. 그렇지? 아가씨."

미겔이 웃으며 레이니를 보았다. 레이니가 겁먹고 한 걸음 물러나자 일리아가 한 걸음 앞으로 나와 위협하듯 미겔을 노려보았다. 그래도 미겔은 변함없이 표표해서 마리온이 피곤한 얼굴로 미간을 문질렀다.

"실례되는 행동은 하지 마세요, 미겔. 그리고 이렇게 중대한 얘기가 되어 있을 줄은 몰랐는데요……."

"마리온은 일찌감치 이쪽에 붙었으니까 유필리아 왕녀 전하의 보좌를 부탁한 거야. 뭐, 혜택을 본 거지."

"혜택을 본 건 부정하지 않겠지만……."

"그에 관해서는 사과할게, 마리온. 나도 지금의 생각으로 정리된 건 최근 일이야. 왕녀님들의 진의를 모르는 상태로는 판단할 수 없었어."

"랑그는 신중했거든. 어느 쪽으로 얘기가 굴러가더라도 괜찮도록 손을 써 뒀어."

"……당신과 싸우지 않게 돼서 다행이라고 생각해요, 랑그."

"싸우지 않을 거라고 결정된 건 아닙니다. 두 분이 나아가는 길이 국가에 불이익을 부를지도 모른다고 판단되면, 그때는 제 입장도 바뀔 겁니다."

"그렇죠. 서로 좋은 관계가 되면 좋겠어요."

"……그렇다면 두 분에게 제안하고 싶은 것이 있습니다."

"제안?"

“제안은 두 가지입니다. 먼저 유필리아 왕녀 전하께서 마법부 장악을 위한 기수가 되어 주셨으면 합니다. 유필리아 님도 지금까지 움직이셨겠지만 아직 개인적인 차원에서의 연결일 뿐, 파벌 수준은 아닙니다. 그러니 이 기회에 유필리아 님을 필두로 한 파벌이 만들어졌음을 모두가 알 수 있게 하고 싶습니다.”

“……그러네요. 랑그의 말대로 파벌이라고 할 수는 없을 거예요. 랑그의 협력을 얻을 수 있다면 저도 고마운 일이에요.”

“앞으로 연회 등의 기회를 마련하여 알려 나가기로 하죠. 그와 함께 유필리아 왕녀 전하에게 비협력적인 중진이 퇴진해 준다면 이상적일 겁니다.”

“……그래도 괜찮을까요? 어떤 이들에게는 배신처럼 보일 거예요.”

유피는 의심하듯 인상을 쓰고서 랑그에게 물었다. 이에 랑그는 고개를 가로젓고 대답했다.

“지금이라면 아직 명예퇴직을 택할 수 있습니다. 이렇게까지 했는데도 상황의 흐름을 읽지 못한다면 책임 있는 지위에 있을 자격이 없는 거죠. 물러나는 걸 선택할 수도 있어야 합니다.”

“……그런가요.”

유피는 랑그의 대답에 복잡한 얼굴로 맞장구를 쳤다. 나도 유피의 마음은 이해했다.

딱히 적대하는 사람들을 철저히 밟고 싶은 건 아니었다. 화근이 될 불씨가 생기는 건 피하고 싶었다.

그렇지만 피할 수 없는 싸움도 있다. 모든 사람을 구할 수는 없다. 개중에는 랑그 같은 사람도 있지만, 모두가 그렇지는 않았다. 누구를 구하고 누구를 구하지 않을지 선택해야 했다. 그것이 다른 사람 위에 서는 자의 책임이다.

'그렇게 선택하는 게 싫어서 도망치고 싶어지니까 역시 나는 국왕이 될 소질이 없는 거겠지…….'

다시금 내게 자질이 없다는 걸 깨닫고 한숨이 나왔다. 하지만 계속 울적해할 수는 없다며 마음을 다잡았다.

"유피의 파벌이 생겼음을 새로이 알리는 것. 그게 첫 번째 제안이지? 또 다른 제안은?"

"첫 번째 제안과도 관련이 있는데, 아니스피아 왕녀 전하의 지혜를 빌리고 싶습니다."

"내 지혜를……?"

"아니스피아 왕녀 전하의 지혜를 바라는 이유는 마법부 내에서 중립을 유지하는 자들을 포섭하기 위해서입니다. 그걸 위해 마법부와 아니스피아 왕녀 전하께서 공동으로 뭔가 공적을 세우는 게 이상적입니다."

너무 놀란 나머지 말문이 막히고 말았다. 나도 모르게 랑그의 진의를 살피는 시선을 보냈다.

"아까 가볍게 언급했지만, 저는 마법부의 규모 축소는 피할 수 없다고 생각하고 있습니다. 마학이 널리 알려지게 되면 그쪽을 연구하고 싶어 하는 자도 나올 테니까요. 그러면 종래의 연구자와 마학 연구자 사이에서 역차별이 생길지도 모른다고 저는 우려하고 있습니다."

"……역차별인가요. 마학에 심취해서 종래의 연구를 업신여길 가능성이 있다는 거군요."

"네. 그리고 그건 피할 수 없는 미래일 겁니다."

"랑그는 거기까지 생각했구나. ……확실히 있을 법한 일이야."

"……그렇게 위기감을 품을 일일까요? 아무리 마도구가 유용해도 아직 마법을 대체하진 못한다고 생각하는데요……."

랑그가 느끼는 위기감을 듣고 유피가 납득하지 못한 모습으로 눈썹을 찌푸렸다.

"아직은 그렇지. 하지만 대체할 수 있을지도 몰라, 유피. 그게 문제인 거야."

"그게 문제라고요?"

"랑그가 위기감을 품은 이유는 더 먼 미래를 상상했기 때문이지?"

"……설마 전하에게 그걸 지적받을 줄은 몰랐습니다."

랑그는 의외라는 듯 어깨를 으쓱이고서 한숨을 쉬었다. 유피는 아직 이해를 못 했는지 고개를 갸웃했다. 대신 목소리를 낸 사람은 하르피스였다.

"……그 위기란 건, 정령 신앙의 쇠퇴인가요?"

하르피스가 말을 꺼내자 다들 입을 다물어 버렸다. 귀가 먹먹해질 정도의 침묵이 흐른 후, 랑그가 고개를 끄덕이며 대답했다.

"네. 제가 우려하는 건 그 부분입니다. 언젠가 마도구가 보급되어 백성이 스스로 자신을 지킬 힘을 얻는다면 귀족의 역할은 점점 사라질 겁니다. 그러면 마법의 은혜를 느낄 기회도 사라져서 신앙 쇠퇴로 이어질지도 모릅니다."

"……아니, 그건 역시 너무 나간 생각 아니야?"

"그럴지도 모르지만, 가능성이 있다면 무시할 수 없지 않습니까?"

갓군이 힘없이 중얼거렸다가 랑그의 대답을 듣고 입을 다물었다.

"잠시만요. 확실히 마법 자체가 쓰이는 일은 적어질지도 모르지만, 마도구도 마법을 본뜬 거고, 정령의 힘을 빌렸다고 할 수 있어요. 정령 신앙이 사라지는 일은 없을 것 같은데요……."

유피가 납득할 수 없다는 듯 끼어들었다. 타당한 말이지만, 랑그가 느끼는 위기감이 기우라고 단언할 수는 없단 말이지.

"……이 경우에는 신앙의 내용이 바뀐다고 하면 되려나."

"내용이 바뀐다고요……?"

"지금까지 마법을 믿던 신앙심이 마도구만 믿는 쪽으로 바뀔 수도 있다는 거야. 자칫하면 정령 문화의 소실로 이어질 지도 몰라."

마도구가 보급돼도 정령에 대한 감사와 신앙의 근본은 달라지지 않는다. 하지만 종래의 정령 신앙에서 크게 형태가 바뀔 것은 틀림없다.

"어디까지나 가능성이지만, 마도구를 다루는 게 주류가 되어 마법사가 이단 취급을 받는 미래도 있을 수 있어. 왜냐하면 마법을 못 쓰는 사람이 더 많으니까."

"……마법사라서 이단으로 취급된다고요?"

"지금은 마법사가 귀족으로서 책무를 다하고 있기에 팔레티아 왕국에서는 받아들여지고 있지만, 만약 귀족이 마법사의 책무를 다할 필요가 없어져서 아무도 마법을 바라지 않게 되면? 신앙의 내용이 바뀌어 마법사가 박해받을 가능성이 생겨."

"……아."

그제야 유피도 눈치채고 눈을 크게 떴다.

사람은 이단을 두려워하고 배척한다. 그건 도저히 피할 수 없는 일이다. 특히나 마법사에 대한 경외가 사라지면, 그들을 기다리는 것은 자신에게 없는 힘을 가진 자를 향한 시기와 두려움이다.

귀족은 마법을 쓸 줄 알기에 존경받고 있다. 귀족이란 틀이 사라지면 마법사는 흉악한 힘을 가진 사람일 뿐이다.

실제로 귀족이 아닌 마법사 도적 때문에 지대한 피해를 입은 사건도 있었다. 압도적인 힘을 가진 존재가 언제 자신들을 공격할지 모른다. 그런 존재를 곁에 둘 수 있을지 묻는다면 무리일 거다.

"랑그의 위기감은 확실히 너무 나갔어. 하지만 전혀 말도 안 되는 미래라고 할 수도 없어. 가뜩이나 지금 귀족과 평민의 관계는 양호하다고 할 수 없으니까."

"……만약 그런 미래가 온다면 너무 허무하지 않습니까."

랑그의 표정은 근심을 띠고 있었다. 말도 안 되는 이야기라며 웃어넘기는 것은 간단하지만, 가능성을 찾아 심란해지는 건 이해가 갔다.

"언젠가 마법사조차 필요 없어지는 미래가 저희의 운명이라면, 귀족이란 대체 뭐였던 말입니까? 저희의 긍지는 시간의 흐름 속에서 잊혀 사라지는 잘못된 것이었단 말입니까? 그렇다면 저희는 무엇을 위해 귀족이 된 겁니까?"

깍지 낀 두 손을 이마에 대고 고개를 숙이는 랑그의 모습은 기도하는 것처럼도 보였다. 그의 말은 마치 참회 같았다.

얼마나 고뇌했을까. 그 모습을 보니 기시감이 들었다. 믿고 싶은 것을 믿을 수 없는 절망이 얼마나 괴로운지 나도 잘 알기에.

귀족의 역할이 끝난다. 그렇게 말하는 건 간단할지도 모른다. 마도구가 보급되어 귀족의 비호 없이도 국민이 마물과 맞서 싸우게 될지도 모른다.

필요 없어진 귀족은 무가치한 존재로 전락할까? 귀족이기를 고집하는 데 의미가 있을까? 나의 이상은 그들의 가치를 깎아내릴 뿐일지도 모른다.

—그래도 나는 아니라고 생각한다.

"랑그. 나는 마법을 동경했어. 그게 최초의 시작이었어. 내게 있어 마법사는 도달해야 할 이상이었어. 나는 너희를 미워하지 않아. 너희처럼 되고 싶었을 뿐이야."

—하지만 될 수 없었다. 내게는 마법 재능이 없었다. 바라던 이상에 도달할 수 없었고, 아무리 길을 찾아도 올바른 길 따위 없었다.

"그래도 포기할 수 없었기에 나는 마학에 매달렸어. 내게 허락된 마법은 이것밖에 없었어. 하지만 이 마법은 지금까지의 마법을 부정하고 싶어서 만든 게 아니야. 단지 나는……함께 똑같은 꿈을 꾸고 싶었어."

마법을 동경했다. 마법사의 책무를 다하여, 동경하는 존재처럼 되고 싶었다.

마법의 가치가 절대적인 이 나라에서도 마법에 소질이 없는 사람은 태어난다. 나처럼 괴로워하는 사람도 있다.

마법은 지금까지 알려진 것보다도 그 가치가 더 크다. 마법에는 더 다양한 가능성이 있다. 그랬으면 좋겠다고 바랐다.

인정받지 못하고 손가락질당하다 보니 누군가에게 공감을 구하는 것도 잊어버렸다. 하지만 마법은 꿈과 희망이 가득한 것이었으면 했다. 밤하늘에 빛나는 별처럼, 아무리 작은 빛이어도 우리가 찾을 수 있게.

"나는 귀족이 가치를 잃게 하는 물건을 만들었어. 그건 부정하지 않겠지만, 그래도 그게 목적은 아니야. 나는 다 같이 꿈을 꿀 수 있는 세계로 바꾸고 싶었을 뿐이야. 재능 때문에 꿈을 뺏기는 걸 참을 수 없었으니까. 꿈을 꾸는 데 신분 같은 건 관계없잖아?"

"……꿈을 꾸는 데 신분은 관계없나요."

"나는 역할로서의 귀족을 죽일지도 몰라. 하지만 이상적인 귀족은 나도 꿈꾸고 있어. 그건 없어지지 않아. 아니, 없애고 싶지 않아. 왜냐하면 그게 이 나라의 긍지잖아? 귀족의 역할이 사라지더라도 귀족에게 맡겨진 소원까지 다들 버리진 않을 거야. 힘 있는 자가 힘없는 자를 지키고, 힘을 가졌기에 긍지를 내세워. 귀족이라서가 아니라, 귀족이 아니어도 모두가 긍지를 가지고 살아갈 수 있는 세계가 좋아."

랑그가 얼굴을 들고 나를 바라보았다. 마치 내게서 뭔가를 읽어 내려는 것 같았다. 나는 전혀 부끄러울 것이 없다며 당당하게 랑그의 시선에 응했다.

"우리는 그렇게나 다른 방향을 보고 걷고 있는 걸까? 랑그. 사상도 사고방식도 공유할 수 없을지도 몰라. 그래도 목적지가 전혀 다르다고 생각하진 않아."

"……아니스피아 왕녀 전하."

"나는 모두가 다르고 모두가 멋지다고 여겨지는 미래를 원해. 그러니까 같이 찾자. 귀족으로서의 역할을 끝낸 마법사가, 앞으로도 사람들과 함께 계속 살아갈 수 있는 가치를."

내 말을 듣고 랑그는 조용히 한숨을 쉬었다. 시선을 내렸다가 고개를 든 랑그는 처음으로 보는 온화한 표정을 짓고 있었다.

"가장 마법을 사랑하지만 마법의 사랑을 받지 못한 왕녀라고 전하를 평한 자가 있었죠."

"……그런 말을 듣기도 했지."

"마법의 사랑을 받지 못했는지는 몰라도, 마법에 대한 전하의 마음은 진실한 사랑이라고 해도 과언이 아닐 겁니다. 지금이라면 순순히 그걸 인정할 수 있을 것 같습니다."

"……너한테 그런 말을 듣는 날이 올 줄이야. 인생은 알 수 없는 거네."

그렇게 말한 우리는 뭐라 말할 수 없는 표정을 지었다.

미묘한 분위기를 환기하기 위해 차를 다시 끓여 달라고

했다. 준비가 되자 자리를 비웠던 모두가 돌아왔다.

"다시 확인하겠는데, 랑그가 바라는 건 나와 마법부의 화해. 그리고 마도구의 보급이 정령 신앙에 영향을 줄 가능성이 있다면 귀족……이라기보다 마법사의 입장을 재확립해 두고 싶다는 거지?"

"네. 아까 했던 얘기지만, 일이 벌어지기 전에 대비해야 하니까요. 대비할 수 있다면 지금부터 준비하고 싶습니다."

"으음……."

나는 침음을 흘리며 무릎 위에 팔꿈치를 올리고 턱을 괴었다. 랑그의 요망을 다시금 정리해 보고 어려운 문제임을 통감했다.

내가 보기에, 랑그가 우려하는 미래가 찾아오더라도 그건 몇십 년 뒤의 이야기다. 마법사로서 귀족을 바라지 않게 되더라도 귀족에게는 교양이 있다. 정치를 움직이는 것도 귀족의 역할이다.

다만 그것도 대체가 불가능하진 않다. 마도구 보급은 평민에게 큰 은혜를 베풀 것이다. 생활이 편해지고 풍족해지면 교육을 받을 기회도 얻게 된다. 평민 출신의 관료 귀족이 나타나더라도 이상하지 않다.

그렇게 되면 필연적으로 귀족의 가치는 희미해진다. 끝내는 누구에게도 필요하지 않게 되어, 마법사는 힘을 가졌을 뿐인 이단자로 박해받는 미래가 찾아올지도 모른다.

"그런 미래를 피하려면 역시 귀족의 형태를 바꿔야 해."

"나라가 달라지는 이상, 나라를 움직이는 귀족도 달라져야겠죠. 하지만 막연하게 달라지라고 해도 다들 당혹스러울 뿐입니다. 뭔가 지침이 필요합니다."

"……결국 이 문제의 근간에 있는 건 귀족과 평민의 단절이야."

마법사가 박해받는 미래가 찾아온다면 그 원인은 마법사에 대한 공포와 질투일 거다. 지금은 마법사가 귀족으로서 백성을 지킨다는 전제가 있기에 마법사를 꺼리지 않는다. 자신들의 안전을 지키는 데 필요하기 때문이다.

이 전제가 사라지면 랑그가 우려하는 미래가 찾아올 가능성이 커진다. 하지만 귀족이 솔선해서 국민을 지킬 필요가 없는 시대가 왔을 때, 서로 양호한 관계가 구축되어 있는 것이 이상적이다.

"문제는 귀족의 부패야. 그것 때문에 꼬여버린 국민과의 관계를 바로잡지 않으면 좋은 관계를 구축하는 건 무리야……."

"귀족과 평민의 단절 해소인가요. 확실히 낙제 수준의 귀족이 늘어난 것은 같은 귀족으로서 유감이긴 하지만…… 마도구가 보급되어 귀족의 비호를 바라지 않게 되면 관계가 더 멀어질 수도 있겠군요."

"평민이 자기 몸을 스스로 지키게 되면 전력으로서의 마법사는 필요 없어지니까. 그러니 수호하는 것 외에도 평민이 마법을 존경할 만한 활약을 보이면 되려나…….”

“지키는 것 말고도…….”

“으음…… 치유마법은 수요가 있을 것 같은데…… 나라가 제도를 만들어서 지금보다 치료를 더 쉽게 받을 수 있게 한다든가?”

“그건 유용하겠지만, 치유마법을 쓸 수 있는 사람만 혜택을 봅니다. 제가 느끼기에는 더 폭넓게 귀족 자체의 가치를 국민에게 알려야 할 것 같습니다.”

“더 폭넓게 귀족 자체의 가치를 재인식할 수 있도록…….”

랑그의 지적에 나는 인상을 쓰고서 신음하고 말았다. 좋은 생각이 좀처럼 떠오르지 않았다.

“평민이 대체할 수 없는 귀족의 가치라고 하면 마법이지. 마법사로서의 가치를 높일 만한 공적을 마법부의 주도로 얻게 된다면 이상적이야.”

“즉, 마도구가 보급되더라도 마도구로는 대신할 수 없는 마법의 가치를 증명하면 되는 것 아닌가요?”

유피가 입가에 손을 올리고서 생각에 잠겨 말했다.

“마도구로는 할 수 없고 마법으로만 가능한 것……. 지금은 마도구 종류도 적어서 마법을 대신할 수 없지만, 시간을 들여 개발해 나가면 마도구는 늘어날 거고, 누구나 쓸 수 있으니 언젠가 마법을 능가할 거야.”

“……그러면 마법사의 가치는 최종적으로 무엇이 되는 걸까요?"

갓군이 불쑥 중얼거린 말에 다들 침묵했다. 마법사는 귀족이고, 귀족의 사명은 나라를 지키고 생활을 풍족하게 하는 것이다.

마법이라는 힘이 없었다면 팔레티아 왕국은 건국될 수 없었겠지만 그 마법을 대체하는 마도구가 생겨난 이상, 마법사라는 것이 절대적인 가치를 가지는 시대가 끝날 것은 뻔히 보였다. 마도구는 사용자를 가리지 않고, 많이 만들 수 있기 때문이다.

더군다나 마도구는 도구이기에 안정적이다. 반면 마법사는 사람에 따라 마법 실력이 천차만별이다.

"마법사만 할 수 있는 일…… 정령 계약?"

"그건 안 되죠……."

유피가 어이없다는 눈으로 보며 말했다. 정령 계약을 없애고자 하는데 그걸 목표로 만들면 본말전도다.

"……아뇨, 잠시만요. 정령……."

불현듯 유피가 뭔가를 눈치채고 생각에 몰두했다. 뭔가 신경 쓰이는 점이라도 있는 걸까.

"……랑그, 어쩌면 전부 잘 해결될지도 몰라요."

"그게 정말입니까?"

랑그가 곤혹스러워하며 말했다. 랑그와 함께 복잡한 표정을 짓고 있었던 마리온도 똑같은 반응을 보였다.

그러자 미겔이 휘파람을 불고서 즐겁게 유피를 바라보며 말했다.

"오오, 유필리아 왕녀 전하에게 생각이 있다니. 대체 뭘 떠올리셨기에?"

"지금은 아직 확실하게 말할 수 없으니, 확인이 되면 다시 모여 주시겠어요?"

유피의 제안에 이의를 제기하는 사람은 없었고, 일단 해산하기로 하면서 랑그의 방문은 끝을 고했다.

* * *

그날 밤, 저녁 식사와 목욕을 마친 나는 유피와 방에서 차를 마시고 있었다.

"그래서 유피는 어떤 가능성을 눈치챈 거야?"

"실은 정령 계약이란 말을 듣고 어떤 생각이 떠올라서요. 류미에 관한 건데……."

"류미? 류미가 왜?"

정령 계약자 류미. 본명은 뤼미에르 레네 팔레티아. 초대 국왕의 딸로 우리의 선조님이다. 지금은 내킬 때 별궁에 찾아와서 차를 마시거나, 아바마마와 그란츠 공이 일할 때 나타나서 농을 던지곤 했다.

관계자가 아닌 사람이 있으면 모습을 드러내지 않지만 말이지. 신출귀몰해서 요괴 같았다. 그런데 그런 류미가 어쨌다는 걸까?

"류미와 만났을 때, 저는 실체화한 정령을 봤어요."

"실체화한 정령……?"

"네. 날개 달린 작은 사람의 모습이었어요."

"어? 그게 뭐야. 그거 정말로 정령이었어?"

"틀림없이 정령이었어요. 그때 류미는 노래를 부르고 있었어요. 노래도 영창의 일종이라고 할 수 있어요. 그러니까 마법으로 실체화한 게 아닐까 싶어서……."

"—정답, 이라고 하면 될까?"

그 목소리는 난데없이 들렸다. 깜짝 놀란 건 한순간이었고, 나도 유피도 곧장 어깨를 떨궜다.

달빛이 들어오는 창문, 그 창가에 어느새 앉아 있는 불가사의한 소녀— 류미를 뚱한 눈으로 보고 말았다.

"……좀 더 심장에 무리 주지 않는 방식으로 등장할 순 없어?"

"어머, 정령 계약자에게 인간의 상식을 말하는 것만큼 고단한 일은 없어."

"알면서 그러는 거니까 진짜 성질이 나쁘다고!"

"네가 할 말일까? 아니스."

"아~ 시끄러워, 시끄러워!"

류미가 키득키득 웃으며 놀려서 핏대가 섰다. 실제로 맞받아치면 내가 괴로워진다는 게 진짜 싫은 부분이다.

"안녕하세요, 류미. 제 추측은 맞았나요?"

"맞아, 유피. 네가 추측한 대로 그 정령은 마법으로 실체화한 거야."

"그건 정령 계약자이기에 가능한 마법인가요?"

"정령이 실체화하는 조건은 몇 가지 있고, 그건 정령 계약자가 아니어도 충족시킬 수 있어. 물론 정령 계약자라면 언젠가 감각적으로 이해하게 되겠지만."

"조건이란 건?"

"마법을 쓸 줄 알 것. 그게 다야. 마법의 종착점에 정령의 실체화가 있어. 의사를 부여하고 사고를 갖게 해서 독립적으로 움직이는 거지. 그건 생명의 탄생과도 닮았어. 일찍이 신이 정령을 이 세상에 초래하여 만물을 창조한 것처럼."

"갑자기 이야기의 규모가 엄청나졌네……."

"정령은 세계의 조각. 그 세계의 조각을 원하는 형태로 만들고 심지어 자립해서 움직이게 하는 건 신의 영역에 발을 들이는 거야. 뭐, 일시적인 것에 불과하지만."

"그래서 노래인가요?"

"맞아. 노래는 사람이 이어받아 온 마음이자 기도이자 역사이기도 하니까."

류미는 온화하게 웃으며 나와 유피를 상냥하게 바라보았다. 조금 마음이 싱숭생숭해져서 시선을 피하고 말았다.

"정령 계약자는 자기 자신이 정령이 되었기에 정령에게 원하는 형태를 주기 쉬울 뿐이야. 형태만 떠올릴 수 있다면 이론상으로는 누구나 정령을 부를 수 있어."

"그 부분이 어려운 거잖아?"

"당연하지. ……뭐, 너희라면 간단히 뛰어넘을 수 있겠지만."

"……무슨 뜻이야?"

"마법은 정령에게 생각을 포개고 상상의 날개를 키우는 환상이었어. 말을 거듭하여 신앙이 되고 수많은 기적을 일으켰어. 그 기적에 대해 너희는 세상의 섭리를 아는 것으로 정령이 있어야 할 형태를 그려냈어."

류미는 지휘자처럼 손가락을 흔들며 노래하듯 말했다.

"그건 환상이 아니라 실상에 기초한 신비의 해체. 환상을 실제로 구현하여 새로운 마법을 찾아냈어. 이 두 가지 모습은 상반된 것이면서 동시에 공존하는 것이기도 해. 그저 출발점과 과정이 다를 뿐이야. 그것을 정령은, 세계는 결코 거부하지 않아. 하고 싶은 말이 뭐냐면…… 길은 겹쳐 있다는 거야."

―류미의 말에 나는 마치 심장을 붙잡힌 느낌이 들었다.

그 말을 듣고 무슨 생각을 했는지 내 감정을 이해할 수 없었다. 그런 내 상태를 통해 자신이 충격을 받았다는 것은 알았지만. 그 내용을 알 수 없어서 당황스러웠다.

이 불분명한 마음이 무엇인지 확인하기 전에 류미가 깔깔 웃음을 터뜨렸다.

"아아, 정말로 질리질 않아. 오래 살고 볼 일이야. 그럼 용건은 끝난 것 같으니까, 젊은이들끼리 좋은 시간 보내길."

"굳이 한마디 덧붙이지 않아도 돼! 쓸데없는 참견이야!"

내가 격분하여 외치자 바람이 불었다. 무심코 눈을 감았다 뜨니 바람이 분 흔적만을 남기고서 류미는 사라진 상태였다.

"아아, 진짜. 정말로 제멋대로에 변덕쟁이야! 민폐 끼치면 안 된다는 생각이 없는 걸까?!"

"……아니스, 거울 보여 드릴까요?"

"무슨 뜻이야? 유피."

"글쎄요, 무슨 뜻일까요."

유피마저 키득키득 웃으며 나를 보았다. 나는 입술을 삐죽 내밀고 고개를 홱 돌렸다.

"그런데 거의 정답에 가까운 힌트를 받아 버렸네요."

"……유피, 혹시 마법부 사람들한테 정령 실체화를 시키려고?"

"마도구로는 정령을 실체화할 수 없잖아요? 정령의 힘을 쓸 수는 있지만, 정령을 실체화해서 뭔가에 이용하는 건 수고가 너무 많이 들어요."

"……인공 마석도 어려웠으니까. 확실히 정령의 실체화는 마도구의 영역이 아닐지도 몰라. 마법사이기에 의의가 있는 목표라고 할 수 있어."

우리가 비행용 마도구를 선보였을 때 입은 드레스에는 특정 마법이 발동되도록 넣은 인공 마석이 들어가 있었다.

인공 마석을 계속 연구하면 언젠가 정령을 인공적으로 출현시킬 수 있을지도 모르지만, 실체화한 정령에게 뭔가를 시키려면 거기서 또 한 단계 기술을 진보시켜야 한다.

그렇게까지 할 필요가 있을까? 적어도 지금은 다른 마도구를 개발하는 게 국익이 된다.

"하지만 마법사라면 달라요. 앞으로 전력으로서의 마법사가 필요 없어진다면, 역시 백성의 생활에 뿌리내리는 쪽으로 형태를 바꿔나가야 해요. 하지만 갑자기 백성을 위해 마법으로 도움을 주라고 해도 어렵잖아요."

"응…… 그건 알겠는데, 그게 정령 실체화를 지향하는 이유가 되지는 않잖아?"

내가 고개를 갸웃하자 유피는 장난을 떠올린 어린아이처럼 웃었다.

"처음에는 꼭 도움이 되지 않아도 될 거예요."

"……도움이 되지 않아도 된다고?"

"평민은 못 하지만 마법사는 할 수 있는 일. 그게 남을 해치는 일이 아니라, 사람들이 뭔가를 느끼게 하고, 마음을 맡기고, 또 이어줄 수 있으면 되는 거잖아요? 그렇게 생각하면 행사를 담당하는 마법부가 노래를 통한 정령 실체화를 해내는 건 안성맞춤이에요."

꿈이나 이상을 이야기하듯 유피는 계속 말했다.

"―우리가 계승해 온 것은 이렇게나 멋지다고 후세에 전하기 위해. 싸우는 데 썼던 힘을 치유나 즐거움에 쓸 수 있다면 그건 행복한 일일 테니까요."

……유피의 말을 듣고 나는 감탄의 한숨을 쉬고 말았다.

마법의 시작은 소원이었다. 부조리로부터 소중한 사람들의 미소를, 행복을 지키기 위해 최초의 왕은 정령과 계약했다.

그 소원은 도를 지나쳐 어그러지고 말았지만, 소원을 이어받은 류미에 의해 바로잡혔다. 그리고 소원은 다시 계승되었다.

그리고 지금. 우리는 소원을 이어받아 살고 있다. 앞으로 나아갈 미래를 바꾸려 하고 있다.

팔레티아 왕국이 건국되고, 왕에게만 의지하던 시대가 끝나고, 함께 걷는 귀족이 늘었다. 그리고 지금, 귀족을 의지하는 시대마저 끝나려고 한다.

팔레티아 왕국은 마법과 함께 걸어왔다. 누군가의 행복을 지키기 위한 마법은 계속해서 그 팔을 뻗어 왔다. 그 마법이 그저 지킬 뿐만 아니라 더 의미 있는 것으로 변한다면…….

"……응, 그건 멋진 꿈이야. 내가 꿈꿨던 「마법」 그 자체야."

그런 멋진 미래 예상도를 유피에게 들은 것이 무엇보다 기뻤다.

우리는 지금 똑같은 꿈을 품고서 걷고 있다는 확신이 안심을 줬다. 나는 혼자가 아니라는 생각이 들었다.

"……있지, 유피. 손잡아도 돼?"

"손을? ……그러네요. 적당한 시간이고, 슬슬 누울까요."

자리에서 일어난 유피가 내게 손을 내밀었다. 그 손을 잡고 나도 일어나 둘이서 침대로 향했다.

손을 잡은 채 이불에 들어가 나란히 누웠다. 유피 쪽으로 시선을 돌리자 동시에 눈이 마주쳤다. 그게 왠지 재미있어서 서로 웃고 말았다.

"있지, 유피."

"네, 아니스."

"더 퍼뜨리고 싶어. 공중 원무 때처럼, 더, 더, 마법이 멋지다는 걸 모두가 알았으면 해."

"아니스라면 할 수 있어요."

응. 지금이라면 당당히 말할 수 있을 것 같다.

—네가 옆에 있으니까.

"……정령 실체화가 가능해지면 어떤 풍경을 볼 수 있을까?"

"류미가 보여 준 건 정말 멋진 풍경이었어요."

"치사해. 나도 다음에 보여 달라고 졸라 볼까?"

"……아뇨, 그러지 마세요."

"응? 왜?"

유피가 내 손을 당기더니 그대로 나를 끌어안았다.

"당신의 가장 소중한 사람은 저니까요. 그러니까 안 돼요. 류미가 더 멋지다고 생각하면…… 질투할 거예요."

"……유피는 꽤 독점욕이 강하구나?"

"왜냐하면 저는 당신의 가장 소중한 사람이니까요."

그렇죠? 하고 미소 지은 유피는 그대로 얼굴을 가까이 가져와 입을 맞췄다. 입을 막은 것은 반론을 허락하지 않겠다는 의미일까.

반론 따위 안 하는데. 그렇게 생각하며 나는 유피가 원하는 대로 하게 했다.

7장 아니스피아 탄생제

류미와 이야기하고 며칠 후, 유피는 지난번과 같은 멤버를 별궁에 모았다.

"노래를 통한 정령의 실체화……?"

유피의 제안에 가장 먼저 경악과 곤혹이 담긴 목소리로 말한 사람은 랑그였다. 깜짝 놀란 사람들이 대부분인 가운데, 미겔이 즐겁게 웃었다.

"노래로 정령을 실체화시키는 건가요? 마치 동화 같은 이야기네요."

"실현된다면 귀족 평민을 불문하고 주목을 모을 수 있어요. 게다가 정령의 모습을 눈으로 봄으로써 신앙심이 깊어지는 효과도 기대할 수 있겠죠."

"……확실히 정령 실체화가 가능해지면 귀족의 명예가 회복될지도 모르지만, 그건 정령 계약자라서 가능한 위업 아닙니까?"

"류미 님은 노력에 달렸다고 말씀하셨어요. 저는 정령 계약자가 된 지 얼마 되지 않았지만, 원리는 알 수 있어요. 그렇다면 언젠가 그 단계에 도달하겠죠."

유피의 대답에 말문이 막힌 랑그는 두통을 견디듯 미간을 문질렀다.

"불안한 건 이해해요. 하지만 정령 실체화는 누구나 한 번은 꿈꾸는 일이잖아요? 가까이에서 정령의 존재를 느끼고 그 모습을 보고 싶다고."

"……그건 부정하지 않겠습니다만."

"전례가 없으니 시행착오는 당연해요. 하지만 추구할 가치는 있어요. 현재 노래로 정령을 실체화시킬 수 있는 건 정령 계약자뿐이에요. 언젠가 저도 그 영역에 발을 들이겠지만, 계약자가 아닌 사람이 정공법으로 익히려면 엄청난 수고가 들 거예요. 그런 난제를 가능케 해 오신 분이 다름 아닌 아니스예요."

"……즉, 정령 실체화를 보조하는 마도구를 만든다는 건가요?"

하르피스가 퍼뜩 놀라 고개를 들었다. 그 대답을 듣고 유피는 만족스럽게 고개를 끄덕였다.

"노래를 영창 삼아 정령을 일시적으로 실체화시킨다. 그 순서는 이해하였으나 역량이 부족하다면, 그걸 메꾸기 위한 도구를 만들면 돼요."

"그렇군. 그러면 마법부와 아니스피아 왕녀 전하가 화해했다는 증거도 되고, 어떻게 굴러가도 좋은 일밖에 없네."

미겔이 손가락을 딱 튕기며 즐겁게 말했다. 실제로 그 말대로였다. 실체화한 정령이라니 누구나 한 번쯤은 보고 싶어 할 것이다.

그걸 위해 마법부와 내가 손잡고 연구했다고 하면 마법부와 화해했다고 알릴 수 있다.

그렇게 다리를 놓은 것을 유피의 공으로 돌리면 유피를 마법부의 대표로 만들 수 있고, 랑그가 걱정했던 마법부의 입장도 향상시킬 수 있다.

"하지만 그런 마도구를 만들 수 있습니까……?"

랑그는 딱딱한 표정으로 중얼거렸다. 그러자 모두의 시선이 내게 집중됐다.

"음~ 내 가설에 따르면 정령은 사람의 뜻에 따라 모습을 바꾸니까, 정령과의 연결을 강화하고 마법의 이미지를 더 구체적으로 그리면 될 것 같은데……."

"제가 느끼기에도 아니스가 말한 순서대로 하면 정령을 실체화할 수 있을 것 같아요."

"결국 이미지…… 정령에게 생각을 전하는 게 중요해. 그게 목적이라면 마장 같은 증폭기가 좋을 거야."

"마장 같은 증폭기인가요……. 하지만 마법의 연장선상이라고 해도 마법을 어떻게 승화시켜야 정령을 실체화할 수 있을지 저는 짐작도 안 갑니다."

랑그가 한숨을 쉬며 말하자 몇 명이 고개를 끄덕여 동의했다.

"으음~ 그렇게 어렵게 생각할 일은 아닌 것 같은데?"

"……무슨 말씀이십니까?"

“정령은 거기 있으니까 그저 모습을 보여 달라고 바라기만 하면 돼. 나는 모르지만, 다들 정령의 존재는 느끼잖아?”

“느끼기는 하지만 그 뜻까진 알지는 못합니다.”

“정령의 뜻은 사람의 뜻과 같아. 그러니까 모습을 보여 달라고 기도하기만 하면 돼. 그 이상도 그 이하도 아니야. 생각해 봐. 최초의 정령 계약자는 원래 마법을 못 썼잖아? 마법이 생겨난 건 정령과 계약을 맺은 후니까.”

“……아.”

내 말을 듣고 유피마저 맹점이었다는 것처럼 눈을 크게 떴다. 마법을 당연하게 쓰는 사람에게는 호흡과 같은 일이겠지만, 시초까지 거슬러 올라가면 날 때부터 마법사인 사람은 없었을 터다.

“그러니 마법보다도 정령 계약이 먼저야. 정령의 실체화는 마법의 연장선상이긴 하지만, 그건 미래로 발전하는 게 아니라 과거를 거슬러 오르는 것 아닐까? 정령 계약은 아직 아무도 마법을 마법으로 알지 못했던 시대에 이루어졌어. 정령은 확실히 있었어. 그러니까 마법 실력보다도, 그저 모습을 보고 싶다는 소망만 있으면 되는 거야.”

“……그렇군요.”

랑그가 신음하듯 맞장구를 쳤다. 뭔가를 깊이 깨달은 것 같았다.

그 모습을 보고 나도 모르게 말을 보태고 말았다.

"뭐랄까, 응. 말로 표현하기는 굉장히 어렵지만…… 정령이 사람을 비추는 거울이라면, 진심으로 바람을 전해야 하지 않을까?"

"바람을 전한다……인가요."

"응. 나는 귀족이 마법사로서 나라를 지키는 시대를 끝낼 거야. 마도구가 보편화되면 귀족만 싸울 필요가 없어져. 그건 최초의 계약으로부터 이어져 온 정령과의 관계를 바꾸는 것이 돼. 하지만 그렇기에 전하고 싶어. 맨 처음 맺은 계약은 이제 우리에게 필요 없다고. 하지만 정령과 함께 있는 것은 잊지 않겠다고."

내 말을 듣고 랑그가 고개를 들어 나를 빤히 바라보았다. 랑그뿐만이 아니었다. 이곳에 있는 모두가 내 말에 조용히 귀를 기울이고 있었다.

"관계가 바뀌어도 정령의 가치는 바뀌지 않아. 달라지는 건 사람이야. 하지만 달라지면 안 되는 것도 있어. 귀족의 역할은 달라지겠지만, 정령과 맺은 약속은 달라지지 않아. 사람들을 행복하게 하고 싶다는 원초의 소원에 답해 준 정령에게, 그것만큼은 달라지지 않는다고 전하는 거야."

"……그게 정령 실체화로 이어진다는 겁니까?"

"나라면 전하고 싶을 테니까. 지금까지 힘이 되어 줘서 고맙다고."

속에 있는 마음을 확인하듯 가슴에 살며시 손을 얹었다.

“사람의 자세는 바뀌지만, 최초의 소원까지 바꾸고 싶지는 않아. 앞으로도 정령과 함께 걸어가고 싶어. 그렇기에 필요한 노래고, 기도고, 바람이라고 생각해. 이 마음이 전해진다면, 우리의 바람이 반영된다면 정령도 실체화해 주지 않을까?”

초대 국왕으로부터 류미에게, 그리고 류미에게서 아바마마 세대까지. 그리고 이번에는 우리에게 바람과 기도가 계승된다. 팔레티아 왕국의 역사는 마법과 함께했다. 그리고 마법의 시작은 사람의 행복을 위해서였다.

정령에게 명확한 의사는 없다. 그래도 정령은 사람에게 계속 다가와 준다. 변하지 않는 존재이기에 기도를 올리고 싶어지는 것도 이해한다.

“아무리 형태가 바뀌어도 초심을 잊지 말아야 해. 과거는 현재로, 현재는 미래로 길을 뻗어 나가. 그 시간 속에서 잃어버리지 않도록 우리는 계승해 나가야 해.”

가슴을 움켜쥐며 고했다. 이 마음을 놓지 않도록, 이 마음이 사라지지 않도록.

“—우리는 행복하다고. 행복해지기 위해 바뀔 거라고. 그래도 정령에 대한 감사를 잊지 않겠다고. 앞으로도 계속 즐겁게 함께하자고 전하고 싶어.”

분명 이 바람이 진짜라는 게 전해진다면 정령은 모습을

보여 줄 것이다.

마법으로 바뀐 모습이 아니라, 우리의 기도와 소원이 반영된 모습으로. 나는 그렇게 믿고 싶다.

"그건……."

멍하니 말을 꺼낸 사람은 랑그였다. 내게서 눈을 돌리고 뭔가 말하려던 입을 다물었다. 그리고서 숨을 고르듯 한숨을 쉬고 말했다.

"……현재로서는 이보다 좋은 생각이 떠오르지 않을 것 같습니다. 그렇다면 노래를 통한 정령 실체화에 온 힘을 다해야겠죠."

"그렇지. 그래서 원래 하던 얘기로 돌아오자면, 어떤 마도구가 좋을지 얘기하고 있었지?"

"어떻게 다루느냐에 따라 달라지겠지만, 행사 때 이용할 수 있는 물건이 이상적입니다."

"정령을 실체화시키기 위한 노래를 보조할 수 있는 마도구면서, 행사 때 꺼내도 문제 되지 않을 물건인가…… 어떤 게 좋을까."

노래라고 하면 가장 먼저 떠오르는 건 마이크인데. 마장을 마이크 대신 써서 노래한다든지?

"……「악기」."

그때, 모두를 조용히 만드는 중얼거림이 들렸다.

모두가 시선을 보낸 곳은— 하르피스. 그 중얼거림을 듣고 다들 움직임을 멈췄다.

"악기로 마도구를…… 만들 수 있지 않을까요? 그, 부품마다 마장 같은 기능을 넣는다든가. 어떨까요……?"

"……아아, 그런가. 행사에는 악단의 연주가 빠지지 않고, 악기가 쓰이는 장면은 많지 않을까?"

갓군이 손바닥에 주먹을 툭 올리며 말했다.

"악기라. 듣고 보니 염반(소트 보드)은 건반 악기랑 비슷한 구조고, 귀족은 대부분 기본 소양으로 악기를 배워. 귀족들이 받아들이기 쉬운 바탕이 갖춰져 있어."

미겔이 감탄한 듯 웃으며 중얼거렸다.

"결정된 것 같은데요. 랑그, 어떻게 생각하나요?"

"……그렇지. 내가 느끼기에도 흥미로워. 노래와도 관련이 깊고, 귀족의 소양으로 침투해 있는 악기를 마도구로 만들어서 정령 실체화를 결과로 낸다면 고지식한 노인들도 별말 못 할 거야."

"랑그, 조만간 사람을 모으겠다고 했죠? 만약 의회에서 주도권을 쥘 수 있을 만큼 파벌이 커진다면, 머지않아 개최될 행사의 일정에 포함시킬 수 있지 않을까요?"

"그렇죠, 유필리아 왕녀 전하. 역시 주목을 모아 마법부의 입장을 복권시킴과 동시에, 화해했음을 대대적으로 보여주려면 뭔가 큰 행사에 포함시켰으면 좋겠습니다."

"네. 일단은 파벌 장악이 필요하겠네요. 나중에 인원을 조정하고 싶은데 괜찮을까요?"

"상관없습니다. 그동안 아니스피아 왕녀 전하께서는 악기 마도구를 제작해 주셨으면 하는데 부탁드려도 되겠습니까?"

"알겠어! 장인들에게 상담해 볼게!"

*　*　*

목표를 정한 후, 우리는 각자 맡은 일을 완수하기 위해 움직이기 시작했다.

유피는 레이니를 데리고서 랑그와 자신의 파벌에 가세해 줄 사람을 설득하거나 권유하느라 바빴다.

한편 나는 하르피스와 갓군을 데리고 성과 마을을 왕복하는 나날을 보내고 있었다.

장인들에게 시험 삼아 마도구 악기를 만들어 달라고 하자 그들은 흔쾌히 받아들여 줬다.

"마도구 악기인가. 어떤 걸 만들면 돼?"

"마장을 참고하고 싶다고? 이봐, 아무나 가서 마장 장인을 불러와! 아니스피아 왕녀 전하께서 새로운 마도구를 만드신다고 말이야! 멱살을 잡아서라도 끌고 와!"

"그런데 악기를 어떻게 마도구로 만들려고? 정령석을 그대로 박아 넣나?"

"어떤 악기로 만드느냐에 따라 다르겠지. 귀족님들에게 친숙한 악기라면 바이올린이려나?"

"정령석으로 장식할 수는 있겠지만, 그것만으로는 재미가 없어……."

"아예 정령석을 섞어 넣을 수는 없을까? 정령석을 사용한 염료는 있잖아?"

"그거야! 소리에 영향을 준다면 생각해 봐야겠지만 시도해 보자!"

……등등, 내가 끼어들 필요도 없이 이야기가 진행돼서 웃음이 절로 나왔다.

그런 와중에 적극적으로 발언한 사람은 하르피스였다. 실제로 바이올린을 켠 경험이 있어 의견을 말하기도 쉬웠는지 장인들과 열심히 말을 나눴다.

그렇게 노도와 같은 기세로 아이디어 회의가 진행되는가 싶더니, 그들은 곧바로 시작품을 만들기 시작했다.

처음에는 나도 제작 과정을 보러 갔지만, 그란츠 공의 요청으로 귀족을 만나는 일과 마도구 강의가 재개되었다.

그래서 공방 시찰은 하르피스에게 일임하기로 했다. 역시 혼자 보낼 수는 없었지만, 유피가 마법부에서 마리온을 파견해 줬다.

그렇게 분주한 나날이 흐르고 어느 날, 아바마마와 어마마마가 나를 불렀다. 집무실에 가니 염반(소트 보드) 앞에 앉아 있던 두 분이 동시에 얼굴을 들었다.

“왔느냐, 아니스.”

“수고 많으시네요, 아바마마, 어마마마. 염반(소트 보드)은 어떤가요?”

“나쁘지 않구나. 순순히 좋다고 말할 수 없는 건 그란츠 때문이야.”

“……그에 관해 저는 아무 잘못도 없으니 그런 눈으로 보지 마세요.”

아바마마와 어마마마가 음습한 시선으로 나를 노려보았지만, 그란츠 공은 원래부터 워커홀릭이었고, 전체적으로는 작업 효율이 올랐으니 좋다고 말해줬으면 했다.

“뭐, 앉아라. 실은 너한테 전해야만 하는 일이 있어서 말이지.”

“전해야만 하는 일, 이요?”

“그래. 우리는 이미 승인한 일이지만, 자세한 설명은 이제 올 사람에게 들어라.”

“누가 또 와요?”

“당신이 잘 아는 사람이에요.”

어마마마가 드물게도 장난스럽게 웃으며 말했다. 대체 누구지? 고개를 갸웃하고 있으니 노크 소리가 들렸다.

“아버님, 어머님, 저 왔습니다.”

“어라? 유피.”

"아아, 먼저 와 계셨군요. 수고 많아요, 아니스."

집무실에 들어온 사람은 유피였다. 미소 지으며 내 옆에 앉았다. 맞은편에는 아바마마와 어마마마가 앉으며 마주 보는 형태가 됐다.

"……유피, 혹시 나 몰래 뭔가 했어?"

"아뇨? 그저 이야기할 수 있는 단계가 됐을 뿐이에요."

살피듯이 물어봤지만 유피는 그저 미소 지을 뿐이었다. 최근에는 서로 분주했는데, 아바마마와 어마마마에게 승인받아야만 하는 얘기라니 뭐지?

"그래서? 아바마마와 어마마마는 유피한테 자세한 설명을 들으라고 하셨는데."

"네. 아니스도 하르피스에게 들었겠지만, 「마악기」의 시작품이 몇 가지 완성됐다고 들었어요."

악기 마도구는 「마악기」라고 불리게 됐고, 시작품이 완성됐다는 보고는 들었다.

다만 목표인 정령 실체화가 달성된 건 아니었다. 실험 결과, 마장과 비슷한 증폭 효과는 있으나, 악기라서 다루기 어려운 만큼 마장만큼의 효과는 바랄 수 없다고 했다.

그 대신 마장에는 없는 특성으로 연주 중 마법 증폭 효과가 지속되었고, 효과가 미치는 범위도 넓었다.

다만 증폭 효과가 두드러지지 않기에 실전에서는 쓸모가 없다는 모양이다. 더 연구가 진행되어 가공법 등에서 광명이 보인다면 전망이 밝아질지도 모르지만, 현시점에는 유용한 물건이라고 하기 어려웠다.

"아버님에게도 보고했지만, 정령 실체화라는 목표를 기준으로 보면 첫걸음을 뗀 정도의 성과일 뿐입니다. 하지만 그래도 큰 꿈을 향한 첫걸음인 것도 사실이니, 곧 열릴 행사에서 실제로 연주하여 선보이기로 했습니다."

"뭐? 굉장히 갑작스럽네?!"

"서두르는 데엔 이유가 있는데…… 첫째로 마법부에 대한 비난이 심해졌기 때문입니다. 아니스가 귀족들과 많이 만나면서 더 현저해지고 있습니다."

"어?"

"그란츠 짓이겠지……."

"변함없이 가차 없네……. 역시 이건 동정하게 돼."

그란츠 공…… 그 사람 나 몰래 뭐 하고 있는 거야?! 멍하니 있으니 유피가 쓴웃음을 지으며 말했다.

"그 사람은 아니스를 왕으로 만든다는 방침을 굽히지 않았으니까요. 당연히 방해하겠죠."

"……듣고 보니 그러네?!"

"저희가 바라는 게 뭔지는 알겠지만, 그것과 이건 별개의 얘기일 거예요. 한심하게 군다면 제가 가차 없이 실각시킬 작정이에요."

유피는 눈을 가늘게 뜨고서 위협적으로 웃었다. 몸 전체에 오한이 들어서 나도 모르게 팔을 문질렀다.

아바마마와 어마마마도 어색한 얼굴로 시선을 피하고 있었다. 나도 현실을 매우 외면하고 싶어졌다.

"또 다른 이유는 마악기를 공개하려는 행사가 늦어질수록 효력을 잃기에, 빨리 손을 쓰고 싶어서예요."

"……왜 늦어지면 효력을 잃는데?"

"본래 열려야 하는 날을 지났으니까요."

"……본래 일정에 열리지 않은 행사라는 거야? 그런 게 있었나?"

짚이는 게 없어서 고개를 갸웃하자 어째선지 어마마마가 씁쓸한 표정을 지었다. 아바마마도 뭐라 말할 수 없는 얼굴이었다. 헛기침한 아바마마가 유피의 말을 이어받듯 말했다.

"네가 잊어버렸어도 어쩔 수 없지. 몇 년이나 그냥 넘긴 행사니까."

"……뭔가 있었나요?"

"너의 탄생제다."

"……네?"

"너의 탄생제라고 했다! 네가 왕위 계승권을 포기하고 얼간이처럼 굴게 된 뒤로 개최하지 않게 되지 않았느냐!"

나도 모르게 입을 벌리고 말았다. 확실히 왕족의 생일에는 탄생제가 열렸다. 어렸을 때는 내 생일에도 탄생제를 열었지만, 안 하게 된 지 몇 년은 됐다.

그렇군. 이거라면 내가 잊어버렸어도 별수 없다. 심지어 내 생일은 이미 지났다. 눈치채지 못할 만했다.

"응? 내 탄생제?! 왜?!"

"애초에 아니스의 탄생제를 열지 않게 된 건 아니스가 왕위 계승권을 버리고 왕족이기를 포기했기 때문이에요. 하지만 따져 보면 원인은 마법부에 있어요. 양자가 화해했음을 보이고 서로 손을 잡았다는 것을 선언하기 위해 아니스의 탄생제를 개최하는 건 효과적이에요."

"하고 싶은 말은 알겠는데…… 그래서 내 탄생제를 열겠다고……?"

"오랫동안 열리지 않았던 아니스의 탄생제를 개최함으로써 아니스가 앞으로도 분명하게 왕족으로 설 것을 표명할 좋은 기회이기도 해요."

"마법부의 요청이지만, 부모로서도 국왕으로서도, 너의 탄생을 지금까지 축하하지 못한 것도 포함해서, 개최할 수 있다면 여러모로 좋아."

"……하지만 이제 와서 새삼스럽지 않나요?"

"이제라도 해야죠. 그리고 이걸 제안한 건 마법부, 더 정확히 말하자면 랑그예요."

"랑그가?"

"마법부가 아니스와 화해했음을 알리는 데 가장 효과적인 행사니까요. 지금까지 개최되지 않았던 것도 포함하여 축하

함으로써 아니스를 인정했다고 알릴 수 있어요."

"……나를 인정했다고."

"네. 성과로는 다소 약해도 마약기는 뒷받침이 되어 줄 거예요. 그렇기에 최대한 빨리 아니스의 탄생제를 열고 싶은 거예요."

"내 쪽에서 개최를 명하는 건 간단하지만…… 아니스, 일단 너에게도 확인하마."

"개최하면 좋은 이유가 이렇게나 많은데 어떻게 거절하겠어요."

딱히 열어 줬으면 하는 건 아니고, 새삼스러워서 미묘한 심경이지만.

그렇다고 열지 않기를 바라는 것도 아니었다. 당사자지만 영 실감이 나지 않았다.

"그럼 승낙 받은 걸로 알게요. 아니스, 마약기 시작품의 성능 시험은 저와 마법부에 맡겨 주시겠어요?"

"뭐?"

"원래부터 주도적으로 조언하고 있는 게 하르피스라고 들었고, 그렇다면 아니스가 직접 눈으로 확인하는 걸 아예 탄생제 때로 하고 싶어요. 모처럼 열리는 탄생제니까 마도구의 성과가 마법부의 선물이 되는 거죠."

"아하? 으음, 확실히 마법부의 공적으로 하고 싶었으니까 맡기는 데 이의는 없지만…… 탄생제 때까지 내가 할 일은 없다는 거야?"

"무슨 말인가요, 아니스. 탄생제를 열기로 했으니까 일정도 곧 정해질 거예요. 그리고 날짜는 한정되어 있어요. 그동안 아니스는 탄생제용 드레스를 맞춰야 하고, 뭣하면 작법도 재검토해야겠죠."

"네?"

어마마마의 말에 나는 벌레 씹은 표정을 짓고 말았다. 그러자 그녀의 눈초리가 순식간에 사나워졌다.

"지금까지 개최를 보류해 왔으니, 확실하게 왕족으로 복귀했음을 알리기 위해서도 필요한 일이에요!"

어마마마, 왜 그렇게 불타오르고 계신 건가요? 그 열의에 화상을 입을 것 같은데요. 나도 모르게 매달리듯 유피와 아바마마를 보았지만, 아바마마는 눈을 피했고, 유피는 활짝 웃을 뿐이었다.

"오늘부터 한동안 제가 아니스를 뒷바라지하겠어요. 알겠나요?"

"네?"

"대답은?"

"……넵."

어? 혹시 어마마마가 직접 나를 재교육하는 건가? 또 작법을 체크받는 거야? 심지어 드레스를 새로 맞춘다고 했지? 앞으로 내게 닥칠 미래를 떠올리자 현기증이 날 것 같았다.

절실하게 도망치고 싶다.

“……이왕 개최하는 거, 진심으로 축하하고 싶어요.”

“축하받기 전에 죽도록 혼날 것 같은데요?!”

“어머, 자신이 못났음을 인정하는 건가요? 그렇군요. 좀이 쑤시네요, 아니스.”

“이거, 뭐라고 말해도 긁어 부스럼이잖아?!”

나는 활짝 웃는 어마마마를 보며 굳은 목소리로 외칠 수밖에 없었다. 축하받을 예정인데, 축하받기 전까지 고생길 확정이라니.

이런 건 이상해!!

* * *

어마마마가 내 옆에 딱 붙어서 스파르타식으로 작법을 재확인하고, 급히 드레스를 맞추기 위해 움직이느라 기진맥진해진 가운데 어느새 내 탄생제 당일이 되었다. 시간이 너무 순식간에 지나갔다. 솔직히 어떻게 보냈는지 기억이 잘 나지 않을 정도였다.

내 탄생제가 몇 년 만에 개최되면서 마을은 축제 분위기였다. 거리에 노점이 늘어섰고, 활기차게 부어라 마셔라 하는 사람들로 떠들썩했다.

그런 사람들의 활기 속을 왕족의 퍼레이드가 가로질러 나갔다. 나는 이날을 위해 특별히 주문한 드레스를 입고 유피 옆에 앉아 손을 흔들고 있었다.

퍼레이드를 보려고 모인 사람들은 웃으며 우리에게 마주 손을 흔들었다.

"변함없이 굉장한 활기네요."

"나라가 풍족하다는 증거라고 생각하면 좋은 일이야. 이 다음이 잘 풀린다면 더더욱 좋겠지."

"그렇죠."

퍼레이드 중에 짬이 나서 유피와 몰래 말을 나눴다. 이 축제 분위기를 보면 일단 백성들 쪽은 문제없을 것 같았다.

치안 유지를 위해 순찰 중인 기사들에게는 미안한 일이지만, 이 광경을 지키는 것을 영광으로 여기고 힘내 줬으면 한다.

이다음에는 마법부의 주도로 내 탄생제가 열린다. 이게 잘 풀리면 완벽할 테지만. 솔직히 나는 행사 내용에 거의 관여하지 않았기에 어떻게 됐는지 알 수 없었다.

기대와 불안을 반반씩 품고서 나는 백성들에게 손을 흔드는 데 집중하기로 했다.

* * *

퍼레이드가 끝난 후 잠시 쉬고 옷을 갈아입었다.

그러는 사이에 해가 저물고 밤이 찾아왔다. 왕성의 홀에서는 귀족들이 저마다 대화하고 있었다.

최근 자주 봐서 익숙해진 광경이었다. 나는 숨을 고르고 유피와 함께 인사하며 연회장에 입장했다.

"아니스피아 왕녀 전하와 유필리아 왕녀 전하께서 입장하십니다!"

사람들의 시선이 모이는 가운데, 제일 먼저 발견한 것은 하르피스와 마리온이었다.

두 사람은 야회에 어울리는 차림을 하고 있었다. 치장한 하르피스를 보니 확실하게 꾸미면 예쁜 아가씨라는 생각이 들었다.

이 정도면 좀 더 자신감을 가져도 될 텐데 좀처럼 자긍심을 가지지 못하는 것 같아서 안타까웠다. 그래도 마리온과 함께 있는 모습을 보니 역시 잘 어울렸다.

"하르피스! 마리온!"

"유필리아 님, 아니스피아 님, 안녕하세요."

"안녕, 하르피스, 마리온."

"네! 아니스피아 왕녀 전하. 생신 축하드립니다."

"고마워. 원래 생일은 지나 버렸지만 말이지. 이렇게 축하받는 건 오랜만이라서 진정이 안 돼."

"덕분에 마법부가 명예 회복할 기회를 얻게 됐습니다만……."

"응…… 잘 풀렸으면 좋겠어."

"그렇죠."

그렇게 짧게 이야기를 나누고서 하르피스와 마리온은 인파 속으로 사라졌다.

하르피스와 마리온이 떠나고 나서도 사람들이 잇달아 인사하러 왔다. 한동안 사교계를 떠나 있었지만 마침내 나도 익숙해진 것 같다.

뭐, 옆에서 당당히 사교 활동 중인 유피만은 못하지만. 마치 물 흐르듯 대화를 이어가고 있었다. 나는 아직 웃어서 얼버무릴 때가 많았다.

"아니스피아 왕녀 전하, 유필리아 왕녀 전하. 잠시 후 사회 진행을 맡은 마법부가 인사말을 올릴 겁니다. 단상에 있는 자리로 이동해 주십시오."

"어라? 벌써 시간이 그렇게 됐어? 응, 알았어."

"갈까요, 아니스."

적당히 인사하고서 나는 집사의 안내를 받아 유피와 함께 단상에 있는 왕족석으로 향했다.

드디어 마악기를 선보이는 건가 싶어 가슴이 두근거렸다. 웬만하면 반감을 사지 않고 수용되었으면 하는데…….

"음? 왔느냐. 아니스, 유피."

단상의 왕족석에는 이미 아바마마와 어마마마가 앉아 있었다. 남은 자리에 유피와 나란히 앉았다.

"아니스, 사교 활동은 제대로 했나요?"

"네, 뭐."

"……유피?"

"어머님, 아니스가 아직 서툴긴 하지만 계속 하다 보면 괜찮을 거예요."

"……유피가 그렇게 말한다면 그런 걸로 하죠."

어마마마가 살짝 오싹해지는 질문을 했지만 무사히 넘어갔다. 이런 축하 자리에서까지 압력을 가하지 말아 주세요. 싫다, 정말.

어마마마가 보내는 시선을 필사적으로 외면하고 있으니 랑그가 단상에 올라왔다. 단상에 선 랑그는 연회장에 모인 참가자를 둘러본 후 헛기침하고서 모두가 들을 수 있게 말했다.

"참가자 여러분, 정숙해 주십시오. 지금부터 아니스피아 왕녀 전하의 탄생을 축하하는 의식을 집행하겠습니다. 사회는 저, 랑그 볼테르가 맡겠습니다."

랑그의 발언에 담소하던 참가자들의 시선이 그에게 모였다. 랑그는 연회장이 조용해진 것을 확인하고 나서 우리 쪽으로 몸을 돌렸다.

"아니스피아 왕녀 전하. 본래 날짜보다 늦어졌지만, 탄생제 진행을 마법부에 맡겨 주셔서 감사합니다."

"……지금까지 왕족의 책무를 소홀히 한 제게는 과분한 말입니다. 앞으로는 왕족으로서 긍지를 가지고 책무를 다하겠습니다. 이번에 마법부가 제안하지 않았다면 이 기회는 내년까지 미뤄졌을 겁니다. 다시금 감사드립니다."

옆에서 가해지는 어마마마의 압력을 느끼며 왕녀답게 답례했다. 답례가 끝나자 어마마마가 보내던 압력이 사그라들었다. 어, 어떻게든 넘긴 거겠지?

"기대에 부응할 수 있도록 저희도 총력을 기울여 탄생제에 임할 것입니다. ……종래의 탄생제는 축사를 바치고 정령석으로 축복하여 탄생을 축하하는 것이 관례였습니다."

랑그의 말은 우리에게 하는 말임과 동시에 참가자에게 하는 말이기도 했다. 고요한 연회장에 긴장의 색이 짙어진 듯했다.

"하지만 아니스피아 왕녀 전하께서 제창한 마도구 보급을 앞둔 지금, 정령석을 대량으로 소비하는 종래의 의식을 재검토해야 한다고 판단했습니다. 저희 마법부는 문화와 전통을 계승하고 보존하는 사명을 국가로부터 받았습니다. 그러나 저희는 지금까지 쌓아 올린 문화를 시대에 맞춰 변화시켜 나가야 합니다. 변화로 인해 전통이 단절되지 않도록, 과거를 이어받았기에 지금이 있음을 후세에 전하기 위해서도 말입니다."

랑그의 연설은 계속되었다. 숨을 고르듯 랑그가 간격을 뒀다. 그 말을 듣고 있는 사람들의 반응도 다양했다.

"이번에 마법부가 준비한 행사가 과거와 현재를 잇는 새로운 전통이 되기를 바라며. 원시의 빛과 어둠, 4대 속성인

불, 땅, 물, 바람, 이 세상에 두루 존재하는 모든 정령의 가호를 이곳에. 이 축사로 아니스피아 왕녀 전하의 탄생을 축하하며 정령에게 기도를 올리겠습니다. 이것이 저희가 선사하는 축복입니다. —악단, 앞으로!"

랑그가 축사를 낭독한 후 힘차게 선언했다. 동시에 우리가 있는 단상과는 별개로 설치된 단상에 악기를 든 악사들이 입장했다.

악사들이 든 악기는 전부 현악기였다. 눈길을 끄는 것은 악기의 색이었다. 흰색, 빨간색, 갈색, 파란색, 초록색, 검은색, 각 정령을 나타내듯 악기의 색이 나뉘어 있었다.

"오늘은 마도구에도 사용되는 가공 기술을 응용해 제작한 마악기로 아니스피아 왕녀 전하의 탄생을 축하하는 곡을 연주하여 정령의 가호를 바랄 것입니다. 그럼 여러분, 경청해 주시기 바랍니다."

인사하고 고개를 든 랑그는 악사들 앞에 선 지휘관에게 눈짓을 보냈다. 지시를 받은 지휘관은 다소 긴장하여 굳은 표정으로 고개를 끄덕였다.

연회장의 조명이 어두워지자 지휘관이 지휘봉을 들었다.

—그리고 연주가 시작되었다.

연주된 곡목은 팔레티아 왕국에서 생일을 축하할 때 흔히 쓰이는 곡이었다.

사람과 정령은 손을 맞잡고 함께 살아왔다. 이 나라에 태어난 아이들에게도 부디 가호와 축복이 내리기를. 그런 바람과 기도를 담은 곡이었다.

악사의 기량도 나무랄 데 없었다. 듣기 편한 연주가 이루어졌다. 눈을 가늘게 뜨고서 듣고 있자니 옆에 앉아 있던 유피가 일순 어깨를 움찔했다.

"—아니스."

유피가 조금 상기된 목소리로 내 이름을 불렀다. 연주 중에 유피가 말을 꺼내다니 희한한 일이라고 생각했을 때, 뭔가가 시야 끄트머리를 지나갔다.

어두워진 연회장에 빛이 하늘하늘 둥실거리고 있었다. 여섯 가지 색깔의 희미한 빛이 연주에 맞춰 깜박거리며 떠다녔다. 형태도 애매하고, 빛의 세기도 존재도 전부 희박했다.

—그래도 정령은 확실히 그곳에 있었다.

실체화한 정령들을 보고 유피는 흐뭇하게 미소 짓고 있었다. 정령 계약자라서 느끼는 것이 있는지 고양된 한숨을 내쉬었다.

여섯 빛깔의 꼬리를 끌며 날아다니던 정령들이 내 곁에 모이기 시작했다. 그리고 흘러넘친 빛이 가루처럼 떨어졌다.

그것은 마치 내게 빛의 가루를 뿌리는 듯 했다. 아주 환상적인 광경이라 나는 숨을 멈추고 그 가루를 받으려고 손을 뻗었다. 그러자 빛을 휘감은 정령들이 나를 만지려는 듯 다가왔다가 촐랑거리며 날아갔다.

"정령석은 정령의 선물. 정령은 세계의 조각이자 사람의 뜻을 비추는 거울. 바람을 담아 연주하면 정령은 기도에 응답해 나타나요. ……이건 틀림없는 축복이에요. 당신이 보여 준 광경이에요."

"……굉장해. 예쁘다."

무심코 감탄의 한숨이 나왔다. 그건 다른 참가자들도 마찬가지였는지, 어두운 와중에도 다들 연회장을 날아다니는 빛을 눈으로 좇고 있다는 걸 알 수 있었다.

연주도 클라이맥스에 들어서며 점점 뜨거워졌다. 그리고 끝은 여운을 남기며 찾아왔다. 서서히 소리가 잦아들고, 연주가 끝남과 함께 정령의 빛도 사라졌다.

이윽고— 누군가가 치기 시작한 박수를 시작으로 연회장은 단숨에 박수 소리에 휩싸였다. 나도 무아지경으로 악사들에게 박수를 보냈다.

이마에 땀이 송골송골 맺힌 악사들은 해냈다는 얼굴로 인사했다. 그렇게 악사들에게 주목하다가 랑그가 왕족석까지 와 있다는 걸 깨달았다.

"아니스피아 왕녀 전하."

"랑그."

"……생신을 진심으로 축하드립니다. 전하께 정령의 가호와 축복이 있기를!"

랑그가 무릎을 꿇고 인사했다. 다시 한번 박수와 환호성이 들끓었다.

나는 멍하니 랑그의 모습을 보았다. 그러고 있으니 별안간 유피가 내 손을 잡았다. 시선이 랑그에게서 유피에게로 옮겨 갔다.

그러면서 뺨을 타고 흐른 것이 있었다. 그게 눈물임을 뒤늦게 깨달았고, 울고 있다는 것을 깨닫자 단숨에 눈물샘이 자극되었다. 유피는 마치 어린아이를 보는 것 같은 눈으로 나를 바라보고 있었다.

"……나는, 세계의 축복을 받은 거구나. 이 나라에 사는 사람들에게, 함께하는 정령에게."

"네. 지금까지 이단으로 살았던 당신은 축복받기를 바라지 않았어요. 하지만 이 축복은 당신이 없었다면 태어나지 않았을 축복이에요. 아니스."

유피가 손을 들어서 내 눈물을 닦았다. 그래도 눈물은 멈추지 않아서 눈물방울이 뚝뚝 떨어졌다.

"당신은 지금 이 세계의 축복을 받아 살고 있어요. 삶을 존중받고 있어요. 그러니까 웃어 주세요."

"……응."

눈물은 멈추지 않았다. 하지만 멈추지 않아도 좋았다. 나는 천천히 자리에서 일어나 눈물을 흘리며 랑그를 보았다.

"랑그— 나를 축하해 줘서 고마워. 지금 정말 진심으로 기뻐."

"……과분한 말씀입니다."

랑그는 무릎을 펴고 일어나 나를 바라보았다. 그 얼굴에는 온화한 미소가 떠올라 있었다.

"……마학이 이 나라에 적합한 것인지, 그건 여전히 판단할 수 없습니다. 하지만 한 가지 확실하게 믿을 수 있는 것을 저는 찾아냈습니다."

"……그게 뭔데?"

"저희가 목표하는 미래는 가깝습니다. 그저 가는 길이 다를 뿐입니다. 사람은 행복해지기 위해 살아야 합니다. 저는 정령에게 기도를 올림으로써, 전하는 미래를 개척함으로써 행복한 미래를 향해 걸어가고 있습니다. 때로는 어깨를 부딪치기도 하고, 때로는 길을 막기도 하겠지요. 그래도— 서로 이해함으로써 얻을 수 있는 행복이 있었습니다."

랑그는 가슴에 손을 얹고 작게 고개를 숙이며 곱씹듯이 고했다.

"—오늘 이 순간을 함께 할 수 있었던 것이 저는 자랑스럽고 행복합니다."

……랑그의 말에 눈물이 왈칵 흘러넘쳤다. 떨리는 숨을 내쉬어 호흡을 가다듬으며 나는 랑그에게 손을 내밀었다.

랑그는 내가 내민 손을 보고 고개를 들어 의아해하는 시선을 보냈다.

"화해할 때는 악수하는 거야. 이 관계를 이어 나가고 싶다는 걸 보여 주기 위해서도 나는 그러고 있어."
"……아니스피아 왕녀 전하."

"—나는 이 나라에서 너희와 함께 미래를 꿈꿔도 될까?"

랑그가 잠시 내 손을 바라보았다. 그리고 랑그의 손이 천천히 내 손을 잡았다.

"—함께 배우고, 함께 걷고, 함께 지켜 낼 것을 맹세하며, 전하께서도 그러시기를 바랍니다."

랑그의 말에 나는 활짝 웃었다. 동시에 우레와 같은 박수 소리가 연회장에 울려 퍼졌다.
축복하는 박수 소리를 듣고 나와 랑그는 얼굴을 마주 보았다. 그리고 서로 웃었다.

* * *

"랑그, 수고했어."
"……미겔인가."
아니스피아 왕녀 전하에게 바치는 의식을 끝내고 연회장

은 다시 사교장으로 돌아왔다. 다들 오늘 밤의 감동을 이야기하고 있는지 상당히 떠들썩했다.

그런 연회장 구석에서 몸을 숨기듯 벽에 등을 기대고 있던 나는 소리 소문도 없이 다가온 미겔의 이름을 코웃음 치며 불렀다.

미겔은 평소처럼 표표하게 굴며 똑같이 벽에 등을 기댔다. 그 손에는 와인 잔이 들려 있었다.

"아니스피아 왕녀 전하께 진심 어린 칭찬을 듣고 가슴을 쓸어내렸어?"

"……흥."

"야, 칭찬하는 거야. 잘됐잖아. 마법부의 체면도 차렸고."

"글쎄. 이 흥분이 이번 한 번으로 끝나지 않기를 기도할 따름이야."

"너도 솔직하지 못하구나."

미겔이 어이없어하며 한숨을 쉬었다. 그 모습을 보고 나는 어깨를 으쓱였다.

"……아직 마악기의 성능은 충분하지 않아. 몇 번 테스트했지만, 악사의 기량이 모자라면 정령을 불러내지 못할 때도 있었어. 그리고 똑같은 악사가 연주한다고 해서 반드시 정령을 불러낼 수 있는 것도 아니야. 아직 불안전한 기술이야."

"단기간에 이만큼 해냈으면 충분한 거지."

"그것도 왕녀 전하께서 쌓아 올린 연구가 있었기 때문이야. ……딱히 내 공로는 아니야. 이것도 돌고 돌아 왕녀 전하께서 가져온 결과인 거지."

"너 진짜 솔직하지 못하구나!"

나를 보며 질렸다는 듯 말하던 미겔의 얼굴은, 마치 신기한 것을 본 것처럼 변했다.

그런 미겔을 시야 끄트머리에 담은 채 내가 보고 있었던 것은 유필리아 왕녀 전하와 이야기하는 아니스피아 왕녀 전하였다.

"……어쩌면 간단한 거였을지도 몰라."

"뭐가?"

"예의에 예의로 화답했다면, 어쩌면— 그랬다면 더 빨리 다른 관계를 구축했을지도 모른다고 생각했을 뿐이야. 있을 수 없는 가정이지만."

그저 상식을 모르는 괴짜라고, 왕족으로서 부끄러운 존재라고 여겼었다.

그 견해가 편견이지 않았을까 생각하게 된 자신의 변화에 놀랐다.

지금도 여전히 아니스피아 왕녀가 주장하는 이론에는 저항감과 거부감이 든다. 하지만 듣고 싶지 않다고 여길 정도는 아니었다.

나아가려고 하는 길이 다른 것은 분명하다. 하지만 아니스피아 왕녀가 보는 곳과 내가 보는 곳이 전혀 다른 장소이지는 않을 것 같다고 생각하게 되었다.

그렇기에 함께 걸어가는 길이 있을지도 모른다. 적어도 오늘은 아니스피아 왕녀의 길과 내 길이 겹쳐 있을 것이다.

……뭐라고 감상을 말하기 곤란한 이야기이긴 하지만.

"……다른 관계가 있었을지도 모르지만. 그래도 그렇기에 지금이 있는 거잖아?"

"……그렇지."

"지금은 그거면 되지 않을까. 어쨌든 수고했어."

미겔이 와인 잔을 가볍게 들었다. 나도 내 와인 잔을 들어 응했다.

서로 같은 위치에 든 잔이 맞닿았다. 그리고 조용히 와인 잔을 부딪치는 소리가 울렸다.

엔딩

내 탄생제가 무사히 성공을 거두고 시간이 흘렀다. 그사이에 우리는 분주한 나날을 보냈다.

나와의 관계가 개선되었다고 선전한 마법부는 악화됐던 평판을 뒤집고 있었다. 무엇보다 가장 큰 변화라고 할 수 있는 점은, 지금까지는 그란츠 공의 소개로 귀족과 만나고 마학을 강의했는데 마법부에서도 요청이 들어오게 된 것이었다.

탄생제 이후로는 마법부에서도 초청받게 되어서 그런지, 은근히 같이 불리는 일이 없었던 유피와 함께 야회에 초대받기도 했다.

당연한 얘기지만 부르는 사람이 많아지면 바빠진다. 동시에 충실한 나날이기도 했다. 그런 하루하루를 보내던 때, 아바마마가 나와 유피, 그리고 일리아와 레이니를 불렀다.

다 같이 아바마마의 집무실에 들어가니 어마마마와 그란츠 공이 함께 기다리고 있었다. 그리고 아바마마가 창밖을 보던 시선을 우리에게 돌렸다.

그런 그의 모습이 어딘가 평소와 다르게 느껴졌다.

"왔구나, 아니스피아, 유필리아."

"아바마마, 오늘은 무슨 일로 부르셨나요?"

"음."

고개를 한 번 끄덕인 아바마마는 어마마마와 그란츠 공을 보았다. 자세히 보니 두 사람도 묘한 표정을 짓고 있어서 평소와 분위기가 달랐다.

마치 확인하는 듯한 시선을 받은 어마마마와 그란츠 공은 조용히 아바마마에게 고개를 끄덕였다. 말없이 서로 통하는 모습에서 세 사람의 친분이 엿보이는 것 같았다.

"유필리아가 왕가에 양자로 들어오고 그에 맞춰 아니스피아도 사교 활동을 재개했다. 오늘까지 두 사람은 나라의 미래를 위해 활동하여 많은 귀족의 지지를 얻게 되었다. 그 성과를 보고 판단을 내릴 때라고 생각했다."

"……아바마마, 그건."

"—나는 퇴위할 생각이다."

퇴위. 그 말을 내뱉은 아바마마는 한없이 고요했고 평온했다. 몹시 지친 사람이 마침내 쉬려는 것처럼 아바마마는 그 말을 고했다.

"때는 무르익었다. 이 자리에 내가 앉아있어 봤자 이제 할 수 있는 일은 별로 없을 거다."

나는 자연스럽게 등을 펴고 아바마마의 말을 들었다. 옆에 있는 유피도 똑같이 꼿꼿한 자세였다.

아바마마가 퇴위한다. 즉, 아바마마는 차기 왕을 정했다는 말이다.

유피는 왕이 되기 위해 왕가에 양자로 들어왔지만, 유피가 왕이 될 수 있을지는 결과에 달린 일이었다. 유피가 안 됐을 때를 대비하여 나도 사교 활동을 대충 하지 않았다.

그렇게 오늘까지 쌓아올린 것에 대한 결과가 마침내 나온다. 나는 침을 삼키며 이어질 말을 기다렸다.

"차기 왕은— 유필리아, 너에게 맡기겠다."

아바마마의 말에 나는 긴장으로 멈췄던 숨을 천천히 내쉬었다. 그와 동시에 유피가 조금 휘청거려서 내 어깨에 부딪쳤다.

황급히 유피를 보았지만 그녀는 곧장 자세를 바로잡았다. 유피는 눈을 감고 심호흡하며 숨을 고른 후, 아바마마를 마주 보았다.

"……네, 아버님. 알겠습니다."

"오늘까지 애썼다. 마법부를 중심으로 너를 차기 국왕으로 추대하는 목소리는 커졌다. 하지만 착각하지 마라. 아니스가 멍청하게 굴어서 그리된 것은 아니다. 오히려 아니스가 약진하기 위해서도 네가 왕이 되는 편이 더 나은 미래로 이어질 거라며 지지한 자들이 있기 때문이다. 나라의 상징이 되어 나라를 더 좋은 길로 인도하는 선도자로 네가 선택받았음을 절대 잊어서는 안 된다."

"네. 그 말씀을 확실히 가슴에 새기겠습니다."

"아니스. 앞으로 너는 왕의 언니로서 버팀목이 되어 주거라. 너의 이상을 누구보다도 믿어 준 유피를 배신하지 말고 함께 미래를 나아가는 거다."

"네, 아바마마. 제 미래는 유피와 함께 있으니까요."

나와 유피를 똑바로 바라본 아바마마는 고개를 끄덕이고 시선을 감추듯 눈을 감았다. 그리고 우리 앞에 무릎 꿇었다.

갑작스러운 아바마마의 행동에 우리는 놀라고 말았다. 국왕인 아바마마가 무릎을 꿇다니, 원래는 용납되지 않을 행동이었다.

"아니스피아, 유필리아. 정말로 미안했다. 나는 한심한 왕이었다. 결국 많은 과제만을 너희 세대에 남긴 채 끝나고 말았어. 본래 나는 왕이 되어야 할 자가 아니었다. 그 부담을 너희에게 떠넘기고 마는구나."

"아바마마! 그런 말씀 마세요!"

"아니. 한 번만이라도 진심으로 사죄하게 해 다오. 나는 본래 왕이 되어야 했을 형을 치고 대신 국왕의 자리에 앉았다. 형을 친 것도 나라가 쪼개지고 전쟁으로 사람과 대지가 불타는 것이 두려웠기 때문이야. 나는 겁쟁이다. 무용이 뛰어나지도 않고 왕이 될 그릇도 아니었어. 정말로 무력한 왕이었다. 실피느와 그란츠가 없었다면 진작에 목숨을 잃었을 거다."

아바마마는 고개를 숙인 채 어깨를 떨며 고백했다. 마치 자신의 죄를 고하듯이.

"그래도 완수해야 할 일을 완수하고자 걸어왔다. ……하지만 너희를 보면 볼수록 생각하게 돼. 너희와 같은 재능을 조금이라도 가지고 싶었다. 사람들은 나를 온후하고 평화를 사랑하는 왕이라고 하지만, 결국 힘없는 왕이었던 거겠지. 원래부터 누구도 내가 왕이 되기를 기대하지 않았다. 그건 당연해."

아바마마의 말은 너무나도 비통했다. 어마마마도 그란츠 공도 그저 조용히 눈을 내리뜨고서 아무 말도 하지 않았다. 그렇지 않다고 말하는 건 간단하다. 아바마마가 국왕이 돼서 좋았던 점은 반드시 있다.

하지만 결과를 보면 아바마마가 뛰어났다고 할 수도 없었다. 차기 국왕이 될 터였던 아르 군을 잃었고, 가신의 간계에 놀아날 뻔했다. 아바마마의 선대 때부터 이어진 문제도 해결됐다고 할 수 없다.

"국왕은, 정치는, 상냥한 마음만으로는 해낼 수 없다. 남들 위에 서는 자로서, 때로는 나라를 지키기 위해 뭔가를 희생해야만 할 때도 있다. 그 책임을 누군가에게 맡길 수도 없다. 국왕이란 그런 것이다. 그렇기에 나는 책임을 다하지 못하는 왕이었다."

"아바마마……."

"유필리아, 나처럼 되지 마라. 아니, 굳이 말하지 않아도 되지 않겠지만. 너는 나보다 훨씬 더 왕에 걸맞아. ……하지만 소질이 있다고 해서 그게 전부는 아니다."

아바마마는 천천히 일어나 유피의 어깨에 손을 얹고 온화하게 말했다.

"한심한 일이지만, 나는 왕일 뿐이었다. 그래서는 안 돼. 나는 아니스피아와 아르가르드에게 그저 왕족이기를 강요했다. 그것 말고는 아무것도 보여 주지 못했어. 부모로서 한심할 따름이다."

"……그렇게까지 자신을 책망하실 필요는 없습니다."

"그럼 나를 긍정하고 존경할 수 있겠느냐?"

"……그야 물론이죠."

"심술궂은 질문을 했구나. 위로는 고맙지만, 그렇게 넘어갈 수도 없어."

아바마마는 온화하게 미소 짓고서 유피에게 말했다.

"왕이면서 한 명의 개인이 되기는 어렵다. 왕이 짊어지는 책임은 가볍지 않으니까. 하지만 그걸 버린다면 기다리는 것은 변화도 없고 전진할 수도 없는 정체다. 말하지 않아도 알겠지만 구태여 말하겠다, 유필리아. 정령 계약자가 되었기에 더더욱 잊지 말아라. 너는 너로 있으면 돼. 나는 그러길 바란다."

"……아버님."

"아니스피아, 너라면 왕과 사람 사이에 있는 것이 얼마나 어려운지 누구보다 잘 이해해 줄 수 있을 테지. 그러니 옆에 있으면서 지지해 줘라."

"……네. 물론이죠, 아바마마."

"……그리고 보호받는 것을 죄스럽게 여기지 마라. 자신이 부끄럽기도 하고, 상대를 아끼기에 상처 입히기 싫다는 생각도 들 거다. 그건 중요해. 하지만 그 생각에 사로잡혀서 멀어져선 안 된다. 그것만큼은 안 된다고 나도 확실히 말할 수 있어. 내게는 이렇게 훌륭한 아내와 친구가 있었으니까."

아바마마는 유피의 어깨에 얹은 손이 아닌 반대쪽 손을 내 어깨에 얹고 조금 장난스럽게 웃었다. 그런 아바마마의 시선 끝에는 어마마마와 그란츠 공이 있었다.

"……더 빨리 전해야 했는데. 그랬다면 이곳에 그 아이도 있었을지 몰라. 그러나 전한다고 해서 싹틀 만한 것도 아니지. 어려운 이야기야."

"……하지만 후회만 하고 있을 수도 없잖아요?"

"그래, 아무렴. 후회를 잊지 않으면서도 거기에 발목 잡히지 않고 나아가는 거다. 나는 실천했다고 할 수 없어. 그렇기에 뒷일은 너희에게 맡기겠다. 왕의 자리에서 내려간 뒤에는 남은 인생을 걸고 너희가 구축할 미래의 초석이 되겠다. 너희가 나아갈 미래가 가벼운 날개와 같기를 기원하기 위해서도."

아바마마는 나와 유피의 어깨를 당겨 한꺼번에 안았다. 그대로 몇 번 등을 두드린 후, 천천히 몸을 뗐다.

"뒷일을 부탁한다. 아니스피아, 유필리아."

네, 하고 대답하는 내 목소리와 유피의 목소리가 함께 나왔다. 우리의 대답을 확인한 후, 아바마마는 그란츠 공을 보았다.

"그란츠, 왕으로서 명한다. 부모로서 유피에게 할 말이 있으면 숨기지 마라."

"……폐하."

"아니면 친구로서 자기 딸과 확실하게 마주하라고 말해야 하나? 나처럼 후회하지 않았으면 한다만."

"……쓸데없는 참견이야."

가신에서 친구가 되어 아바마마를 향해 한숨을 쉬며 말한 그란츠 공이 유피 앞으로 나왔다. 유피의 시선이 그란츠 공의 시선과 얽혔고, 두 사람은 한동안 말없이 서로를 바라보았다.

"유필리아, 너는 나를 많이 닮았어. 그렇기에 좋지 않은 부분도, 칭찬받지 못할 부분도 닮아 버린 거겠지."

"……저는 아버지만큼 성격이 나쁘지 않은데요?"

"그래, 그럴지도 몰라. 하지만 성질이 나쁘다는 건 부정할 수 없겠지. 너는 조금 융통성 없는 구석이 있어. 특히 아니스피아 왕녀 전하와 관련된 일에는 현저해져."

"……쓸데없는 참견이에요."

"아무래도 그렇게 쓸데없는 참견을 해야 하는 게 부모인 것 같다. 한도는 있겠지만, 우리는 그게 한참 부족했을 거야. 아니면 진정한 의미에서 쓸데없는 참견밖에 못 한 걸지도 모르지. 아르가르드 님의 약혼자였을 적의 네가 그저 내 그림자처럼 따라 걸었던 이유도 그렇기 때문이었다고 한다면 변명할 수 없으니까."

"……아버지."

"정면으로 덤벼드는 지금의 네가 나는 더 자랑스럽다. 이제 내 그림자에 사로잡히지 않아도 돼. 부모 따위 발판으로 삼을 기세로 나아가라."

툭, 그란츠 공이 유피의 머리에 손을 얹었다. 그란츠 공의 얼굴에는 전에 없이 인간답고 아버지다운 미소가 떠올라 있었다.

"—많이 컸구나, 유필리아."

"……읏."

유피의 숨이 떨리며 몸이 살짝 굳었다. 그대로 그란츠 공의 가슴에 이마를 대고 떠는 유피를 그란츠 공은 조용히 받아 줬다.

잠시 동안 말없이 몸을 맞대고 있던 두 사람은 아무 일도 없었던 것처럼 떨어졌다. 여운도 느껴지지 않았다. 그래도 서로 만족스러워 보이는 것이 인상적이었다.

"아니스…… 유피……."

"어마마마."

"부모로서 그대들에게서 가장 도망쳤던 사람은 나예요. 분명 후회는 영원히 사라지지 않겠죠. 누군가가 용서하고 말고의 문제가 아니에요. 내가 나를 용서할 수 없어."

아니라고 말하려다가 멈췄다. 어마마마가 쓸쓸해 보이기는 했지만 웃고 있었기 때문이다. 그녀는 나와 유피의 손을 잡고 자신 쪽으로 끌어당겼다.

"그대들의 추억 속에서 좀 더 훌륭한 엄마가 되고 싶었어요. 그대들과 함께 추억을 만들며 그 기쁨을 나누고 싶었어……."

"……추억은 앞으로 잔뜩 만들 수 있어요."

"맞아요. 하지만 앞으로 만들 수는 있어도, 과거의 추억은 늘릴 수 없어요. 그건 대체할 수 없어요. 그래서 사라지지 않는 거예요. 아무리 멋진 추억을 쌓아도 사람은 후회해요. 이건 분명 영원히 따라오겠죠."

"……네."

어마마마는 나와 유피의 손을 움켜잡으며 기도하듯 말했다.

"그대들의 등에는 커다란 날개가 있어요. 미래를 향해 한없이 날아갈 수 있어요. 그러니 후회 따위 하지 않을 만큼 날아가 버리세요. 지치면 날개를 접고 쉬어도 돼요. 그래도 나는 것을 두려워하지 말고, 후회하며 고개 숙이지 말고 당당해지세요. 그대들은 우리의 자랑이니까."

우리의 자랑. 그 말을 듣자 눈시울이 뜨거워지고 눈물이 나려고 했다. 나는 필사적으로 눈물을 참고 웃으며 어마마마에게 말했다.

"……두 분의 자랑이 한없이 날아갈 수 있도록 부디 지켜봐 주세요."

"네, 지켜볼게요."

어마마마는 우리의 손을 놓고 어깨를 감쌌다. 그대로 나와 유피를 한꺼번에 끌어안고 웃었다. 그 울먹이는 눈에서 눈물이 흘러내렸다.

아바마마와 그란츠 공은 우리의 모습을 온화한 눈으로 보고 있었다. 동시에 시선은 이곳이 아닌 어딘가 먼 곳을 바라보고 있는 것도 같았다.

그걸 보고 이해하고 말았다. 지금까지 아바마마는 우리의 앞에 있었다. 왕으로서, 부모로서. 하지만 지금 이 순간, 우리는 부모의 뒤에서 벗어나 앞으로 나왔다. 그런 기분이 들었다.

그렇기에 다리에 힘을 주고 등을 곧게 폈다. 이 사람들에게 굽은 등을 보일 수는 없었다. 이 사람들에게 부끄럽지 않을 내가 되기 위해서도, 이번에야말로 나는 내 책무를 다하고 싶다.

"지금까지 감사했습니다."

앞으로는 우리도 짊어지겠다. 그런 결의와 감사를 담아 나는 진심으로 감사의 말을 전했다.

* * *

유피를 차기 국왕으로 지명한다는 것이 정식으로 발표되었다. 그 후 머지않아 유피의 즉위식이 열리게 되었다.

아바마마가 사전에 전했기에 우리의 준비는 그리 어수선하지 않게 진행되었다. 그러는 동안 유피의 즉위를 다들 어떻게 받아들이고 있는지 하르피스와 갓군에게 확인해 달라고도 했다.

"다들 어렴히 유필리아 님이 되겠지, 하는 반응이었어요."

"네. 아니스피아 님에게 부정적이라기보다, 아니스피아 님은 마학 제창자로서 움직이는 편이 좋다고 생각하는 사람이 많은 것 같았어요."

"아니스 님과 유필리아 님은 사이가 좋으니까요. 싸우지 않는다면 유필리아 님에게 더 적성이 있다며 대체로 문제없이 받아들이고 있지 않을까요?"

하르피스와 갓군이 말하길, 그런 느낌이라고 했다. 특별히 큰 반발 없이 유피의 즉위는 환영받고 있는 것 같았다.

바라던 대로 결과가 나온 것은 기쁘다. 하지만 역시 입장이 바뀐다고 생각하니 이상한 감개에 빠져서 즉위식을 준비하는 동안 나는 조금 싱숭생숭한 나날을 보냈다.

그러나 시간은 기다려 주지 않았다. 순식간에 즉위식 날이 찾아와서 나는 일리아의 도움을 받아 즉위식에 걸맞은 드레스로 갈아입고 있었다.

"……오늘은 굉장히 얌전하시네요."

"나도 오늘 같은 날은 긴장하고 불안해져."

"그렇습니까. 대단히 좋은 일입니다."

"……정말로 좋은 일이라고 생각해?"

거울에 비친 일리아를 원망스럽게 노려보았지만 일리아는 점잖은 얼굴로 아무 말도 하지 않았다.

"……머리, 조금 자랐군요."

"그래? 듣고 보니 최근에 안 잘랐네."

"키도 크셨습니다."

"정말?!"

"유필리아 님은 더 크셨지만요."

"왜 기분 좋게 했다가 후려치는 거야?"

유피, 역시 키 크고 있는 건가. 하지만 슬슬 멈추겠지? 키 차이가 너무 나는 건 싫다.

"괜찮습니다. 아니스피아 님은 분명하게 성장하고 계십니다."

"……응."

"다시금 축하드립니다. 앞으로도 저는 전하 곁에 있을 겁니다."

"……그렇게 말하면 레이니가 삐질걸?"

"삐지면 삐진 만큼 귀여워해 주면 됩니다."

레이니는 유피의 단장을 도와주고 있어서 여기에 없었다. 저쪽도 저쪽대로 큰일일 거다.

그렇게 생각하고 있으니 누군가가 문을 노크했다. 안에 들어온 사람은 어마마마였다.

"아니스, 준비는 다 됐나요?"

"네, 어마마마. 보시다시피 준비됐어요."

"……굉장히 얌전하네요?"

"왜 일리아랑 똑같은 말씀을 하시는 거죠?"

"평상시 행실 때문이겠죠. 드레스가 무겁다는 둥 움직이기 불편하다는 둥 불평만 했잖아요."

어마마마는 뾰로통한 눈으로 나를 보며 말했다가 금세 힘을 빼고 웃었다.

"……뭐, 우리도 나무랄 처지는 못 되지만."

"우리?"

"저도 딱히 드레스를 좋아하진 않아요. 창을 휘두르는 게 제일 좋다고 말하던 여자애였으니까요. 오르펀스도 격식 차린 옷을 입는 것보다 단출한 옷을 입고 흙 만지는 게 더 적성에 맞는다고 했을 정도고. 그런 못난 부분을 가장 닮지 않았던 건 그 아이죠……."

"……어마마마."

"이런. 나도 모르게 그 아이 얘기를 꺼냈네. 정말로 후회만 들어. 내가 좀 더 잘했다면, 하고 생각하게 돼. 위를 쳐다보면 끝이 없는데도."

어마마마는 힘없이 고개를 가로젓고서 뭔가를 떨쳐 내듯 시선을 들었다.

"아니스, 오늘은 당신에게 있어 일단락되는 날일 거예요. 하지만 시작되는 날이기도 해요."

"네."

"당신답게 살아 보세요. 잔소리는 하겠지만, 그걸 들을지 말지는 당신 뜻대로 정하면 되니까요."

어마마마는 화장과 드레스가 망가지지 않을 정도로 몸을 기댔다. 나도 어마마마의 어깨에 손을 얹고 몸을 기댔다. 잠시 그러고 있다가 우리는 거리를 뒀다.

"자, 우리는 먼저 즉위식장에 들어가 있어야 해요. 오르펀스와 유필리아를 확실하게 맞이해 주기로 해요."

"네, 어마마마. 가시죠."

"……내가 뒤에서 받쳐 줘야 한다고 생각했었는데. 에스코트받는 쪽이 되다니, 세월 참 빠르네요."

당장에라도 울어 버릴 것처럼 눈물을 글썽거리며 어마마마가 나를 올려다보고 말했다.

하지만 눈물이 흐르기 전에 손으로 훔친 어마마마가 나와 함께 나란히 즉위식장으로 갔다. 식장에는 이미 귀족들이 대기하고 있었고, 이제나저제나 기다리고 있는 것 같았다.

나와 어마마마의 이름이 호명되자 우리에게 주목이 모였다. 귀족들 중에 아는 얼굴이 꽤 있었다.

이런 자리에는 절대 참석하지 않을 줄 알았던 티르티가 무료하게 서 있었다. 나와 눈이 마주치자 대담하게 웃고서 어깨를 으쓱였다.

하르피스가 마리온과 함께 내게 상냥한 시선을 보내고 있었다. 정말로 기쁘다는 듯 웃고 있어서 나도 입꼬리가 올라갈 것 같았다.

경호하는 기사 중에 갓군이 있었다. 나와 눈이 마주치자 일순 씩 웃었다.

기사 중에는 당연히 근위 기사단의 스프라우트 기사단장이 있었다. 어마마마와 눈이 마주쳤는지 고개를 한 번 끄덕이고서 웃는 것이 보였다.

그 밖에도 랑그와 미겔, 그리고 마학 강습이나 야회에서 말을 나눴던 귀족들이 있었다. 그런 가운데 왕족과 누구보다 가까운 위치에는 그란츠 공과 네르셸 공작 부인이 있었다.

네르셸 부인은 눈에 띄지 않도록 작게 손을 흔들고 있었다. 그 모습을 힐끔 보았으나 아무 말도 하지 않는 그란츠 공이 조금 웃겼다.

……그리고 원래 이곳에 서야 했지만 이곳에 없는 아르 군을 떠올리고 말았다. 시선을 내린 것은 한순간이었고, 나는 다시 등을 곧게 폈다.

나와 어마마마는 잘 아는 사람들 사이를 빠져나가 왕족이 서는 위치로 갔다. 오늘의 사회 진행을 맡은 노인이 온화하게 웃으며 단상에서 기다리고 있었다.

이 사람은 지금 마법부를 아우르고 있는 그래파이트 장관 대리였다. 국왕의 즉위식이니 사회 진행 역할로 가장 윗사람이 나오는 건 당연했다. 미겔의 조부라고 들었지만, 특징을 파악하기 어려워서 인상에 잘 남지 않는 노인이었다.

"기다리고 있었습니다, 실피느 왕비님, 아니스피아 왕녀 전하. 오늘 같은 좋은 날을 맞이하게 되어 진심으로 기쁩니다. 그럼 지금부터 즉위식을 거행하겠습니다. 모두 정숙해 주십시오."

사회자가 지시하자 즉위식장이 고요해졌다. 잠시 후, 입구 경호를 담당하는 기사의 목소리가 즉위식장에 울려 퍼졌다.

"오르펀스 국왕 폐하와 유필리아 왕녀 전하의 입장입니다!"

목소리가 울리고 다시 침묵이 퍼졌다. 먼저 모습을 보인 사람은 아바마마였다. 평소보다 화려한 옷을 입었고 머리에는 대대로 물려 내려오는 왕관이 있었다. 이런 의식 때만 볼 수 있는 귀중품이었다.

뒤따라 들어온 유피의 드레스는 지금까지 본 것 중에서 가장 화려했고 동시에 멋있었다.

지금까지 봤던 드레스는 유피의 여성스러움을 부각하는 것이 많았다. 하지만 오늘은 위엄 넘치는 인상이었다.

바른 자세로 당당히 걷는 유피는 무심코 받들어 모시고 싶어지는 분위기를 풍기고 있었다. 차기 국왕에 걸맞은 모습을 보여 주는 유피의 기백이 넘쳐흐르고 있는 것 같았다. 그렇게 시선을 빼앗긴 사이에 유피와 아바마마는 어마마마와 내가 있는 단상에 올라왔다.

"오르펀스 국왕 폐하, 유필리아 왕녀 전하. 기다리고 있었습니다."

"미안하네, 그래파이트 옹. 연로한 그대를 이곳에 세우고 말았군."

"허허허, 폐하의 즉위를 지켜본 제가 설마 퇴위까지 보게 될 줄은 몰랐습니다. 운명이란 알 수 없다는 것을 통감할 따름입니다."

인품 있는 웃음을 지은 그래파이트 장관 대리가 아바마마를 바라보았다. 애초에 마법부 장관이었다는 것은 아바마마의 즉위식 때도 사회 진행을 맡았단 것을 의미했다. 그랬는데 은퇴한 후에 퇴위식 진행까지 맡았으니 신기한 운명이라고 여기는 것도 당연했다.

"그럼 시작하겠습니다. 우리의 오르펀스 일 팔레티아 국왕 폐하, 오늘 이 좋은 날을 맞이하게 되어 신하 일동은 대단히 기쁘게 생각합니다."

그래파이트 장관 대리가 아바마마에게 인사하고 말하자 다른 귀족들도 인사했다.

“오늘까지 저희를 이끌어 오신 왕이시여, 당신의 말씀을 듣고 싶습니다.”

“음.”

아바마마는 고개를 한 번 끄덕이고서 여전히 예를 취하고 있는 귀족들을 보았다. 숨을 고르고 눈을 감았다. 마치 그 한순간의 동작에 마음을 담는 것 같았다. 그리고 천천히 눈을 뜨며 입을 열었다.

“내가 국왕으로 즉위하고 긴 세월이 흘렀다. 기억하고 있는 자도 많을 것이다. 내가 즉위했을 무렵에 이 나라는 몹시 어지러웠다. 존속의 위기에 처해 있었다고 해도 과언이 아닐 것이다.”

아바마마는 무겁게 말했다. 그 목소리에는 미처 숨기지 못한 후회가 담겨 있었다.

본래 왕위를 이을 입장이 아니었다. 그래도 운명은 아바마마를 국왕의 자리에 앉혔다. 원예라는 소박한 취미를 진심으로 바랐던 아바마마가 정치의 정점인 국왕이 되느라 얼마나 고생했을지 생각하면 마음이 아팠다.

“오늘을 맞이하게 된 것은 나를 지지해 준 신하들의 공적이다. 오늘까지 나를 왕으로 섬겨 준 것은 나의 가장 큰 보물이자 명예이다. 그러나 후회도 있다. 내가 국왕으로서 이룬 일은 너무나도 적다. 나를 섬겨 준 이들에게 만족스러운 영예를 안겨 줬을지는 의문이 남는 부분일 것이다.”

아바마마는 거기서 일단 말을 끊었다. 침묵이 주위를 뒤덮었다.

"……다들 고개를 들어 다오."

아바마마가 모두에게 말했다. 그 말을 따라 한 사람씩 고개를 들었다.

"오늘부로 나, 오르펀스 일 팔레티아는 국왕의 자리에서 물러난다. 오늘까지 나를 지지해 준 신하들이여, 똑똑히 보고 귀 기울여 들으라. 나는 차기 국왕으로— 유필리아 페즈 팔레티아 왕녀를 지명한다."

마침내 아바마마의 입으로 고했다. 즉위식장의 긴장감이 팽팽해지는 가운데, 다들 숨소리조차 내지 않았다.

"내가 당당히 이뤘다 할 수 있는 것은 미래로 이어지는 씨앗을 남긴 것이다. 왕으로 유필리아를, 그 보좌로 아니스피아를. 아무쪼록 모두 축하해 주길 바란다! 이 아이들이 우리나라의 미래를 열어 줄 것이다! 그러므로 나는 적합한 자에게 이 자리를 양보하겠노라!!"

—환호성이 터져 나오며 박수 소리가 크게 울렸다.

한동안 환호성과 박수 소리가 울려 퍼졌다. 그 소리를 가라앉히듯 아바마마가 손을 들었다. 소리가 뚝 멈추며 재차 정적이 돌아왔다.

"유필리아, 내 앞으로 오라."

"네."

아바마마에게 호명 받고 유피가 앞으로 나갔다. 유피는 아바마마를 올려다본 후 그 자리에 무릎 꿇었다.

"묻겠다. 나는 너를 차기 국왕으로 임명한다. 그 책임을 짊어질 각오는 있느냐?"

"정령에 맹세코 그 위대한 책임을 이어받겠습니다."

아바마마의 물음에 유피가 대답했다. 아바마마는 고개를 끄덕였다. 이제 왕관을 유피에게 씌우면 왕위 계승을 명확히 보여 준 것이 된다.

"아니스피아."

"어? 아, 네!"

갑자기 호명되어서 나는 허둥지둥 대답했다. 어? 왜 나를 부른 거야?

아바마마는 당황하는 나를 무시하고서 왕관을 벗더니 내게 내밀었다.

"네가 씌워 줘라."

"……제가요?"

그런 순서가 있다는 건 처음 들었는데요? 어라? 보통은 국왕이 차기 국왕에게 왕관을 씌우고 끝나는 거 아니었어?

"유피는 왕가의 직계가 아니다. 본래 우리가 져야 할 책임을 대신 짊어지게 돼. 그 무게를 잊지 않기 위해 네가 유피에게 맡겨라."

아바마마의 말에 심장이 크게 뛰었다. 침을 삼키고 아바마마가 양손으로 내민 왕관을 보았다.

국왕의 증거인 왕관을 본래 써야 했던 내가 유피에게 씌운다. 구태여 그렇게 함으로써 보여주는 것이 있었다.

그리고 나는 유피에게 국왕이라는 중책을 지운다는 것을 다시금 인식하는 것이다.

"……알겠습니다."

나는 숨을 크게 마시고 아바마마로부터 왕관을 받았다. 실제 무게는 그리 무겁지 않았다. 하지만 왕관은 한없이 무겁게 느껴졌다.

아바마마가 유피의 정면에서 한 걸음 물러났다. 나는 교대하듯 유피의 정면에 섰다. 유피가 무릎 꿇은 채 고개를 들어 나를 보았다.

"아니스."

"유피."

고요한 즉위식장에서 우리는 누구에게도 들리지 않을 목소리로 서로의 이름을 불렀다.

나는 오늘 이 아이에게 국왕이라는 짐을 지운다. 내 꿈을 누구보다도 바란 사람에게. 한없이 무거운 이 왕관을 씌운다.

"—맹세할게. 이 왕관을 써 준 유피를 절대 외톨이로 만들지 않을 거야."

이 무게를 결코 잊지 않겠다. 유피에게 지우는 책무의 무게를. 그러니 쭉 곁에 있자. 누구보다도 곁에 있으면서 받쳐 주자. 함께 꿈을 좇자.

우리는 앞으로 무슨 일이 생기든 쭉 함께다. 평생 맹세하겠다.

"아니스."

유피는 다시 한번 내 이름을 불렀다. 목소리에 확실한 친애를 담고서.

"저는 당신에게 명예를 받을 만한 사람인가요?"

그 물음에 나는 아무 대답도 할 수 없었다. 아무 대답도 못 한 대신 시야가 뿌옇게 될 만큼 눈물이 차올랐다.

처음 만났을 때의 그대는 상처받아서 당장이라도 부러져 사라질 정도로 아련했었다.

길을 찾지 못해 괴로워하고, 몸부림치고, 내 꿈을 응원하고 싶다고 말해 줬다. 그대는 내가 그댈 구해 줬다고 말할 거다.

하지만 똑같이 나도 구원받았다. 받기 무서워질 정도의 구원을, 거부하려고 해도 그대는 나에게 줬다.

—이렇게나 지금 그대가 사랑스럽다.

마음이 끊임없이 흘러넘쳤다. 우리는 다다랐다. 물론 이곳이 끝은 아니다. 시작이라고도 할 수 있다. 하지만 이곳에 이르기까지 우리가 걸어온 길이 있었다.

손안의 이 무게는 그런 모든 마음의 무게이기도 했다. 그래서 무거웠다. 괴롭고, 울고 싶고, 내던지고 싶어진다. 그래도 놓을 수 없을 만큼 소중한 것이었다.

사랑하니까. 유피와 걸어온 시간도, 앞으로 걸어갈 미래도. 누구보다 나를 사랑해 준 유피의 모든 것을 나는 존중하고 싶다.

"명예만으로는 전혀 부족해. 더 많은 것을 바쳐도 좋아. 전부, 유피와 함께하고 싶어."

그러니 함께 안고서 살아가자. 네가 바란 이 길을.

나는 유피가 바란 왕관을 유피의 머리에 살며시 얹었다. 유피는 살짝 고개를 숙여 왕관을 받았다.

왕관을 쓴 유피가 천천히 일어나 먼저 아바마마와 어마마마를 보았다.

아바마마는 온화하게 웃으며 만족스럽게 고개를 끄덕였고, 어마마마는 눈물을 닦고서 미소 지었다.

"축하한다, 유필리아."

"감사합니다, 아버님, 어머님."

"……자, 모두에게 너의 모습을 보여 줘라."

아바마마가 권하자 유피는 고개를 한 번 끄덕이고서 모습을 보여 주듯 모두를 돌아보았다. 그에 맞춰 그래파이트 장관 대리가 외쳤다.

"—이에 왕위 계승을 선언하노라! 여왕 유필리아 페즈 팔레티아 폐하! 우리의 새로운 왕에게 정령의 축복이 있기를!!"
그래파이트 옹의 선언에 화답하여 정령의 축복을 바라는 목소리와 박수 소리가 성대하게 울려 퍼졌다.
다들 왕위를 계승한 유피를 보고 있었다. 반쯤 전설의 존재로 회자되던 정령 계약자 왕이 역사에 이름을 새겼다.
오늘은 틀림없이 역사가 바뀌는 날이다. 그 순간 속에 있다는 흥분이 사람들의 열의를 부추겼을 것이다. 박수도 환호성도 한동안 멈추지 않았다.
"―정숙해 주십시오! 지금부터 새로운 왕 유필리아 폐하의 말씀을 듣겠습니다!"
그런 열의조차 가라앉히는 목소리가 울렸다. 하지만 열의가 사라진 것은 아니었다. 다들 유피의 말을 놓치지 않으려고 귀를 기울이고 있었다.
유피는 모두를 둘러본 후, 가슴에 손을 얹고서 맑은 목소리로 말을 자아냈다.
"오늘 같은 좋은 날을 맞이하게 되어 자랑스럽습니다. 아시다시피 저는 직계 왕족이 아니라 정령 계약으로 왕가의 일원이 된 자입니다."
기도하고 바라듯이 유피는 당당히 가슴을 펴고 말했다.
"하지만 다들 잊지 않으셨으면 합니다. 저는 다시금 말하고 싶습니다. 우리는 팔레티아 왕국을 건국한 초대 국왕으로부터 마법의 기적을 물려받아, 마법을 다룰 수 있는 자에게 귀족의 명예와 책무를 주고 나라를 지켜 왔습니다. 그 역사의 무게가 지금도 우리에게 긍지를 주고 있습니다. 하지만 오랜 가르침이 마법을 다루지 못하는 백성과의 단절을 만들어 나라를 좀먹었습니다. 그로 인해 슬픈 일도 많이 일어났습니다."

제일 먼저 아르 군의 모습이 떠올랐다. 아바마마가 형을 쳐야만 했던 쿠데타도 그랬다. 모든 원인의 근본에는 귀족과 평민의 단절과 다툼이 있었다.

부패한 귀족의 횡포에 울분이 쌓인 백성. 귀족과 맺어지면서 잠재적으로 마법 재능을 물려받은 자. 그것은 적잖은 비극을 가져왔다.

"우리는 다시금 돌아보아야 합니다. 마법이란 무엇인가? 귀족은 어때야 하는가? 올바른 나라의 모습은 무엇인가? 저는 모두의 선도자가 되어 올바른 모습을 보여 줄 수 있도록 진력할 것입니다. 그러기 위해 저는 정령 계약을 맺었습니다. 이것은 전설의 재래도 아니고 복권도 아닙니다. 저의 계약은 전통 계승의 상징이자 동시에 재생의 상징이기도 합니다."

이 나라는 썩어 버렸다. 그렇게 말한 사람이 있었다. 하지만 그렇다고 포기하지 않겠다. 필요하다면 새로운 싹을 키워서 재생시키자. 이제는 그렇게 맹세할 수 있었다.

"시대는 바뀝니다. 그러면 귀족의 역할도 바뀝니다. 지금까지의 긍지를 버리라는 말은 아닙니다. 하지만 변화를 거부하지 말아 주세요. 저는 확신합니다! 지금 이 나라에 변화를 가져오려고 하는 새로운 바람은 길조임을! 그것을 증명해 준 사람이 바로— 아니스피아 윈 팔레티아입니다!"

유피가 내 이름을 부르더니 그대로 내게 다가왔다. 내 손을 당겨 나란히 서게 했다.

갑자기 끌어안긴 나는 어안이 벙벙해졌지만 내가 뭐라고 하기 전에 유피가 말을 거듭했다.

"아니스는 보여 줬습니다. 새로운 미래를, 보기 드문 가능성을. 미지를 두려워하는 마음은 이해합니다. 종착점이 보이는 않는 여행만큼 두려운 것은 없습니다. 아니스가 개척하고자 하는 미래는 우리 눈에 캄캄한 어둠처럼 보일 겁니다. 하지만 거기에 어둠만 있는 것은 아닙니다! 밤하늘에 별이 반짝이는 것과 같습니다! 결코 빛이 없는 길이 아닙니다! 우리 한 사람 한 사람이 바로 빛입니다!"

유피는 호소하듯 외쳤다. 모인 자들을 압도할 만큼 강하게, 뜨겁게. 목소리에 감정을 실어서.

"—저는 빛을 보았습니다. 그리고 저 또한 빛날 수 있음을 알았습니다."

유피가 내게 시선을 보냈다. 그대로 내 어깨를 잡고 정면으로 마주했다.

—그리고 유피는 내게 입을 맞췄다.

갑작스러운 키스에 나는 굳어 버렸다. 누군가가 숨을 삼키는 소리가 들린 것 같았다. 고요했던 즉위식장의 정적이 더 깊어져서 심장 소리가 들릴 정도였다.

"—사랑합니다. 진심으로, 누구보다도, 당신이라는 빛을."

"유, 피."

"저는 보여 줄 겁니다. 누구보다도 사랑하는 아니스와 함께! 이 나라에 희망을! 가능성을! 원시 속성을 비롯해 4대 속성을 관장하는 정령에게 맹세합니다! 이 사랑을 증명하며 이 나라에 번영을 가져오겠습니다! 새로운 시대를 저희와 함께 걸어갑시다!"

갑작스러운 일에 다들 얼떨떨했을 것이다. 하지만 누군가가 치기 시작한 박수가 파도치듯 퍼져 나갔다. 작은 환호성이 큰 환호성으로 바뀌며 떠들썩해졌다.

그런 가운데 나는 몸을 떨고 있었다. 이, 이 아이, 이런 곳에서, 키스한 데다가 고백까지……! 심지어 정령에게 맹세해 나, 나를 사랑한다고 했어……!

아바마마는 이마를 짚고 있었고, 어마마마는 뭐라 말할 수 없는 얼굴로 쓴웃음을 짓고 있었다. 나는 어떤 표정을 지으면 좋을지 알 수 없어서 새빨간 얼굴로 유피를 노려보았다.

어느새 유피의 손이 내 허리에 감겨 있어서 도망칠 수 없었다. 사랑스럽다는 듯 나를 바라보는 유피의 표정이 얄미

울 정도였다.

"……너어, 잘도 이런 짓을……!"

"견제해 두고 싶었거든요."

"그렇다고 여기서 키스를 해?!"

환호성 때문에 우리가 뭐라고 말다툼하는지 안 들리겠지만 그래도 목소리가 작아졌다.

하지만 유피는 제대로 들었는지 눈을 가늘게 뜨고서 웃을 뿐이었다. 그 표정이 얄미워서 투닥투닥 때리고 말았다.

"때려도 좋지만, 거절은 안 받아요."

"으, 으으으……! 유피 바보—!"

얼굴을 못 들고 있겠어! 지금 내가 할 수 있는 일은 한시라도 빨리 이 행사가 끝나기를 바라는 것뿐이었다.

* * *

즉위식을 끝내고 밤이 찾아왔다.

달빛이 들어오는 방에서 나는 침대에 앉아 위협 자세를 취하고 있었다. 위협받고 있는 유피는 그저 쓴웃음을 짓고 있었다.

"아니스, 슬슬 기분 풀어요."

"……그런 짓을 했으면서."

"그래서 사과하잖아요. 적어도 사전에 말해 뒀어야 했는데."

"……그런 게 아니거든."

"……그럼 왜 그렇게 화가 났나요?"

갈피를 못 잡겠다는 듯 유피가 중얼거렸지만, 막막한 건 나도 마찬가지였다! 나는 품속에 있는 베개를 꽉 껴안으며 뺨을 부풀렸다.

"……유피는 치사해."

"치사한가요."

"……유피 혼자만 치사해."

그래, 유피는 치사하다. 그런 장소에서, 모두가 보는 데서, 굉장히 중요한 장면인데 내게 키스하여 견제하는 영악한 바보다.

그런 짓을 했으니 유피에게 국서를 들이라고 간단히 말할 수 없을 것이다. 이래도 되나 싶을 만큼 나를 사랑한다는 것을 정면으로 전했으니까.

"유피는 치사해."

—나도 이렇게나 좋아하는데, 자기 혼자 좋아하는 것처럼 행동하고.

나는 베개를 옆에 놓고 유피 곁으로 다가갔다. 그대로 유피의 어깨를 잡아 유피의 입술에 내 입술을 눌렀다.

키스는 이미 몇 번이나 했지만 내가 먼저 유피의 입술을 뺏은 건 이게 처음이었다. 유피가 눈을 동그랗게 뜨며 놀라는 게 보였다. 고소했다.

"—사랑해. 유피에게 전부 내줘도 좋을 만큼 너를 사랑해."

확실하게 말로 표현하여 울먹이면서도 미소 지으며 마음을 전부 전했다.

오늘은 살면서 가장 큰 행복을 실감하고, 더 행복해지고 싶다고 바란 날이다. 내가 이렇게 된 건 유피 탓이다. 이제 혼자서는 도저히 주체할 수 없었다.

"……해도 돼."

"……아니스?"

"—오늘은 유피가 하고 싶은 거, 다 해도 돼."

목소리가 떨리지 않은 것만으로도 다행이었다. 시선을 피했기 때문에 유피의 얼굴은 보이지 않았다. 내 말에 굳어 있던 유피는 잠시 후 내게 손을 뻗었다.

"……정말로 괜찮은 거죠?"

"……그렇게 몇 번씩 물어보면 결심이 흔들릴 것 같은데."

오늘 밤은 고요했다. 서로의 숨소리까지 들릴 듯이 조용한 가운데, 나는 유피와 마주 보고 있었다.

둘 다 잠옷 차림으로 침대에 함께 앉아 있지만, 서로 어딘가 어색했다. 지금까지 몇 번이나 같이 잤고, 새삼 쑥스러워할 일도 아닌데.

그래도 내 심장은 경종을 울리듯 뛰는 속도를 높였다. 그래, 오늘은 평소와 조금 다른 밤이다.

정령 계약자가 된 뒤로 유피는 내게서 마력을 보충해 양식으로 삼았다. 그러니까 유피에게 내 마력은 무엇보다 맛있는 진수성찬이었다.

마력을 섭취하는 방법은 여러 가지 있다. 예를 들어 피를 비롯한 체액을 마시거나 서로 접촉하여 마력을 섭취할 수 있었다.

말하자면 스킨십이다. 하지만 그 점이 중요했다. 유피와 내 관계도 연인으로 바뀌었지만 여기까지 허락한 적은 없었다.

솔직히 결심이 서지 않았었다. 어느새 행복한 나날에 함몰되어 버릴 것 같았으니까. 그래도 이제서야 나도 받아들일 수 있게 되었다.

오늘이라는 대목을 맞이하고, 유피가 나를 많이 사랑한다는 걸 보여 줘서, 어쩌면 어떻게 되어버린 걸지도 모른다.

하지만 그렇더라도 좋았다. 유피에게라면 전부 내줄 수 있으니까.

"……새삼 들으니 가슴에 북받쳐 오르는 게 있네요."

유피가 뻗은 손이 내 귀를 만졌다. 귓불에서 귀의 형태를 덧그리고 머리카락을 넘기는 감촉에 등이 오싹해졌다.

"언젠가는 이런 날이 올 줄 알았지만. 실제로 오니까…… 말이 안 나와요."

유피는 그렇게 말하고서 정말 행복하게 웃었다. 별궁에 있을 때는 표정도 누그러지지만, 지금 지은 표정은 평소와는 비교가 안 될 만큼 풀어져 있었다.

……아아, 정말로 유피는 나를 좋아하는구나, 하는 생각이 강하게 들 정도였다.

"……이래 봬도 오기라든가 수치심이라든가, 이것저것 저울질한 거라 너무 칭찬하면 날뛸지도 몰라."

"네, 알고 있어요. 그렇기에 더더욱 그런 거예요, 아니스."

귀를 만지던 유피의 손이 내려와 살며시 턱을 들어 올렸다. 소리를 내며 키스가 반복되었다.

나는 눈을 감고서 유피의 키스를 받아들이며 뻣뻣해지려는 몸을 어떻게든 진정시켰다.

비처럼 내리던 키스가 멈췄다. 아니스, 라며 다정한 목소리로 이름을 불리니 분위기도 더해져 뇌가 마비될 것 같았다.

"……이제 멈출 수 없어요."

절실하게 내뱉은 유피의 숨은 화상을 입을 만큼 열에 들떠 있었다.

유피가 내 어깨를 잡고 그대로 체중을 실어 뒤로 눕혔다. 누워서 유피를 올려다보는 자세가 되자 유피의 은발이 커튼처럼 내려왔다.

보이는 것은 서로의 얼굴뿐. 달빛을 받은 유피의 뺨은 희미한 빛 속에서도 알 수 있을 만큼 발그레했고 눈은 황홀하게 풀려 있었다. 그 눈 안쪽에 숨길 수 없는 열이 담겨 있었다.

평상시의 유피와는 전혀 다른 모습이라서 두근거리고 말았다. 가슴이 꽉 죄어들어 아팠다.

평소에는 의젓하고 완벽하다는 말이 어울리는 유피가, 여유를 잃고 나를 원하고 있었다. 기쁘고, 쑥스럽고, 울어 버릴 것 같았다. 그래서 나는 자연스럽게 유피를 향해 웃어 줄 수 있었다.

유피는 그런 내 표정을 허락으로 받아들였을지도 모른다. 다시 시작된 입맞춤은 거칠어서 마치 물어뜯는 것 같았다.

'평소에는 그렇게나 숙녀다운데.'

키스에서 해방되어도 숨을 고르는 게 고작이었다. 여유가 없는 나를 보며 유피는 희미하게 웃고 있었다. 평소와 다른 도발적인 웃음이라서 등이 오싹하게 떨렸다.

"잠들 수 없는 밤이 될 것 같네요."

"……살살 부탁해."

나는 살짝 어색하게 웃으며 간청하듯 그렇게 말했다. 유피는 내 말에 아무런 대답도 하지 않고 그저 웃으며 다시 내 입을 막았다.

—오늘은 앞으로 얼마나 숨을 돌릴 수 있을까. 가차 없이 애정 속에 빠뜨리려고 하는 유피의 등에 팔을 두르며 나는 멍하니 그렇게 생각했다.

■작가 후기

안녕하세요, 카라스 피에로입니다. 『전생 왕녀와 천재 영애의 마법 혁명』 4권을 구매해 주셔서 정말로 감사합니다. 무사히 여러분에게 4권을 보여 드리게 되어 기쁩니다.

4권은 3권까지의 내용을 거쳐 아니스의 새로운 생활이 시작되는 이야기이면서 동시에 과거부터 이어진 인과가 승화되는 이야기이기도 했습니다.

3권에서 아니스와 유피는 과거의 인과를 계승하면서도 새로운 변혁을 함께 가져오기로 방침을 정했습니다. 이번 권은 두 사람이 그 방침하에 움직인 결과 일어난 파문이 다른 사람들에게도 전해지는 이야기가 되었습니다.

아니스의 꿈과 이상에 찬동하고 영향을 받아 새로운 길을 걸어가는 하르피스와 가크의 등장과, 아니스와 대립했던 랑그의 변화 등은 달라지기 위한 첫걸음이 되겠습니다.

그건 국가라는 큰 체제의 변화이기도 하지만, 환경이 바뀌면 사람도 바뀌는지라 일리아와 레이니의 관계에도 변화가 생겼습니다.

팔레티아 왕국은 오랫동안 뿌리내린 가치관 때문에 정체

된 시대를 보냈습니다. 그 정체가 만들어 낸 부패의 악영향이 진정한 의미에서 시정되고 해소되어 갑니다.

그리고 유피의 왕위 계승. 부모 세대로부터 넘겨받아 새로운 시대의 선도자가 된 두 사람은 각자의 위치에서 그 중책을 안고 갈 겁니다.

그녀들이 쌓아 올릴 미래는 밝다고 희망과 기대를 품게 되셨다면 작가로서 무척 기쁠 겁니다.

기쁘다고 하니 생각났는데, 나다카 선생님에 의한 코미컬라이즈도 대단히 잘나가고 있는 것 같아서 기쁩니다! 원작을 읽은 사람을 감탄케 하는 표현력에 전천마의 세계관이 넓어졌다는 생각마저 듭니다! 아직 읽지 않은 분은 꼭 만화판도 봐 주세요! 잘 부탁드립니다!

전천마 4권을 출판할 수 있었던 것은 응원해 주신 여러분의 힘이 있었기 때문입니다. 그리고 본작을 지탱해 주는 일러스트를 담당하신 키사라기 유리 선생님, 다양한 면에서 힘써 주시는 편집자님, 늘 신세 지고 있습니다. 여기까지 오게 해 주셔서 감사합니다!

앞으로도 전천마의 세계가 넓어지기를 바라며 후기를 마칩니다.

카라스 피에로

전생 왕녀와 천재 영애의 마법 혁명 4

1판 1쇄 발행 2022년 6월 10일
1판 2쇄 발행 2023년 3월 2일

지은이_ Piero Karasu
일러스트_ Yuri Kisaragi
옮긴이_ 송재희

발행인_ 신현호
편집장_ 김승신
편집진행_ 권세라 · 최혁수 · 김경민 · 최정민
편집디자인_ 양우연
관리 · 영업_ 김민원

펴낸곳_ (주)디앤씨미디어
등록_ 2002년 4월 25일 제20-260호
주소_ 서울시 구로구 디지털로 26길 111 JnK디지털타워 503호
전화_ 02-333-2513(대표)
팩시밀리_ 02-333-2514
이메일_ lnovellove@naver.com
L노벨 공식 카페_ http://cafe.naver.com/lnovel11

ISBN 979-11-278-6469-9 04830
ISBN 979-11-278-6136-0 (세트)

값 7,800원

신은 유희에 굶주려있다. 1권

사자네 케이 지음 | 토모세 토이로 일러스트 | 김덕진 옮김

한가한 지고의 신들이 만든 궁극의 두뇌 게임 「신들의 놀이」.
오랜 잠에서 깨어난 신이었던 소녀 레셰는 눈을 뜨자마자 이렇게 선언했다.
"이 시대에서 게임을 제일 잘하는 인간을 데려와!"
지명된 사람은 「이 시대 최고의 루키」로 주목받는 소년 페이.
두 사람이 도전하는 「신들의 놀이」는 난이도가 너무 높아 완전 공략한 사람은 제로.
그 이유는, 신들은 변덕쟁이에 불합리하고, 가끔은 이해할 수 없으니까.
그러나 그런 게임이기에 진심으로 즐기지 않으면 아깝다!
여기에 천재 소년과 신이었던 소녀, 그리고 동료들이 펼치는
지고한 신들과의 궁극 두뇌전이 펼쳐진다!

신과 인류의 두뇌전, 드디어 개막!

L NOVEL

왕녀 전하는 화가 나셨나 봅니다 1~6권

야츠하시 코우 지음 | 나기시로 미토 일러스트 | 이진주 옮김

왕녀이자 최강의 마술사인 레티시엘은
전쟁으로 목숨을 잃고 천 년 뒤의 세계에 전생한다.
그녀는 마력이 없다는 이유로 무능영애로 취급 당하지만,
레티시엘로서 익힌 「마술」은 사용할 수가 있었다.
그 뒤, 학원에서 레티시엘은 천년 뒤의 「마술」을 직접 목격하고—
그 조잡함에 격노한다!
레티시엘이 선보인 「마술」은 학원을 경악시키고,
이윽고 국왕에게까지 알려지기에 이른다.
정작 레티시엘은 「마술」 연구에 몰두하느라
그 사실을 전혀 알아차리지 못하는데—?!

전생 왕녀가 자신의 길을 걷는
최강 마술담, 개막!!

라이트노벨의 새로운 빛! L노벨의 신간은 매월 10일에 발매됩니다. http://cafe.naver.com/lnovel11